Рассказы

Петр Боборыкин

Рассказы

ISNB: 978-1-64439-551-6

СОДЕРЖАНИЕ

Рассказы

ТРУП

Рассказ

I

Тропинка заворачивала все вправо и манила в густеющую тень старых развесистых елей.

Ашимова и Крупинский шли медленно, останавливались на ходу, как любят делать русские. Он — коренастый, русый, с большими бакенбардами, в поярковой темной шляпе, в клетчатом летнем костюме, ниже среднего роста. На левой щеке у него было крупное родимое пятно с волосами. Она — почти высокая, для женщины, плечистая и пышная брюнетка, в светлом батистовом платье, без шляпы, под зонтиком. На лбу, широком и загорелом, курчавилась челка. Коса, густая и блестящая, лежала закругленным концом на твердой шее, тоже загорелой. Нос и рот неправильные, немного резковатые; но в общем лицо — красивое и скорее чувственное. Из-под длинных ресниц выглядывали возбужденно и смело синевато-серые, чисто русские глаза.

Девушка шла крупным шагом. Ее спутник старался идти с ней в ногу. Они были одного роста.

— И вы теперь, Лидия Кирилловна, — продолжал он разговор, начавшийся у опушки леса, десять минут перед тем, — вы находитесь в периоде инкубации?

— Чего?

Она негромко рассмеялась.

— Инкубации-с.

— Что это такое?

— Изволите притворяться. Вы девица умственная, и страшные слова вам знакомы... Инкубация значит назревание, высиживание, правильнее выражаясь.

И он засмеялся. С ней он любил говорить в шутливом тоне и в этом же исключительно тоне, еще не так давно, ухаживал за нею, предлагал и руку. Она отделалась также шутками. Между ними установилось, в последнее время, приятельство, и они часто искали случая говорить, без свидетелей, на прогулках, о самых интимных своих делах.

— Высиживание, — повторила Ашимова, наклонив голову в сторону, точно она искала цветка в придорожной густой траве.

— А разве термин не точен?.. А?.. Разумеется, инкубация. Этак, знаете, красивее звучит. Помните, и гётевский Фауст, в первой картине, когда проделывает ученую чертовщину, то вскрикивает по-латыни: Jncubus! Jncubus!

— Какая у вас дьявольская память, Крупинский... Настоящий прокурор!

— Вы это сказали с таким выражением, точно в мыслях своих употребили слово: сыщик. Что ж! От вас мне ничто не в обиду. Обтерпелся, Лидия Кирилловна, когда ходил по вашим пятам, в звании претендента, и посягал на матримониум.

— Полно, посягали ли как следует? — спросила девушка, подняв на него длинные ресницы, и лукаво улыбнулась своими большими серыми глазами.

— Вот те крест, посягал!.. Знаете, это болезнь такая. Наш брат, холостяк, подвержен ей бывает в период от тридцати до тридцати пяти лет, когда у него начинает сосать под ложечкой при виде всякой благообразной отроковицы.

— Стало, я была для вас — всякая, Крупинский?

Она остановилась и взялась нервной рукой с тонкими пальцами без перчатки за низкий сук дерева.

— Всякая! всякая!. Не извольте придираться. Как это для самолюбия моего ни обидно, но я вам и декларацию делал... по всем пунктам.

— Не помню, чтобы вы пришли и сказали просто: хотите, Лидия Кирилловна, быть моей женой, или письмо бы написали.

— Писать нельзя! Это документ-с!

Крупинский детски рассмеялся, и его карие и узкие глаза слезливо заискрились.

— Вы говорили... экивоками... А что, если б я тогда взяла да и сказала: согласна!.. Вот поймались бы, ха-ха!

Смех ее зазвучал возбужденно, но не простодушно. Она была поглощена совсем другим, тем, о чем они начали дружески говорить с самой опушки леса.

— Поймались бы, это точно... Во-первых, я убеждаюсь, что у меня для супружеской жизни нет самого главного свойства, — он подмигнул и сказал как бы в сторону, — вам с этой психологией надо, в первую голову, ознакомиться в настоящий момент.

— Какое же это свойство? — перебила она с оттенком задора, часто звучащим в ее тоне, даже когда она и не спорила, а спорить она вообще любила.

— Какое? — медленно переспросил Крупинский.— Вот какое-с: способность нести тягло...

— Это общее место, Крупинский!

— Нет-с! Извините! Тягло употребляю я не в виде пустой метафоры, вместо "уз", "ярма" и прочих образных выражений, а в прямом значении — в мужицком: тягло есть выполнение совместной жизненной задачи; это — паевое товарищество, во всем и во всякую минуту — вот что я хочу сказать... И на такой подвиг, да еще с обязательством выполнять его всю жизнь, я не гожусь... Под влиянием временного умопомрачения думал, что способен на него, а теперь отрезвел.

— Ну, а во-вторых! — допрашивала она, и в ней как будто заговорило уязвленное чувство красивой девушки, которой человек, увлекавшийся ей, шутливо говорит о своем теперешнем нежелании жениться. Она не верила его полной искренности, хотя и не считала его ни фальшивым, ни склонным к рисовке.

— Вы не забыли, значит, что я сказал: "во-первых"? В женщине это удивительно! Дальше "во-первых" ни одна из вас никогда нейдет в своей аргументации... Во-вторых — продолжаю я — после тридцати пяти лет, холостяк если не поймался, то делается фанатиком своей свободы, так называемой, прибавлю я, свободы, ибо свобода эта, в сущности, свобода скуки или... или...

Он искал слова; губы его повела усмешка.

— Да говорите же! — нетерпеливо крикнула Ашимова.

— Слово-то... самое прокурорское: или распутства... Ну, а теперь у меня, в месте моего служения, подобралось общество довольно сносное: мужчины, не глупенькие, — произнес он тоненьким голоском, — барыньки, не вредненькие...

— Не вредненькие! Вот как вы смотрите на женщин; а еще морализируете! Не вредненькие! В каком же это смысле?

Ее загорелые, немного полные и твердые щеки начали быстро розоветь.

— В каком смысле?.. Да в разных. Это значит: ни рожи, веселые, добренькие, не гнушаются нашим братом.

— И вы к ним, ко всем, относитесь, как закоренелый холостяк? Они для вас — дичь; а вы — хищник... Разумеется!

Девушка сделала жест головой, смелый и немного сердитый. Глаза ее стали темнеть.

— Я-то хищник? Побойтесь Бога, Лидия Кирилловна! Только бы меня самого не обижали! Ну, разговоры ведем, о чувствах, конечно, а иногда и о принципах... Без этого нельзя — сами знаете... В дружбу играем; но чтобы насчет расторжения уз — ни Боже мой!.. И без того уж про людей моей профессии слагается такая легенда, что как, мол, куда-нибудь в непочатый угол русской территории ни явятся — сейчас пойдет перетасовка, умыкание чужих жен, разные комбинации законного и полузаконного характера на почве семейственных прав и преимуществ! Нет-с, я как на исповеди вам скажу — до сих пор этим не занимался, а считая студенческие годы, состою в звании молодого человека уже больше пятнадцати лет... Но и в нашем захолустье, и везде, где я только ни служил, это поветрие все сильнее и сильнее забирает. Люди моей профессии вряд ли больше других особ мужского сословия грешат в расторжении семейных уз; но вообще это сделалось уже не эпидемическою болезнью, а эндемическою, как в Петербурге тиф или дифтерит.

Они вышли на лесную полянку. Направо навалено было несколько сосновых бревен, и свежее дерево отливало приятным изжелта-розоватым цветом своих стволов, лежащих горкой.

— Присядем, — сказала Ашимова и указала рукой на бревна.

Ей не хотелось продолжать разговор все в таком же тоне. Балагурство приятеля начинало раздражать ее. Он, точно нарочно, не желает откликнуться, мягко или резко, это уж его дело, на то, что она, с такой прямотой, сейчас открыла ему, во что ушла теперь вся...

II

Солнце, сильно спустившееся к закату, глядело сквозь сизо-зеленую листву нескольких осин и темнеющую, почти черную, хвою елей. Его лучистая полоса легла на стан девушки, севшей на бревно.

Ее спутник прилег на мураве сбоку и отмахивался веткой от мошек, роившихся вокруг них, предвещая такой же ведреный день и на завтра.

— Иван Захарыч, — начала Ашимова более низкой нотой, звуком певицы с сильным mezzo-soprano, — оставим все это ненужное резонерство!

— Рассудительство, — поправил он.

— Что еще?.. Вы все с вашими словечками!..

— Это я, недавно, в мемуарах одного поэта прочел такое

слово. Превосходное слово! Рассудительство, — медленно и вкусно повторил Крупинский.

— Ну, хорошо. Но довольно... Вы друг мне или нет?..

— Друг, друг!..

— Бросьте этот тон! Вы видите, что тут дело идет о жизни двух существ.

— Трех.

— Как трех? — почти наивно переспросила она и откинула на плечо свой полосатый зонт.

— А как же? Вы ее, стало быть, не считаете?

— Кого?

— Да жену!..

Две-три секунды она помолчала, и тотчас же складочка залегла на ее переносицу, где густые брови, светлее волос на голове, почти сходились.

— Жену!.. Это само собой разумеется!

— Нет, не само собой.

— Да кого же вы слушаете, Крупинский? Вашу приятельницу Ашимову? Ее судьба вас интересует, или какая-то женщина...

— Какая-то! Я с таким определением не согласен, Лидия Кирилловна.

— Ах ты, Господи! — она вся всколыхнулась, — да вы не на заседании суда, вы не заключение даете.

— Нет-с, заключение. Вы хотели потолковать со мною по душе, значит, выслушать мое дружеское мнение... А то из-за чего же бы вы стали говорить?.. Чтобы заявить, что, мол, так-то и так-то я поступаю и желаю дальше поступать. Только для констатирования факта, как у нас курьер один выражается?

— Крупинский! Я так не хочу! — в голосе девушки задрожали нервные звуки.— Это слишком серьезно!..

— А я не серьезно говорю.

— Вы только придираетесь.

— Почему?

Крупинский немного приподнялся и прислонил спину к бревну. Лицо свое он держал вполоборота. Усмешка не сходила с его толстоватых губ; но взгляд был совсем не веселый; искреннее настроение сквозило в выражении его ущемленных умных глаз.

— С какой стати вы пристегнули ту?

— Жену? Вам это слово, Лидия Кирилловна, точно поперек горла стало... Нехорошо-с!

— Без прописей, пожалуйста!

— Не хорошо, повторю я, друг мой — не хорошо! Вы будете

говорить, что я "приказный с прописью", но я возьму пример из сферы гражданского права. Вы желаете вступить с господином Икс в формальный договор...

— Сейчас и договор!..

— А то как же? — Крупинский резко обернулся к ней всем туловищем.— Да что же мы, дети с вами или полоумные?.. Извините меня! Как же не договор? Положим, он у нас не перед нотариусом и не перед господином мэром заключается; но ведь если вы меня пригласите в шафера, мне отец дьякон подаст книгу и я там распишусь: "по невесте — коллежский советник Иван Захаров сын Крупинский". Так или нет?

— Ну, так; а потом что?

— Следственно, это акт, да еще притом таинство, а не что-либо иное. Ведь вы не желаете быть только подругой господина Икса? Позволите мне римский термин?.. Его конкубиной!.. По-русски это звучит гораздо хуже.

— Знаю!..

Складочка на переносице девушки обозначилась резче.

— Стало быть, вы желаете заключить договор; но для этого вам надо расторгнуть другой договор господина Икса, уже существующий и для него обязательный.

— Почему же я его расторгаю?

— А то кто же? Вы причина, вы повод. Ведь если б он вами не увлекся, ничего такого бы не случилось? Вы, значит, употребляя термин Спинозы, natura natu-rans, а человек, вами увлеченный, — natura naturata... Так или нет?

— Увлечение — если это увлечение, а не настоящая любовь — с обеих сторон.

— Положим, с обеих. Но повод все-таки вы. Вы сами говорили мне и писали раньше, что господин Икс уже производил на вас нападения, в виде элегических и бравурных арий, когда вы его еще не любили?

— Разве я виновата?

— Все мы виноваты в чем-нибудь, Лидия Кирилловна. Вы не виноваты в том, что красивы и даровиты, и можете вызывать страсть; но тут не двое, повторяю я, завязаны в дело, а трое. Чтобы способствовать расторжению, и притом насильственному, существующего договора, вы, как честная девушка, должны убедиться в том, что та-то сторона — в старом-то договоре — действительно несостоятельна, что господин Икс жертва, что никаких печальных последствий от такого расторжения ни для нее, ни для других существ не предстоит. Одна ли она?.. Вы до сих пор мне ничего не говорили... Или есть плоды этого союза?

— Есть, — тихо, но почти жестко выговорила девушка.

— Ай-ай! И не один плод?

— Целых трое.

— Стало, уже шестеро душ завязаны в дело?.. И можно так, как немцы говорят: "mir nichts, dir nichts" {Ни мне, ни тебе (нем.).}, — резнуть по живому месту и выбросить из колеи несколько человеческих существ? Славно! Знаете, когда я был гимназистом, меня ужасно восхищали песенки Беранже в переводе Курочкина... И один припев засел у меня в голове на веки веков:

Вот они, вот — неземные создания —
Барышни, тра-ла-ла-ла!

Неземные создания. Это точно... Ничем земным не смущены, когда им чего захочется!

— С какой же стати, Крупинский, вы вообразили, что девушка, как я, пойдет на такой шаг "mir nichts, dir nichts"? Я знаю, что этот союз — вы так громко выражаетесь — не может продолжаться. Разве только тот договор можно расторгнуть, где кто-нибудь оказался недобросовестным, формально нарушил его? Господи! Да коли нет больше любви?.. Нет и понимания в ней. Да, нет! Это две натуры, ничем не связанные, кроме обузы обязательных отношений. Он — артист, с головы до пяток, ему нужна женщина — на высоте его таланта и его судьбы; а она — просто наседка, ограниченная, тошная, кислая, больная. Она не годилась бы для мужа и в сиделки, будь он старик, а не человек, полный сил. Щеки ее уже пылали. Она говорила сильно, сочными нотами, и грудь ее слегка вздрагивала от избытка волнения.

— И все это вы знаете доподлинно или в устной передаче господина Икса?

— Кто же вам давал право считать его лжецом? Да и от десятка посторонних лиц я слыхала то же самое.

— Значит, решение назрело, и все, что я вам скажу, будет бесплодно? — Он протянул руку.— Не сердитесь и дайте ручку. Все это прекрасно, Лидия Кирилловна, только смотрите, не перешагните через труп...

— Через труп?

— Я это не в прямом, а в образном смысле... Не перешагните через нравственный труп живого существа, не загубите души, которой вы сами не видали... Да и я тоже, к сожалению!..

III

Дачная жизнь была уже позади. На дворе стоял петербургский сентябрь, но еще светлый и теплый, хотя месяц подходил к концу.

В легкой кофточке возвращалась Ашимова домой, по набережной Фонтанки.

Она шла ускоренным шагом, и положение головы показывало, что она озабочена.

Ей не хотелось опоздать, прийти после того, кого она ждала к себе, около трех.

Больше недели они не видались. Он уехал в Москву, прислал оттуда две депеши, ничего не говорившие об успехе их "дела". Сегодня он должен был вернуться с курьерским, но просил не встречать его на вокзале.

Она любит в нем эту деликатность и осторожность. Он желает, чтобы для всех она была девушка с незапятнанной репутацией. От всяких поездок за город, в увеселительные места, и летом, и прошлой зимой, от троек и даже ресторанов он воздерживался; а любил повеселиться. Этим он прямо показывал, что готовит ее себе в жены, а не в "конкубины", как выражался ее приятель Крупинский.

Тот на службе, в своей провинциальной трущобе, пишет ей редко, как будто дуется на нее: они простились там, на даче, по варшавской дороге, куда он приезжал только для нее, не особенно нежно. Может быть, она сама была виновата. Но говорить с ним по душе — значило спорить или выслушивать его резонерство. Правда, он объяснял свои прокурорские допросы и заключения — дружбой к ней, боязнью, чтобы она, увлекшись, не пошла на какое-нибудь "нехорошее дело".

И выражение "дело" не выходит у ней из головы, как только она начнет думать о своей судьбе.

Вот и теперь дело, должно быть, не очень двинулось в Москве. Там он съехался с их адвокатом, возвращавшимся из Крыма. Оба они, каждый по-своему, должны были подействовать окончательно на жену, на тошную Анну Семеновну.

Каждый раз, когда она думает об этой женщине — а думает она о ней всякий день, иногда по нескольку раз, — она представляет ее себе угловатой, костлявой, с желчевыми пятнами на лбу и на щеках, в кацавейке, или сером вязаном платке и стоптанных туфлях, с запахом камфарного спирта и валерьяны, плохо причесанной, полуседой, вероятно, полулысой...

Но она не видала никогда ее портрета, даже простой карточки. Он не показывает, и у него на квартире, куда она стала заходить только с весны, нигде ее портретов нет. И это ее прельщает. Все та же деликатность сказывается в его поведении. Он не хочет, чтобы она имела повод, хоть в пустяках, ревновать к его прошлому.

Разве можно ревновать к такому прошлому? Он женился почти мальчиком, чуть не на втором курсе университета, на ровеснице. В такие годы всякая девчонка, будь в ней хоть что-нибудь сносное: глазки, или голосок, или наивность, ласка — кажется Лаурой Петрарки или тургеневской Асей. Ровесница тогда — теперь она его на десять лет старше: так всегда бывает для женщины, да еще замужней, с болезнями, с троими детьми... Кажется, и еще были дети, только не жили.

И когда она перебирает все это, ей ничуть не жаль ни женщины, ни матери, ни жены, а ведь она не считает себя ни злой, ни бездушной... В семье, в гимназии, в консерватории — она целых двенадцать лет училась в разных заведениях — ее любили, она слыла и слывет отличным "товарищем", давала всегда взаймы, оказывала всякие услуги: сколько народу пользовались ее добротой! Вспыльчива, резка — да, и не мало историй имела с начальством — учителями и профессорами; обидчива чрезвычайно, спорщица, задорна, самолюбива — все что угодно, но не бездушна, не сухая эгоистка. Этого никогда не было и не будет!

И все-таки жалеть эту тошную Анну Семеновну она не может и нисколько себя в этом не упрекает.

Вчера, держа в руках листок депеши, от него, из Москвы, со словами: "Выезжаю, о результатах при свидании", — она сразу распалилась на нее... В этих строках телеграммы чуяла она что-то неладное, иначе он обрадовал бы ее хоть одним словом.

"Точно собака, — крикнула она про себя, нервно комкая листок депеши, — и сама не ест, и другим есть не дает".

И ей не стало стыдно этих грубых, совсем уже не девических слов.

Не совестно и теперь, по пути домой, думать все о том же, в таких же почти резких и неизящных выражениях.

Но она не может иначе. Это выходит само собою. Ей кажется ее собственное положение таким ясным и непреложным. И его положение также. Полюбил ее человек, вызвал и в ней не пустую вспышку, не увлечение скучающей, вздорной и испорченной девчонки, а чувство девушки по двадцать третьем году, в которую не один мужчина влюблялся, красивой, с талантом, с характером, с большим сознанием своего достоинства. Их "союз", она часто употребляла мысленно это "прокурорское" слово Крупинского, не вздорная или беспутная затея... Они созданы друг для друга: у них одна дорога, один идеал: искусство, слава, высокие наслаждения, какие только и можно испытывать, когда увлекаешь тысячную толпу и она трепетно рукоплещет тебе.

Есть ли что проще, законнее, повелительнее этого? И кто же не позволяет? Какая-то отцветшая, постылая и ординарная женщина, не желающая уходить... Ее просят: "уйди, не мешай!" а она упирается, вцепилась в какие-то там права.

Какие у женщины могут быть права, когда мужчина разлюбил ее?.. Разве у нас контракт подписывают?

"Дети, — подумала Ашимова, когда была уже в нескольких саженях от своего дома, — ну, дети..." Но он будет давать на воспитание... И ей предложат, или уже предложили, отступное.

Слово "отступное" не покоробило ее, точно оно было самое обыкновенное, вроде слов: "неустойка" или "задаток", когда думают о каком-нибудь условии по найму квартиры или по ангажементу в труппу.

На своем подъезде Ашимова обернулась и оглядела ряд разноцветных домов, по ту сторону реки, загибавших мягкой ломаной линией. Свет играл в окнах. Все смотрело весело. Воздух был бодрящий и под стать осеннему ясному дню.

Она прервала свои думы недовольным возвратом к самой себе. Зачем она себя так расстраивает прежде времени? Может быть, он вернется с доброй вестью. Когда только она отучится от забеганий вперед, когда будет уметь сдерживать свой слишком пылкий и тревожный нрав?..

"Темпераменту отбавьте, барышня, отбавьте, голубушка", — припомнились ей смешливые слова опять все того же прокурора и приятеля, из их предпоследней прогулки по лесу, дня за три до его отъезда.

"А как его отбавишь", — с усмешкой своих ярких и пышных губ спросила она и, скоро и громко дыша, начала подниматься в четвертый этаж.

Она нанимала, уже вторую зиму, две комнаты, от хозяйки, служащей в думе, бывшей классной дамы, тихой и чрезвычайно воспитанной вдовы. Мебель наполовину была ее собственная — почти все, что стояло в спальне.

Но и на площадке, когда она надавила пуговку электрического звонка и перевела дух, ее опять схватило за сердце, и так непроизвольно, с таким ясным физическим ощущением нытья... Она знала, что сердце у нее здоровое. А в предчувствия она не хотела верить... Никаких суеверий она за собой не признавала, и ее товарки по учению, еще с гимназии, говорили про нее в голос: "Ашимова ничему не верит, даже числа тринадцать не боится!.."

"Вздор, — сердито прикрикнула она на себя, — все чего-то боюсь, беспричинно боюсь, и совершенно по-женски... по-бабьи", — задорно поправила она себя.

IV

Ее гостиная — квадратная, высокая комната давно не казалась ей такой нарядной.

Одну стену, вплоть до двери в спальню, занимал кабинетный рояль. В углу стоял резной ореховый столик с плюшевой обивкой, со множеством портретов и бронзовых вещей и с хорошенькой лампой.

Мебель была всякая: и мягкая, поизящнее и подороже — ее собственная, и с деревянной обшивкой — хозяйская. Большой ковер покрывал, до половины, паркетный пол. Узор портьер и гардин, цветы, запах царской воды — все это прихорашивало комнату.

Ашимова оглядела свою гостиную долгим взглядом и сначала возбужденные глаза затуманились: такие переходы делались у ней чрезвычайно быстро.

Ей пришла вдруг на ум фраза: "настоящая квартирка содержанки". И она не могла ее прогнать. Почему именно теперь, вот сейчас, ее комнаты показались ей похожими на это — она не могла объяснить... И когда она прошла в спальню, такую же просторную и очень светлую, то это сравнение только усилилось.

Она сняла шляпу медленно, в рассеянной, озабоченной позе, у туалетного столика и не глядя на себя в зеркало.

"Разумеется, — думала она, подчиняясь опять настроению, в каком шла по Фонтанке, — разумеется, и хозяйка, и горничная Феклуша, и старший дворник, и швейцар Нефед — считают меня "барышней с поддержкой".

Она недавно слышала это выражение от кого-то из своих товарищей по консерватории. Значит, оно уже в ходу в Петербурге.

"Да, барышня с поддержкой!" И как же может быть иначе? Хозяйка знает, что она близка с ним, вот уже второй год; знает его и как артиста; несколько раз говорила с ним у нее; знает и то, что он давно женат, каким образом, неизвестно, но знает. Это чувствуется в том, как она говорит про них обоих. Для прислуги он и подавно тот самый господин, который ее поддерживает.

А ведь это неправда. Она живет на свои средства... Или лучше — доживает на них. Еще год, и у нее ничего не останется, или останется доход в каких-нибудь триста рублей. Но до тех пор она будет на сцене, его женой и подругой на артистической дороге.

"Барышня с поддержкой!" — почти вслух выговорила она, расстегнула кофточку и бросила ее на стул.

Это была бы безобразная, возмутительная клевета! О деньгах, о материальных вопросах у них никогда и речи не заходило. Даже и теперь, когда они уже смотрят друг на друга, как на обрученных, у них не было еще ни одного серьезного разговора о том, как они устроят совместную жизнь. Никогда он не спрашивал ее подробно о том, на какие средства она живет, но она, на первых же порах знакомства, говорила ему, что живет на небольшой капиталец, оставленный ей теткой; не скрывала и того, что она проживает уже этот капиталец и разочла, чтобы ей хватило, по окончании учения, на два года, с поездкой за границу, в Париж и Милан, до поступления на оперную сцену.

И с первых же дней их теперешней близости она не позволяла ему платить за себя, в пустяках, извозчику или за билет. Это ему нравится, потому что он сам деликатный и осторожный.

Подарки принимала — но какие?.. Корзину цветов, вон ту лампу, рамки для портретов, два коврика, ящик к именинам, с дюжиной перчаток... Да и то из-за этих перчаток вышло объяснение. Это отзывалось порядочной суммой — вместе с ящиком: рублей на сто, а может быть, и больше.

И еще один, довольно ценный подарок. Она получила, прямо из Парижа — боа из страусовых перьев. Это могло стоить франков двести... Она решительно не хотела принимать, но он так мило просил, надел на себя, — она рассмеялась и не могла устоять против соблазна, — боа было самое модное и ни на ком еще она не видала точно такого.

Туалет он обожает и ценит в ней уменье одеваться... Ни одни только платья, а все детали, все мелочи. Смыслит он во всем этом больше любой женщины. И с тех пор, как они стали близки, она — неузнаваема в своем туалете. Конечно, тратит она больше прежнего, особенно на обувь, перчатки, шляпки, но не безобразно много.

Он артист с головы до пяток. Его оскорбляет все некрасивое, старомодное, безвкусное или крикливое, всякая небрежность и неопрятность.

Любимая его поговорка: "женщина — произведение искусства".

Конечно, он и к жене начал охладевать оттого, что она такая неизящная, костлявая, нечистоплотная...

"С запахом камфары и валерьяны", — прибавила Ашимова с полной уверенностью, так живо представила она себе все это, будто струя ненавистных ей запахов пролилась по комнате.

И к чему она себя успокаивает и защищает? Ведь она же знает, что ни одного рубля от него не получала, что на квартиру, стол, платье, извозчиков, театр — расходует она из своих собственных денег.

— Бог знает, что такое! — громко выговорила Ашимова и быстро подошла к широкому шкапу, откуда достала новый пеньюар, сшитый на днях, из светлой фланели с кружевами.

Она мечтала сделать ему сюрприз. Он ей все советовал ходить дома в чем-нибудь более покойном и легком, и вместе изящном, где бы было побольше красивых складок. О ее бюсте и линиях тела он говорит всегда, как истый художник, с особой блуждающей улыбкой. Да и вредно петь и аккомпанировать себе, затянутой в жесткий лиф, с узкими рукавами.

В пеньюаре рукава откидные и руки на полной свободе, ее наливные, удивительно белые руки, которых не коснулся летний загар.

Поспешно она переоделась.

И когда она встала перед трюмо, поправляя кружево на плечах — кружево было дорогое, оставшееся от покойной матери, — сзади, в зеркале, отразилась вся спальня с кроватью, отделанной гипюровой кисеею, туалетом, кушеткой, умывальным столом.

Вся эта комната смотрела весело и так же нарядно, как и гостиная. В ней не было ничего яркого, нескромного; но Ашимову опять охватило жуткое чувство, и она не могла его отбросить.

Она зажмурила глаза и повернулась к зеркалу спиной. Запах, стоявший в комнате, усилил ее жуткое чувство. В нем были и пудра, и eau de Botot, и духи, подаренные им. Вся эта смесь говорила не о строгой, трудовой жизни одинокой девушки, а о чем-то совсем ином: о постоянном желании нравиться, о заботах и привычках красивой женщины, у которой есть тайная связь.

Когда она раскрыла глаза — слова: "квартира содержанки"

точно выскочили у ней, откуда-то, в голове, и она не могла отделаться от верности впечатления, хотя и знала, что она честная девушка, что у ней есть жених, или что то же: человек, расторгающий для нее свой первый брак, что она, наконец, не принадлежит ему вполне, что она не шла с ним дальше близости, допустимой у обрученных.

Порывисто и с раскрасневшимися щеками вышла она из спальни и подбежала к письменному столику, где взяла бронзовые часики и приблизила их к глазам, по близорукости.

Было уже десять минут четвертого, а его все нет.

"Приехал ли?.. Не случилось ли чего?" — с неожиданной тревогой спросила она, скорее облегченная этим беспокойством: оно отгоняло от нее назойливые и жуткие мысли.

V

Звонок раздался отрывисто и резко.

Ашимова вся вспыхнула и остановилась посредине гостиной. Выбежать ей стремительно захотелось; но он этого не любил — из-за прислуги.

Она поправила еще раз кружево на шее и взялась рукой за густую косу — это был ее обычный жест в минуты внезапного волнения или раздумья.

Вот он снимает пальто и о чем-то тихо спрашивает горничную. С ней он иногда шутит.

В дверь постучали. Он всегда это делает и называет русскую замашку прямо входить — "порядочным варварством".

— Войдите, — откликнулась она, точно постороннему на "вы".

Они были на "ты" только с глазу на глаз; даже при горничной или хозяйке воздерживались они от "ты".

В дверях остановился мужчина сорока лет, рослый, немного полный, с округленными плечами, блондин, очень старательно и молодо одетый, по-летнему. На черепе, маленьком по росту, курчавились волосы, поределые на лбу, коротко подстриженные. Бородка и довольно длинные усы были изысканно причесаны и подзавиты. В глазах, голубых и круглых, играла усмешка здорового сангвиника, всегда довольного собой, как мужчиной и артистом.

Всякий бывалый человек признал бы в нем актера или певца.

— Наконец-то! — сдавленным звуком крикнула Ашимова и подбежала к нему.

Они обнялись. Он поцеловал ее в глаза и в волосы... Она совсем замерла от этих ласк и несколько секунд ничего не могла выговорить.

— Заждалась, милая? — спросил он вполголоса, придерживая ее за талию посредине комнаты.— Прости! Меня задержали на Невском. Знаешь русскую манеру начинать на тротуаре бесконечный разговор.

Голос его вздрагивал в груди. Тембр был баритонный.

— Ну, сядь, сядь здесь, — пригласила она его на диванчик, стоявший около этажерки, против рояля.

И ей вдруг стало светло и бодро на душе. В тоне его слов, в блеске глаз, во всей посадке не зачуяла она ничего неприятного.

Рука ее осталась в его руке. Она опустила голову на его мягкое, округленное, по-женски, плечо и, порывисто вдыхая в себя воздух, выговорила:

— С чем вернулся?

В натуре ее лежало: идти прямо туда, где опасно, малодушно не откладывать ничего, что имеет решительное значение. Вот почему она любила экзамены, конкурсы, всякие состязания, вот почему считала она себя рожденной для сцены, где все надо брать с бою.

Задавая так поспешно этот вопрос, она как бы хотела отделаться совсем от мысли, что она "барышня с поддержкой". Он объявит, что все улажено, и через месяц или через полгода — ведь это все равно — она его жена и будет считаться его невестой, с нынешнего дня, перед всем светом.

— С чем вернулся?

Он повторил эти слова замедленно и тотчас же поцеловал ее, как бы желая наперед утешить.

— Нейдет на развод?

Ее голос раздался глухо. Она подняла голову и смело взглянула ему в глаза.

В лих она прочла что-то двойственное; но рот его с извилистыми, еще молодыми губами, улыбался.

— Нейдет, — выговорил он и поднял плечи. Рука ее, лежавшая в его руке, выпала. Она вскочила и заходила по комнате.

— Но ведь это подло, наконец! — крикнула она, с пылающими щеками.— Что же нужно для того, чтобы она смиловалась?.. Ведь мы не рабы ее бездушного эгоизма и самодурства? Этому имени нет! Имени нет!

С рояля она схватила сверток нот и начала бить им по ладони левой руки, все еще продолжая большими шагами ходить взад и вперед перед диваном.

Он сидел.

— Милая, не волнуйся!

— Я знаю! Ты так благороден, что будешь и ее защищать. Но это так жестоко, так...

Она искала слова, чтобы не разразиться бранью: он не любил ничего вульгарного, и это ее удержало.

Так же порывисто присела она к нему на диван и опять взяла за руку.

— Ну, скажи... Значит, и адвокат не подействовал?.. Он был там?

— Был. Целых двое суток уговаривал... Потом и я... Уперлась на одном: живите, я вам не мешаю; но взять на себя вину не могу: это значит — признать себя виновной, а я не виновата. Брак — таинство! Я его не нарушала.

— Ведь ей же предложено?..

Слово "отступное" остановилось у ней на губах.

— Об этом и слышать не хочет... Как только адвокат заикнулся — с ней сделался сильнейший припадок, насилу оттерли.

— Скажите пожалуйста!

Ашимова сделала презирающий жест свободной рукой; в ее потемневших глазах блеснула ненависть к разлучнице, усиленная тем, что она смеет еще падать замертво от оскорбленного чувства, как будто они, то есть муж ее и та, кого он полюбил, ниже ее по своим чувствам!..

— Это ее дело!

— А ты, Анатолий, веришь в такое бескорыстие?

— Не в том вопрос, милая... Надо довести ее до того, что нам необходимо. Средство одно: взять вину на себя.

— Никогда! — крикнула Ашимова.— Это значит — идти на огромный риск. Всякий может донести на нас, если бы даже и нашелся священник, который согласится обвенчать...

— Погоди, — все с той же блуждающей улыбкой остановил он ее, — да и на это надо получить ее согласие. Она ведь не говорит, что ей самой необходима свобода, потому она и не хочет брать вину на себя... Уперлась на том, что так нельзя, совесть ей не позволяет... И детей тут приплела.

— Детей? — спросила Ашимова таким звуком, точно она в первый раз услыхала о их существовании.

— Ну, да, детей, — наморщив лоб, повторил он.— Видишь, по ее рассуждениям, развод — нравственная гибель для детей...

Лучше так разъехаться, но не отнимать совсем у детей отца или мать, или обоих вместе.

— Это фарисейство! Всякая ханжа так рассуждает! А просто — впилась в человека и не хочет никому уступать его! Гадость какая!

Плакать она не могла; но в горле перехватывало, и она близка была к нервному припадку.

Он, молча, привлек ее, и она прильнула к нему, чувствуя, как глаза ее становятся влажными.

— Переждать надо, — тихо заговорил он, покрывая ее лоб и глаза короткими поцелуями.— Не волнуйся... не порти себе крови!

Его голос звучал мягко и беспомощно. Жалость зажглась у нее в сердце, жалость не к нему одному, а и к себе, к ним обоим. Больше года любят они друг друга, сдерживают себя; страсть в них трепещет, а они должны томиться. Во имя чего?..

Сколько раз он сам почти убегал от ее ласк — и она с полусознанным эгоизмом девушки не хотела понять, как ему трудно бороться с собой.

Ждать! Чего же ждать?.. И неужели оттого только они будут достойны презрения, что их законному счастью мешает какая-то дрянная ханжа и лицемерка?

Белые руки ее обвились вокруг его шеи... Она часто и с возрастающим пылом начала целовать его.

— Лидия! — шептал он.— Радость моя!.. Пощади меня!..

— Нет, не надо!.. Прости!.. Я сама была эгоистка... Два раза не живут на свете!

Злобное чувство примешивалось к взрыву ее страсти. Она точно мстила той женщине, хотела показать, что презирает в ней права жены, что их любовь выше ее затхлой и себялюбивой морали.

Голова у нее закружилась.

Ни страх за будущее, ни укол совести ни на секунду не смутили ее... Она бросалась навстречу всему...

VI

Весна — тяжкая и запоздалая — поливала город мелким дождем и держала его в постоянной мгле.

В сумерках, наступивших слишком рано, Лидия Кирилловна лежала одетая, на постели, все в той же квартире.

Ей было сильно не по себе. С утра чувствовала она страшную слабость... Голова, от мигрени, минутами совсем замирала.

Она ждала.

Ее душевное состояние делалось с каждым днем все хуже и хуже... Факты стояли перед нею; давили... Скоро — не больше, как через месяц или шесть недель — она будет матерью.

Это подкралось так неожиданно, так предательски... "Неожиданно" — для нее, как для всякой девушки, увлеченной страстью. Но в этом она не винит его, не винит и себя. Так должно было случиться... Виновница — все та же, ненавистная ей женщина, Анна Семеновна, жена Анатолия Петровича Струева. Столько месяцев прошло — и ничто не сделано. Они не обвенчаны. Так — как собака — это сравнение Ашимова употребляет каждый день — лежит на сене, и сама не ест, и другим не дает.

Зима прошла или, лучше, проползла слишком быстро и не дала ничего... Дебютировать ей не удалось. Не могла она и уехать в Италию, поучиться в Милане... Не могла, не по неимению средств, а потому, что не хотела оставить его, надеялась на дебют здесь. Теперь нельзя показаться на сцене... Дебют ей предложили весной. Но как же она выйдет, в ее положении?

Здоровье покачнулось и так быстро. Она почти всю зиму пролежала в постели или на кушетке. С поста стало уже совестно показываться к знакомым. Внутри у нее клокотало. Из-за самодурства и злости старой, постылой жены она не должна выносить такие страдания. Что же тут позорного, что она делается матерью, когда она любит, любима, честна, до педантизма, во всем, в последнем пустяке; когда ее права на уважение и признание ее чувства неизмеримо выше, чем у той постылой и ехидной женщины?

Все это давит и его. Он — артист. Ему нужна подруга во всем блеске и обаянии молодости, здоровья, красоты, веры в свои силы. А она хиреет, не может скрывать своего уныния и раздражения. С ней он, по-прежнему, деликатен; но ему тяжко.

Несколько раз она не воздержалась, стала упрекать его в том, что он не достаточно энергически действует... Но что же ему делать?.. Не зарезать же свою жену, не отравить же ее? Насильно он не может заставить ее дать развод.

Пригрозить, что отберет детей? Она доходила до того, что указывала ему и на это средство. Он не поддавался; по крайней мере, ничего сам не говорил в таком направлении... Раз только сообщил, что советовался с адвокатом насчет детей. Тот ему сказал:

— Добровольно она не отдаст. Дети ее любят... По приговору суда вы вряд ли получите их. Скорее она могла бы добиться того, что вас заставят давать на содержание детей.

Он ничего на воспитание их не дает — она не требует, не пристает. Но это только тактика, средство отнять малейший повод предъявить к ней какое-нибудь неудовольствие... Пускай все считают ее мученицей и праведницей!.. А на них падет весь позор.

Но в чем же "позор"?

Этот вопрос задает она себе беспрестанно, и сознание своей правоты гложет ее и усиливает хворость, мешает работать, отнимает всякую бодрость духа.

Больше недели, когда она не присаживалась к инструменту и не вокализировала. Да и голос стал глуше, слабее и грубее. Минутами она боится и совсем его потерять.

И тогда, что с ней будет?

Она доживает свой капиталец. Еще один сезон — и не останется и двухсот рублей — процентов, а разве на это можно жить? Без голоса один заработок — давать уроки. Но нынче столько преподавательниц пения... Мрут с голоду. Да это только для себя одной, а ведь через шесть недель тут будет еще существо... Его надо кормить, одевать, воспитывать, учить. Брать с отца — постыдно. Это будет значить: ты обязан содержать и ребенка, и меня, потому только, что я тебе отдалась... Не ее личность значила что-нибудь, не душа, не талант, не нравственные правила, а только смазливое лицо, да роскошная фигура, как первая попавшаяся содержанка, как "барышня с поддержкой", то, чего она так страшилась, что вызывало в ней такое отвращение.

Ашимова повернулась лицом к двери в гостиную, и ей стало опять нестерпимо тяжко от головной боли и замираний сердца.

Она ждала его больше двух часов. Он обещал заехать после репетиции. Все эти дни он как-то и возбужден, и озабочен... Точно он что скрывает от нее; но уж наверно не какую-нибудь радостную весть.

Голова так у ней закружилась, что она не услыхала звонка в передней. Горничная просунула голову в дверь и шепотом окликнула ее:

— Барышня!.. Лидия Кирилловна!

— Что такое?

Она с трудом овладела собой.

— К вам барин...

— Зачем же вы докладываете?.. Просите!

— Да не Анатолий Петрович... Вот карточку приказали отдать.

На карточке Ашимова прочла фамилию их адвоката. Она с ним никогда не встречалась. Все переговоры велись Анатолием Петровичем. Сначала она ценила эту деликатность; а потом жалела, что ее не допускают.

Быстро встала она с постели и приказала горничной просить в гостиную. Ее головокружение прошло сразу, и она успела поправить прическу перед трюмо.

У рояля увидала она человека немолодого, плотного, с седеющей бородой, в золотых очках, немного сутулого, в длинном сюртуке. Он смотрел скорее профессором, чем адвокатом.

Его взгляд — добрый и затуманенный — поверх очков прошелся по ней, и она сейчас же подумала: "он знает, в каком я положении".

Но это уже не смутило ее. Адвокат — сообщник, если не друг. Струев должен был много раз говорить ему, что им нельзя ждать, что положение ее отчаянное, как девушки из порядочного общества и будущей жены его.

— Анатолий Петрович, — заговорил он мягким тенорком, — просил меня заехать к вам, Лидия Кирилловна, и побеседовать.

— А он разве не будет? — живо спросила она, еще не подавая ему руки.

— Вероятно, позднее.

Они сели на тот самый диван, где, восемь месяцев назад, ее охватила роковая жалость к себе и Струеву.

— Имею честь отрекомендоваться, — сказал адвокат с добродушной усмешкой в глазах.— Для вас я был, до сих пор, звук пустой, или таинственный незнакомец, как в старинных романах писали.

С ним ей стало сразу очень ловко. Она тихо рассмеялась.

— Как здоровьице? — спросил он тоном домашнего доктора.— Анатолий Петрович говорил мне, что вы сильно волнуетесь и падаете духом. А это нехорошо. Смелым Бог владеет, и в каждом деле выдержка необходима.

"Разве ты только за этим ко мне пожаловал?" — резко остановила она его про себя.

— С чем же он вас посылает? — Ашимова поглядела на него пристально, почти строго.

— Да за разрешением одного — как бы это сказать деликатного вопроса... вопроса вашей совести.

"Почему же Анатолий сам не поставил мне этого вопроса?" — смущенно подумала она, но воздержалась от дальнейших вопросов.

"Значит, так надо", — кротко решила она, чувствуя, что с этим мягким посредником ей не придется воевать.

— Моей совести? — переспросила она и опустила свои густые ресницы.

— Так точно, Лидия Кирилловна. Вам положение дела известно не хуже, чем мне. Стало быть, я могу и не вдаваться в ненужные подробности.

— Конечно!

— Я не буду допрашивать вас и о том: кому принадлежала мысль произвести давление на госпожу Струеву насчет детей.

— Да разве Анатолий, — она не успела прибавить "Петрович", — начал действовать?

Это ее обрадовало, и она не устыдилась своего злорадного чувства. Ей понравилось и то, что Анатолий ничего не сказал ей об этом, не желая ее вмешивать в такой образ действий.

— Да-с, — ответил адвокат грустно и мягко.

— Через вас?

— Если угодно — через меня, хотя скажу вам в скобках, мне это было не особенно приятно... Я переслал Анне Семеновне письмо его и, с своей стороны, от всяких советов и застращиваний воздержался.

Он поглядел на нее опять поверх очков и в его взгляде она увидала затаенное сожаление.

VII

Тон адвоката обезоруживал ее, но в то же время ей не хотелось выходить из своего душевного настроения.

Нельзя было оставить без ответа и его мягкое допытывание насчет того — кто именно дал мысль действовать угрозой.

— У меня нет никакой нужды преследовать эту женщину, — заговорила она отрывисто, с пренебрежительной миной рта, — но надо же каким-нибудь путем довести ее до сожаления, сломить ее злую волю.

— Злую волю, — повторил адвокат.— Вы уверены в этом, Лидия Кирилловна?

— Боже мой!.. Это тянется целый год, и она не хочет понять, через что я проходила и прохожу...

Протяни он ей руку — она бы разрыдалась.

Но горделивая натура взяла тотчас же верх. Не станет она плакать!.. И без всяких жалоб всякий видит, каково ей.

Адвокат отвел лицо и сидел в такой позе, как будто он не решался ей что-то объявить.

— И, разумеется, Анатолий посылает вас с дурной вестью? — быстро спросила она.

— Лидия Кирилловна, матушка, — особенно мягко начал он и поглядел на нее своими кроткими глазами, где она не могла ничего прочесть.— Вы ясно изволите говорить: злая воля... И ее надо пожалеть, и в ее душу войти...

— Она не заслуживает этого!

— Погодите, милая барышня... минуточку... Ваше слово впереди... Ну, переслал я ей письмо Анатолия Петровича... Ответа нет. Он меня торопит... Я съездил в Москву... А уж куда мне не рука была, по правде сказать...

— И что же?

— Нашел ее в ужасном положении.

— Почему? Она не нуждается!.. У ней есть свои средства. И Анатолий готов...

— Позвольте... Не материально... Разве одна только денежная нужда ужасна? Душевно убитою нашел я ее, в таком расстройстве, что, верите, я не мог выдержать... заплакал... Извините... Лгать не стану.

— Психопатка!

— Психопатия эта весьма понятная. Вхожу — на столе лежит ее старшая дочь.

— Дочь?

Нервная дрожь пронизала Ашимову, и она не могла сдержать ее.

— Да, девочка по тринадцатому году... И красавица... В три дня унесло! Круп, что ли... Знаете, у меня тоже дети... Целых четверо... И мы потеряли одного. Но я такого отчаяния еще не видал... в нашем, по крайней мере, кругу.

Он не докончил и опустил голову, чтобы скрыть свое волнение.

"Как же Анатолий мне ничего не сказал, — подумала Ашимова.— По деликатности?"

— Анатолий Петрович не хотел вас тревожить, — обронил адвокат.

— А на него как это подействовало?

Вопрос вылетел у нее порывисто, и она тотчас же упрекнула себя за него.

— Он — мужчина. У него другой характер... И для него удар... Свое детище... Знаете, такая жестокая смерть заставляет забывать многое... Уверяю вас, Лидия Кирилловна, что ни у кого бы, на моем месте, не хватило куражу подступать с какими-нибудь требованиями или угрозами. Я вам говорю, она в ужасном расстройстве, и хорошо, если организм выдержит.

Протянулось молчание.

— Прекрасно, — начала Ашимова.— Значит, мы остаемся все так же в пустом пространстве?

Она полуистерически засмеялась и стала сильно потирать руки.

— Анатолий Петрович хотел, чтобы вы именно от меня все это выслушали... Ведь, согласитесь, голубушка, тут просто уж нечто роковое. Человек лежит в горячке, нельзя же требовать от него чего-нибудь, на что необходимы твердый разум и нормальная воля!.. Идти напролом это — добивать ее. Желаю вам всякого счастья, вхожу, от всей души, в ваше собственное положение, но, право, вы сами не захотите, так сказать... перешагнуть к аналою через...

"Труп!" — чуть не крикнула она, и кровь отхлынула от сердца. Ей послышалось слово ее приятеля прокурора там, в лесу, летом, когда она была полна уверенности, что к новому году все будет покончено.

— Через полуживое существо, которое так легко добить теперь.

— Ну да, ну да! Я знаю, — заговорила она, бессильная сдержать свою нервность, — меня пугают!.. Я жду того, что Анатолий придет и скажет: "ты хочешь перешагнуть через ее труп!" Но это риторика! Это жалостная фраза!

— Нет, не фраза, — очень тихо и протяжно выговорил адвокат.— Переждать надо, Лидия Кирилловна. Того же мнения и Анатолий Петрович. Вы поймите, невозможно действовать, она опасно больна. Я говорил с ее доктором. Это — психиатр. Он перевозит ее к себе в лечебницу. Воля ваша!

"Я не могу ждать! Не могу!" — хотела она крикнуть и вдруг вся ослабла, взялась руками за лицо и беззвучно заплакала. По всему ее телу разливалась ноющая боль и глубокая, безграничная печаль засосала ей в груди.

— Барышня, милая...— слышала она голос адвоката, и рука его коснулась ее плеча.— Не убивайтесь... Все обойдется... Одно из двух: или она не переживет, или она будет неизлечимая душевнобольная, или выздоровеет и упираться не станет, после такого удара. Поверьте мне.

Ее, как маленькую, убаюкивал звук этого голоса. Ей хотелось верить, но она не могла обманывать себя... Что бы ни сталось с той женщиной — на это нужно время, много времени, а она через шесть недель должна быть матерью.

Никогда еще не проникала ее такая жалость к себе. Негодовать не было сил после того, что она услыхала от адвоката. Но и простить она не могла. Душевная надсада ее усиливалась и оттого, что в такую минуту около нее не он, не человек, которому она все отдала, а чужой, адвокат, что-то вроде наемного сообщника. Зачем Анатолий сам не явился?.. Он уходит от нее... полегоньку. Это видно... Если охладеет совсем — что же тогда?

Ей сделалось так страшно, что она оторвала руки от лица и растерянно огляделась. Слезы перестали течь по ее похуделым щекам.

— Голубушка, — продолжал адвокат, и взял ее за руку.— Вам надо выказать мужество, именно теперь. И Анатолию Петровичу дайте возможность прийти в себя, приободриться, поработать... Его талант оценен... Надо ловить минуту... Летний сезон решит его уже не одну петербургскую, а европейскую репутацию. Тогда и презренный металл польется. Ведь надо обеспечить себе будущность.

Она слушала и смутно понимала его.

Почему он говорит о "европейской репутации" и о "летнем сезоне"? О каком сезоне? И где?

Ее заколол вопрос: значит, Анатолий получил заграничный ангажемент? Куда? В Англию?

Почему же он ничего ей об этом не говорил? Стало быть, он скрытничал с нею, входил тайком в переписку с заграничными директорами? Но если он будет петь в Лондоне, то должен ехать через три-четыре недели, в начале мая, даже раньше. На такую поездку он даже не намекал ей.

Ее он, конечно, не возьмет, да и как она поедет через две-три недели? Почему же нет? Лучше рискнуть здоровьем, чем остаться здесь, одной, ждать своего позора, беспомощной, точно брошенная, постылая девчонка, имевшая глупость так неосторожно увлечься модным баритоном, у которого и кроме нее есть много всяких побед, на стороне, и в обществе, и на сцене.

Все эти сомнения, жалобы, упреки готовы были политься рекой. Гордость опять помогла ей сдержать себя. Она не выдала своей сердечной боли ни одним словом и сказала только:

— Если вы увидите Анатолия раньше меня, передайте ему, что я все выслушала... Сама я не могу же действовать, коль скоро эта женщина теперь невменяема. Ведь это так называется на судебном языке?

— Так, так... Ну, спасибо, милая барышня. Все перетасуется... И не такие гордиевы узлы рассекает сама жизнь... нечто больше!

Он медленно поднялся и протянул ей руку.

В голове ее начиналось ощущение пустоты. Встать на ноги она не решалась. Она пожала его руку и тихо выговорила:

— Благодарю вас.

Когда шаги его смолкли в передней, она упала головой на спину дивана и замерла. Засыхающие слезы бороздили ей щеки, но плакать она уже не имела сил.

А в ушах стояло одно какое-то слово, и она никак не могла отогнать его, как докучную муху... Голова не в состоянии была разобрать — какое это слово. Оно жужжало и точно дразнило ее и пугало вместе — казало впереди долгий ряд дней тоски, страха, стыда, обиды и охлаждения любимого человека.

VIII

Душно в узкой и тесной комнате. Шторы спущены. В спертом воздухе стоит лекарственный запах.

Лидия Кирилловна тяжело раскрыла веки, приподняла голову и огляделась.

Голова не так болит; но сил еще нет встать. Только вчера она, по глазам женщины-врача, догадалась, что опасность миновала.

Спальня смотрит маленькой больничной камерой. Таких четыре, и все выходят в коридор. Две заняты — она не знает кем. Конечно, пациентками в "ее положении".

Вот она до чего доведена честной любовью, пылкой, благородной натурой. Горечь подступила к горлу, и во рту у нее ощущение желчи. Надо жить, действовать, бороться — не для себя одной. Там, в конце коридора, маленькое создание лежит в колыбельке и над ним дремлет и жует что-нибудь мамка, наемная, грубая и глупая мужичка, званием девица... стало быть, такая же незаконная мать, как и она. Своего ребенка отнесла в воспитательный и кормит чужого за деньги... По крайней мере, она хоть на что-нибудь годна. И не унывает, выговорила себе хорошее жалованье, ее пичкают, рядят... Быть кормилицей не всякой удается, а скопит деньжонок, возьмет своего ребенка и будет его выхаживать, как может... И опять сделается матерью, и опять в мамки... А попадет к богатым и добрым господам, останется в доме, вынянчит свое молочное дитя.

А она?

Терзаться, малодушно хоронить себя от всех, не быть даже в состоянии кормить собственного ребенка!.. Он родился хилым, чуть живым. Понадобилась операция. Долго ли он проживет?

Ей страстно захотелось побежать к нему, расцеловать его, убедиться, что он еще жив, что в колыбели лежит живое маленькое существо, а не окоченелый труп...

Все время, как она лежала в забытьи — это длилось два дня, — чуть очнется, сейчас ей представится мертвое тельце, синее, сморщенное, без пеленок, с большой голой головкой...

Вот через какой "труп" она скорее всего перешагнет: через труп своего ребенка.

Слезы потекли у нее быстро и обильно и немного облегчили ее. Она потянулась исхудалой рукой к пуговке звонка, приходившейся над ночным столиком.

Отворила дверь сиделка в темно-сером платье и фартуке.

— Как маленький? — спросила она возбужденно, довольно еще сильным голосом.

— Ничего-с.

— Кормилица с ним?

— С ним.

— Марья Филипповна дома?

— Дома-с.

— Попросите ее ко мне на минутку.

Сиделка скрылась.

Третью неделю лежит она здесь, у этой Марьи Филипповны — ученой "мадамы", как зовет ее сиделка.

Какою смелою считала она себя год назад, и позднее, когда страсть туманила ей голову. Минутами она гнала от себя всякий страх перед последствиями, хотела даже выставить напоказ то, что другие считают постыдным. Пускай та ненавистная женщина, которая довела ее до этого, знает, что она открыто будет матерью.

Вышло совсем не так. Несколько месяцев она скрывала свое положение и прибегла к укрывательству ученой мадамы, как сотни других девушек и вдов.

Но это не все... Можно снести сознание своего малодушия и

своей неудачи и продолжать любить, верить в того, кто был причиной страданий.

Любит ли она теперь, вот в эту минуту?.. И верит ли?

Она хотела бы верить до последней минуты. Да и какое она может привести несомненное, разительное доказательство того, что этот человек предал ее, бросил, поступил, как бездушный развратник?

Факты — не за него; но и не против него.

Хлопоты о разводе они должны были прекратить... Жена его — чуть не сумасшедшая, в лечебнице психиатра... Он ездил в Москву повидать детей, вернулся оттуда расстроенным; но не сухим, не злым.

Ровно за две недели до рождения ее ребенка он пришел к ней и сказал: если она не хочет, чтобы он подписывал контракт на Лондон — он ответит отказом по телеграфу... Как могла она удержать его? Он предлагал взять ее с собой. Она и на это не согласилась. Почему? Не хотела этой "милостыни", не желала быть обузой, стыдилась своего положения, боялась, что он охладеет к ней именно потому, что она обуза, что с ней надо будет просиживать все свободные дни.

Он и уехал. Прощаясь, плакал, кажется, искренно, предложил денег; она раскричалась на него, как никогда не кричала. В этом она увидала унизительную "подачку". "На, мол, тебе тысячу рублей и будь довольна, а я — умываю руки; я сделал все, что следует порядочному человеку".

И тогда, после сцены прощания, впервые заползло в ее душу сомнение: полно, любит ли она его беззаветно, тот ли он, с кем надо ей скоротать свой век?

Сначала депеши его летели чуть не каждый день, потом реже. Писать он никогда не любил. О рождении сына известила его акушерка. Он ответил радостно, но эта депеша ее не тронула. На третий день она заболела и была между жизнью и смертью.

Гордость — вот что поддерживало ее и заставляло поступать так, как у нее выходило. Она не желала считать себя его женой, даже накануне того дня, как стала матерью. А могла бы, должна бы была так чувствовать, если хотела быть верной тому, что ее распаляло в борьбе со "злой волей" его жены.

Гордость да ненавистное чувство к этой женщине сидели в ней глубже всего остального.

Не захотела принять от него поддержки, даже для их ребенка, и увидала, почти с ужасом, что у нее собственных средств не хватит и на полгода, если жить так, как она жила.

От квартиры надо было отделаться. Свою мебель поставила

она в склад и поступила тайной пансионеркой к Марье Филипповне, где все очень дорого.

Круг мыслей и ощущений привел ее к тому, с чем она проснулась.

И опять страстно потянуло ее к ребенку.

Дверь скрипнула. На пороге стояла хозяйка, блондинка, под пятьдесят лет, широкоплечая, с круглым, лоснящимся лицом, в городках на лбу, в богатом распашном капоте.

— Милочка! — тихо вскрикнула она.— Что вы!.. Никак, хотели вставать? Да это безумие, голубчик мой!

Ее белые и красивые руки, в перстнях, потянулись к больной, чтобы удержать ее от всякого лишнего движения.

Марья Филипповна присела на край кровати.

— Беспокоитесь о вашем бутузике? Напрасно. Он кушает исправно. Я знаю, скажете: поставить около вас. Невозможно это, голубчик мой, абсолютно невозможно... И туда не пущу раньше послезавтраго.

Больная силилась улыбнуться, но слова хозяйки и тон ее кололи ее. Помириться с своим положением какой-то беглянки-преступницы — она не могла.

— Через два дня мы на другой режим вас посадим.

Наклонившись к ней низко, Марья Филипповна медленно выговорила:

— Являлась ко мне одна дама и хотела вас видеть.

— Меня? Каким образом?

— Как будто родственница... Худая, очень, знаете, порядочная... С большим к вам сочувствием.

— Вы спросили фамилию?

— Спросила, милочка; она затруднилась. Говорит: я напишу Лидии Кирилловне, и, когда она поправится, она меня, быть может, примет.

Видя, что больная заволновалась, Марья Филипповна встала, сделала жест рукой и, уходя, пустила громким шепотом:

— Разговаривать довольно! Лежите смирно, голубчик мой, и благо вам будет!

IX

Перед нею, в полусвете комнаты, бледнело лицо — худое, совсем прозрачное, с остатками большой красоты; впалые, огромные глаза глядели на нее с непонятным, жутким для нее участием и еще с чем-то... Во всем существе этой женщины было что-то особенное, перед чем она смирялась.

И смотрела эта женщина совсем не старухой. Черное платье облекало тонкую талию с чем-то девическим, целомудренным. Никто бы не сказал, что она была мать девочки по тринадцатому году, что ей тридцать пять лет. Не пахло от нее ни камфарой, ни валерьяной.

Когда, четверть часа перед тем, Ашимовой подали карточку: "Анна Семеновна Струева" — все в ней всколыхнулось. Она хотела было отказать, но крикнула: "Просите", и поспешно стала оправлять свой пеньюар, в котором лежала на прибранной кровати, с пледом на ногах.

Это посещение почти возмутило ее. Что ей нужно?.. Полюбоваться на ее позор?

Но не прошло и пяти минут разговора, как она не в силах была отдаваться злобному чувству. Она только слушала.

Эта женщина узнала, где ее найти, от адвоката... Он, конечно, и послал ее, и послал не зря, а за делом... В душе этой женщины все перегорело. Она просто, без хныканья, без фраз, рассказала про внезапную смерть старшей дочери, про свое душевное расстройство и про свое излечение. И под конец рассказа она вдруг нагнулась — сидела она на стуле, — протянула руку и, сдерживая волнение, выговорила звуком глубокой скорби:

— Простите меня, Бога ради... Я вас довела вот до чего... Простите...

И поникла головой.

Что же было отвечать? Разносить ее?.. Всякая злобность смолкла... Неожиданное чувство жалости к ним обеим овладевало Ашимовой... Обе они стали жертвы одного влечения, как бы сестры по судьбе своей.

Потом, оправившись, та начала говорить просто, как о деле, которое надо наладить поскорее, тоном должницы, готовой заплатить все просроченные проценты.

Недоверие на секунду закралось в Ашимову: не ловушка ли это?

— Почему же, — спросила она, наконец, кротко, почти стыдливо, — вы так долго не соглашались?.. Я не хочу верить, чтобы из одного упорства... после того, что я сейчас выслушала от вас.

— Почему? Лидия Кирилловна... На это легко ответить, когда знаешь, что тебя поймут.

— Я пойму вас, — сказал Ашимова, подняла голову и прислонилась ею к высоко взбитым подушкам.

Почему она упиралась?.. Потому, что не могла еще совладать с любовью к человеку, созданному ею, потому что любовь к нему перешла в материнское чувство и она не отделяла его от своих детей, рожденных от него же; потому что она страшилась лишить детей отца; потому что она изучила его натуру и знала, что он может, переходя от увлечения к увлечению, — лишиться всего... Упираясь, она хотела сохранить ему семью, куда он мог бы вернуться, побитый жизнью.

Все это отзывалось чем-то слишком чистым и возвышенным, почти театральным, но Ашимова уже не могла не верить тому, что такие именно побуждения руководили ее соперницей. Незаметно исчезла для нее всякая возможность смотреть на Струеву, как на "злую разлучницу".

И впервые узнала она из ее исповеди, сколько эта женщина положила сил, вероятно, и материальных средств, на то, чтобы создать из мужа своего такого симпатичного артиста. Она почуяла, что все привлекательное в нем, на что она сама полетела как бабочка, было согрето и развито его женой.

— Умерла моя Оля, — доносился до нее тихий, немного глухой голос, она слушала с полузакрытыми глазами, — и когда я после болезни стала входить в себя, эта смерть явилась для меня откровением. Я не изуверка и не ханжа. Может быть, слишком мало думала о душе своей. Но этот удар просветил меня... Ваш адвокат, — он хороший человек, — узнал, что я выздоровела, приехал, рассказал, в каком вы положении — и вот я здесь, Лидия Кирилловна. Вам тяжелее. Я, как женщина, свое взяла с жизни. А вы, молодая девушка, честная, пылкая и в сущности ни в чем не виноватая передо мной... У вас ребенок... Он сын Анатолия Петровича... Я должна отдать и ему, и вам права... Вы их достаточно выстрадали.

Голос ее крепчал, и тон ее слов показался под конец Ашимовой слишком торжественным, как будто отзывался рисовкой и нравоучением.

Она должна бы благодарить ее, потянуться к ней, обнять, но ее что-то держало. Эта женщина как бы оскорбляла ее своим нравственным превосходством — настоящим или поддельным. Но то, что она говорила, согласовалось с ее поведением. Ведь она сама приехала, она хочет — хоть и поздно — дать мужу развод, она их благословляет и думает только о том, чтобы сыну Анатолия Петровича и его теперешней подруге были возвращены законные права.

Уж не взялась ли она за ум и не желает ли отступного.

Эта мысль пронизала мозг Ашимовой, но она застыдилась ее тотчас же. Нет! На деньги она не пойдет, да и какие деньги может ей предложить муж, когда он вряд ли что давал ей и на воспитание детей?.. И все-таки тон последних слов Струевой задевал и настраивал не так, как бы она сама желала.

— Живите... будьте...

Голос Струевой оборвался: она упала всем своим исхудалым телом на кровать и беспомощно зарыдала.

Ее всю трясло. Не поднимая головы, она пролежала так с минуту.

Ашимова сидела, вся потрясенная этим взрывом душевной боли. Тут только она все поняла — поняла и то, что, произнося слова свои торжественным тоном, эта женщина делала над собой нечеловеческие усилия, чтобы выдержать роль, не выдать себя.

И не смогла.

В рыданиях, в изможденном трепетном теле металось перед ней горе всей жизни, бесповоротное чувство потери до сих пор любимого человека.

Не сердце чувственной любовницы билось перед ней в муках, а сердце матери, у которой отнимают самое дорогое детище.

— Анна Семеновна! Умоляю вас! Я не хочу, я не хочу!

Эти слова вырвались у Ашимовой вместе с движением обеих рук.

Она схватила ими Струеву за плечи не то затем, чтобы привлечь ее к себе, не то затем, чтобы обнять.

Порыва нежности она не ощутила настолько, чтобы привлечь ее к себе, но на нее нашел почти ужас от того, на какое дело она так упорно и беспощадно шла.

Вот он, труп-то, не телесный, а труп женской души, такого же живого существа, как и она, неизмеримо больше любящего того человека, которому, быть может, нет особенного дела ни до одной из них.

— Простите!.. Я ничего!

Струева подняла свое лицо, все облитое слезами. Глаза ее скорбно замирали.

— Я ничего! Это — нервы! Все еще остатки болезни... Знаете, для нас, женщин, слезы — дешевый товар.

Ее поблеклые губы хотели было сложиться в улыбку. Она села опять на стул, застенчиво оправила ленты своей шляпки и провела платком по лицу.

Ашимова не находила в себе никаких слов; она слишком много пережила в эти десять минут.

X

Лужайка отдыхала от сильного дневного жара под тенями спустившегося перед закатом солнца.

На бревнах — новых, не прошлогодних — сидели опять Ашимова и ее приятель Крупинский. Она была в темном кретоновом платье, без шляпки, как дачница. Он одет почти так же, что и в прошлом июле, когда лесная тропинка завела их сюда, на эту самую лужайку.

Наружность Лидии Кирилловны изменилась — к выгоде ее. Овал лица сделался тоньше и цвет кожи менее ярок. Слишком пышный бюст принял более строгие очертания. В глазах не было задорного блеска. Они углубились в своих впадинах и казались больше.

Крупинский немного пополнел. Но в тоне его приятельского разговора с Ашимовой звучало что-то новое.

Вчера приехал он повидаться с нею, и они повели свою первую интимную беседу только сегодня, на прогулке в лес.

Она ему все рассказала, и когда они пришли сюда и сели, он уже знал, что ее ребенок умер, что Струев "пожинает лавры" в Ковент-Гардене и подписал уже ангажементы в Вену, Неаполь и Мадрид, по два месяца в каждом городе. Прокурор не проронил ни одного изречения, ни одной шутки. Его глаза грустно и вдумчиво взглядывали на Ашимову и тотчас же опускались.

— Вот какие дела, Крупинский, — начала она своим приятным, низковатым голосом, не утратившим грудной звучности после болезни.— Не хотите ли дать заключение?

— Зачем же так, Лидия Кирилловна?

Он почти смущенно отмахнулся правой рукой.

— Да что же все в лирическом тоне разливаться? Как видите, пророчество ваше сбылось. Я перешагнула через труп.

— Позвольте, мало ли что болтаешь!

— Нет, вы были правы! Только я перешагнула через труп собственного ребенка... Могла бы и через другой труп перешагнуть, через забитую душу той женщины... но не хочу.

— Почему же? — искренно вскричал он и приподнялся.

— Вы ли это мне говорите?

— Я, Лидия Кирилловна. В чем же вы можете себя упрекнуть теперь?

— Вы, стало, плохо слушали?

— Нет, превосходно!

— Я жертв не желаю, Крупинский. Он до сих пор ее идол...

Такова женская доля. Но во мне, кажется, этого идолопоклонства нет. Он — ее дорогое чадо. Она надеется, что рано или поздно он вернется к ней и у него будет семья, у него будет мать, нянька, все, на что она способна для него и на что я неспособна.

— Вы?

— Нет, неспособна.

Ашимова провела по лбу рукой, и брови ее нервно сблизили свои концы.

— Зачем лгать самой себе? Я только воображала о себе многое. Смерть моего мальчика научила меня знать себя лучше. Да, живи он — я бы не отказалась быть женой Струева — для сына. И то, едва ли!

— Лидия Кирилловна!

— Едва ли, — повторила она с ударением.— Он бы и меня бросил, стало быть, и его покинул бы. Дать ему имя? Так ведь он был незаконный!

— Нынче стало легче вернуть права ребенку.

— Нет, я вряд ли бы пошла на это. Я хочу с совестью в ладу жить; всегда передо мной стоял бы призрак этой женщины... Как она тогда не выдержала и зарыдала, бросившись головой к ногам моим — такие минуты не забываются. Особенно когда страсть перегорела; а она перегорела.

— Однако... Явись он сюда, вот сейчас, вы бы кинулись к нему и пошли бы на все?

Не сразу ответила она.

— Не знаю... Вряд ли... Я ему — уже в тягость. Он меня зовет туда, но как? Для очистки совести. Да если бы я ему и по-прежнему нравилась — зачем я ему? Он идет полным ходом, и я для него обуза.

— Что вы говорите! Но вы пошли бы рука об руку!

— Я мечтала об этом. Голос у меня есть, но не Бог знает какой... Хорошо, если и в провинцию получу ангажемент. А уцспиться за него, чтобы он всюду меня таскал и, в виде подачки, выговаривал для меня места третьей конпримарии — я слишком горда. Что ж! Каюсь, гордость — мой коренной порок, но он, по крайней мере, удерживает от гадостей и унижений.

Горечь сложила ее губы, немного побледневшие, в усмешку.

— Вы не думайте, что во мне ревность, самолюбие говорят. До меня дошли слухи о его новых победах в Лондоне, об этой американке... с которой он пел в "Эрнани" с таким успехом. Нашлась какая-то добрая душа, анонимно прислала мне корреспонденцию, где есть прозрачный намек на то, что баритон и примадонна так искренно увлекаются на сцене, как могут только увлекаться взаимно любящие сердца. Есть и еще намек — на возможность свадьбы... Почему же нет?.. Крупинский, я не хочу говорить о нем дурно... У него такая уж натура: год — одно увлечение, следующий — другое. Неунывающий артист!.. Лучше я вам скажу про себя: настоящей, роковой любви к нему у меня нет... А ребенок наш умер! Стало... Остальное вы сами доскажете; вы в логике — первый мастер. Вы видите, я не рисуюсь, я — не в отчаянии... Буду жить, работать, за счастьем погожу гнаться. Обожглась! На первый раз довольно.

И она глухо засмеялась.

— Если так, — заговорил он, опять подсаживаясь к ней, — что ж!.. Я рад за вас, Лидия Кирилловна.

Он как бы перебил самого себя. Его речистость ему изменяла в первый раз с нею. Вбок поглядел он на нее с тревожным сочувствием. Можно было догадаться по движению рук и головы, что им овладевает волнение, которое ему трудно одолеть.

— Урок слишком тяжкий... И вы меня простите за все, что я в прошлом году изрекал, вот здесь.

— Напрасно!.. Если бы я помнила, как надо, ваши слова... о трупе, я бы не кинулась так напролом... не тешила бы так свое...

Она искала слова.

— Женское себялюбие, — выговорила она грустно и смолкла.

Крупинский протянул ей молча руку. Она пожала.

В его пожатии была дрожь, замеченная ею. Этот "сушка-прокурор", — как она его звала часто и в письмах, — человек с душой и предан ей.

Только ли предан? Не заговорило ли в нем более нежное чувство? Вопрос выскочил в ее голове сам собой... Она не устыдилась и не испугалась его.

Но голова продолжала работать. И сердце помогало этой работе головы.

Нет, — сказала она про себя, — не надо мне мужских подачек. И для меня, и для него унизительно, если он даже и полюбит меня.

Она способна была выговорить это вслух, начни он изливаться.

Что же тут мудреного? Мужчины, не меньше женщин, гоняются за миражем страсти, да вдобавок еще любят играть в великодушие, спасать, на каждом шагу принимать жалость за любовь.

А жалости она не хочет. И любить она не может, в эту минуту... Своего приятеля Крупинского способна полюбить, как хорошего человека.

Но такому человеку надо другую жену.

— Милая, — прошептал он и стыдливо прикоснулся губами к ее руке.

— Пойдемте... Мы старые приятели, — возбужденно и громко сказала Ашимова.— Нам нечего обижать друг друга жалостью.

И, молча, пошли они в обратный путь.

МОЛОДЫЕ

Разсказъ

I

Корридорный шелъ впереди со свѣчой, а за нимъ слѣдовала молодая женщина въ бархатной шубкѣ на дорогомъ мѣху изъ чернобурой лисицы, большаго роста, стройная, нѣсколько широкая въ плечахъ. Изъ-подъ вуалетки нельзя было въ полусвѣтѣ корридора разсмотрѣть цвѣтъ ея волосъ. Только большіе глаза, утомленные дорогой, темнѣлись на продолговатомъ бѣломъ лицѣ. Шагахъ въ двухъ отъ нея шелъ сухой, очень большаго роста, мужчина съ желтыми длинными бакенбардами, въ дорожной шотландской шапочкѣ и въ пальто халатомъ темно-сѣраго цвѣта. У него была наружность, какую вы встрѣчаете до сихъ поръ еще въ министерствахъ: запоздалая моложавость, сухія тонкія губы, сухой носъ съ pince-nez и желтоватые глаза съ брезгливымъ выраженіемъ. Еще подальше тяжелою походкой подвигалась толстая женщина, что-то въ родѣ экономки или няньки, съ головой укутанной въ платокъ и въ лисьемъ салопѣ.

Эти господа пріѣхали съ поѣздомъ южной дороги. Имъ приготовленъ былъ шестирублевый номеръ изъ двухъ комнатъ — гостиной и спальной. Войдя въ первую комнату, пріѣзжій спросилъ низкимъ и тупымъ голосомъ.

— А гдѣ другія вещи?— и сбросилъ свое пальто на диванъ.

Полная женщина съ пріемами и лицомъ няньки начала снимать шубку съ молодой дамы.

Это были мужъ и жена. Они держали себя такъ, точно будто имъ несовсѣмъ ловко было говорить другъ съ другомъ.

— Здѣсь, кажется, угарно?— замѣтилъ съ гримасой мужъ.

Корридорный отвѣтилъ, что въ этомъ отелѣ угарно быть не можетъ.

Дама спросила чаю и на вопросъ номернаго, гдѣ она прикажетъ накрыть, отвѣтила:

— Здѣсь, здѣсь.— И тотчасъ спросила, указывая на дверь:— Это въ спальню?

— Въ спальню,— сказалъ корридорный.— Вы изволили телеграфировать, чтобъ еще комнату съ кроватью. Все занято. Если угодно, будетъ черезъ номеръ.

Дама пожала плечами и, снимая вуалетку, отошла къ зеркалу. Ей было лѣтъ двадцать пять. Лицо сохраняло еще несомнѣнное дѣвическое выраженіе, но оно было крупно, съ темными глазами и темными же, почти черными, волосами, которые покрывали весь лобъ до бровей. Подбородокъ нѣсколько выдался и придавалъ лицу особенно характерную черту. Весь ея типъ былъ скорѣе южный.

— Вѣдь было сказано въ депешѣ,— выговорила она нетерпѣливо, груднымъ, пѣвучимъ голосомъ.

Мужъ въ это время снималъ съ себя сумку и, глядя на нее въ полъ-оборота, выговорилъ сквозь зубы:

— Вы, мой другъ, сдѣлаете себѣ изъ этой комнаты уборную.

— Какъ это удобно!— вырвалось у ней.

— Завтра освободится,— доложилъ номерной.

— Завтра мы ѣдемъ,— сказала дама и значительно посмотрѣла на мужа.

Онъ отошелъ къ камину и пустилъ въ полголоса:

— Смѣшно.

Дама подошла къ нему и еще тише сказала:

— Вы возьмете ту комнату.

— Какъ вамъ угодно.

Толстая женщина, освободившись отъ своего салопа и платка, оказалась не очень еще старой особой, въ темномъ шерстяномъ платьѣ съ пелериной, видомъ и манерами скорѣе экономка. Ея широкое и свѣжее еще лицо съ добрыми губами и глазами навыкатъ было смугло и еще болѣе, чѣмъ у дамы, отзывалось южнымъ типомъ. Она ходила но комнатѣ и осматривала ее; потомъ отворила дверь налѣво и сказала тономъ авторитетной няньки:

— Двѣ кровати приготовлено. Комната славная.

— Пойдемъ, няня,— сказала ей дама.—Положи вещи и сходи за теплой водой.

Она пропустила свою няньку въ дверь, притворила ее и стала спиной, держась за ручку, лицомъ къ мужу.

— Вы что гримасничаете?

— Я?— переспросилъ господинъ съ бакенбардами.

— Ну, да.

— Нисколько. Мнѣ кажется все это очень смѣшно, мой другъ.

— Пожалуйста безъ нравоученій! Я утомлена. Двое сутокъ въ вагонѣ. У меня есть свои привычки, вы это очень хорошо знали, когда становились со мной подъ вѣнецъ.

Мужъ сдѣлалъ чуть замѣтное движеніе губами.

— Да, предчувствовалъ,— протянулъ онъ.

Она подошла къ нему очень быстрыми шагами. Глаза ея расширились, ноздри также. Слышно было по комнатѣ, какъ она сильнѣе задышала.

— Послушайте, Павелъ Петровичъ,— заговорила она,— я не предполагала, чтобы можно было на желѣзной дорогѣ въ сорокъ восемь часовъ такъ узнать человѣка. Надо бы вмѣсто этихъ модныхъ обязательныхъ поѣздокъ изъ-подъ вѣнца дѣлать ихъ до вѣнчанья.

— Ха-ха-ха!... По-американски?

— Да, по-американски,— отвѣтила она въ тонъ.— Сорокъ восемь часовъ въ одномъ купэ это — цѣлое откровенiе.

Онъ зѣвнулъ.

— Ахъ, Боже мой,— сказалъ онъ звукомъ человѣка утомленнаго и дорогой, и непрiятностью разговора.— Говорите пожалуйста проще. Что это у васъ все какiя-то фразы изъ русскихъ журналовъ! Это надо оставить. У васъ нервы: очень понятно,— вы плохо спали вторую ночь. Я бы вамъ не совѣтовалъ пить чай,— это ажитируетъ.

— Я буду пить и буду прекрасно спать. Совѣтую вамъ тоже въ вашемъ отдѣльномъ помѣщенiи...

Она выговорила эти послѣднiя слова, подчеркнувъ ихъ, и нервно отворила дверь.

II

Вошли два корридорныхъ мужика. Они внесли вещи. Жена приказала имъ внести большой сундукъ въ спальню, а мужъ замѣтилъ, что это безполезно, такъ какъ они хотятъ только переночевать. Жена отвѣтила, что она не знаетъ, какъ еще будетъ чувствовать себя завтра: можетъ-быть она проживетъ и двое сутокъ въ Москвѣ,— и двумъ корридорнымъ данъ былъ приказъ поставить сундукъ мужа въ отдѣльный номеръ черезъ комнату.

Нянька показалась на порогѣ и стала покрикивать на корридорнаго мужика. Господинъ съ бакенбардами морщился, и когда нянька и мужикъ скрылись за дверями, онъ всталъ съ кресла, гдѣ сидѣлъ, поморщивался и курилъ, и, подойдя къ молодой женщинѣ, выговорилъ брезгливо:

— Sophie, я вамъ уже, кажется, сказалъ дорогой, что ваша няня дѣйствуетъ и на мои нервы.

— Ну, такъ что же?

Этотъ вопросъ былъ сдѣланъ сухо и небрежно.

— Вамъ надо взять другую горничную въ Петербургѣ. Пускай эта женщина, если вы привыкли къ ней, живетъ, но въ качествѣ экономки. Она слишкомъ вульгарна и...

— Да, она не изъ Faubourg St.-Germain,— перебила жена.

— Она позволяетъ себѣ такой тонъ... за панибрата.

— Это моя нянька, Павелъ Петровичъ, вы это хорошо знаете. Ничего въ ней нѣтъ особенно вульгарнаго. Она даже изъ бѣдныхъ чиновницъ. Добрая женщина, я къ ней привыкла,— у меня къ ней понятная слабость. Одна только Марья меня и любила-то, по правдѣ сказать.

Въ отвѣтъ на это послышался опять короткій и немножко въ носъ смѣхъ мужа, видимо раздражавшій жену.

— Ахъ, полноте,— возразилъ онъ.— У васъ какой-то пунктъ считать себя непонятой и всѣми обиженной. Что-жь такое, что вы остались сиротой безъ матери, но у отца блаженнѣе существованіе трудно себѣ и вообразить. Вы помыкали всѣми, какъ пѣшками, начиная съ того же самаго отца.

Она начала ходить по комнатѣ большими шагами и заложивъ руки за спину. Ея красивый и пышный бюстъ обтягивало дорожное суконное платье темно-песочнаго цвѣта.

— Хорошенькій у насъ разговоръ выходитъ на третій день послѣ свадьбы,— выговорила она точно про себя и остановилась посреди комнаты.

Принесли самоваръ. И это вызвало протестъ со стороны мужа.

— Очень хорошо сдѣлали,— сказала жена.— Я не люблю этихъ отвратительныхъ чайниковъ. Довольно ихъ было на желѣзной дорогѣ. Пора чувствовать себя хоть немножко дома.

Выговоривъ это, она ушла въ комнату. Петербургскій господинъ отдалъ приказаніе, чтобъ у него въ спальнѣ было ни очень жарко, ни очень свѣжо, и чтобы нагрѣли постельное бѣлье. Когда номерной переспросилъ его съ недоумѣніемъ, какъ нагрѣть, онъ приказалъ взять кувшинъ съ горячей водой и освѣдомился, что такое у нихъ въ отелѣ внизу: концертъ, или какой-нибудь вечеръ. Онъ видѣлъ, проходя, освѣщенную лѣстницу. Номерной сообщилъ, что у нихъ представленіе: любители играютъ пьесу. Ему приказано было принести афиши. Еще не было поздно. Онъ желалъ, повидимому, переодѣться и отправиться куда-нибудь скоротать вечеръ. Номерной еще не ушелъ, когда показалась изъ своей спальни молодая дама и потребовала, чтобы для ея няни приготовили комнату. Номерной предложилъ постлать въ передней. Мужъ согласился съ этимъ, но жена возмутилась и потребовала отдѣльной комнаты, даже если она будетъ стоить и не дешевле трехъ рублей.

Петербургскій господинъ опять отошелъ къ камину и пожалъ значительно плечами.

— Богъ знаетъ, что такое,— пробормоталъ онъ.

Дама подтвердила еще разъ, чтобы комната для няни была готова, и сѣла за самоваръ.

— Павелъ Петровичъ,— обратилась она къ мужу,— вы пожалуйста не стѣсняйтесь. Идите къ себѣ, умойтесь съ дороги,— вы такъ страдаете отъ избытка чистоплотности.

— Чистоплотности!...

— Слово не изящно?

— Да, его не употребляютъ.

— Гдѣ?

— Въ обществѣ людей моего круга.

Жена быстро поставила чайникъ, который только передъ этимъ взяла, и поднялась съ мѣста.

— Павелъ Петровичъ,— почти крикнула она,— я прошу васъ разъ навсегда не дѣлать мнѣ репримандовъ. Мнѣ двадцать шестой годъ, вы это прекрасно знали, когда женились на мнѣ. Передѣлывать меня поздно. Мой языкъ нисколько не хуже вашего; я нахожу, напротивъ, что онъ богаче и колоритнѣе. Говоритъ вашей чиновничьей остриженной прозой я не намѣрена.

Карцевъ (такъ звали мужа) подошелъ къ ней и хотѣлъ взятъ ее за руку; она отстранила. Онъ выпрямился, точно хотѣлъ отряхнуть пыль съ своего сѣраго дорожнаго пиджака. Желтоватыя 45 его щеки покраснѣли, pince-nez слетѣло съ носа.

— Это уже выходитъ изъ всякихъ предѣловъ,— вырвалось у него.— У васъ нервы, но вѣдь я въ этомъ не виноватъ. Цѣлыхъ сорокъ восемь часовъ на желѣзной дорогѣ вы сначала какъ-то все меня оглядывали и выспрашивали и потомъ начали вести себя...

— Такъ, какъ вы сами на меня дѣйствовали, ни больше, ни меньше, Павелъ Петровичъ.

— Наконецъ, Sophie, это Богъ знаетъ на что похоже. Если бы здѣсь были посторонніе зрители, они подумали бы, что мы играемъ комедію и что нашъ бракъ что-то экстравагантное.

Онъ оперся на столъ и нагнулъ немного голову въ ея сторону.

— Знаете,— продолжалъ онъ,— будь я подозрителенъ, я бы

сказалъ, глядя на васъ, что вашъ выходъ замужъ за меня какая-то макіавелевская комбинація.

— Какой стиль!— вскрикнула Карцева и отхлебнула изъ чашки.

— Я говорю серьезно и прошу меня выслушать,— продолжалъ мужъ.— Да, такъ оно могло показаться каждому, даже и наивному человѣку.

— Да что же такое?— досадливо выговорила она тономъ женщины, почувствовавшей что-то противное во рту.

— Вѣдь, если я не ошибаюсь,— выговаривалъ онъ точно дѣлалъ докладъ кому-нибудь,— вы были знакомы и съ разными передовыми юношами, съ разными упразднителями,— такъ, кажется, они называютъ себя? Почемъ же знать, можетъ-быть одинъ изъ нихъ и предложилъ вамъ такой проектъ: выйти за мужъ за перваго попавшагося подходящаго человѣка и потомъ на желѣзной дорогѣ, послѣ вѣнца, повести дѣло къ разрыву...

— А вы считаете меня на это способной?— спросила она и ея полныя, выразительныя губы сложились въ усмѣшку.

— Я этого не говорю,— что же возмущаться? Обыкновенно между новыми людьми это дѣлается по взаимному соглашенію, не правда ли? Вы слишкомъ умны, чтобы сразу не разсмотрѣть, способенъ ли я пойти на такую сдѣлку; но все это я говорю, какъ бы сказать, въ видѣ... Словомъ, j'invente une situation...

Она откинулась на спинку кресла. Видно было, какъ самые звуки голоса этого человѣка несимпатичны ей, какъ она внутренно тяготится этою манерой тянуть слова и подыскивать выраженія.

— Прекрасно!— вскричала она.— Это довершаетъ, какъ послѣдній штрихъ, вашу душевную физіономію.

Карцевъ потянулся, отошелъ нѣсколько шаговъ къ камину, потомъ опять приблизился къ столу и выговорилъ гораздо выше звукомъ и злѣе:

— Софья Григорьевна, я нахожу такой тонъ совершснно неумѣстнымъ.

Онъ взялъ чашку и сѣлъ съ ней на противоположной сторонѣ гостиной, у маленькаго столика. Жена продолжала пить изъ своей чашки маленькими глотками.

— Какъ вамъ будетъ угодно,— отвѣтила она, не мѣняя тона.— То, что вы сейчасъ сказали, въ сущности совсѣмъ меня не обидѣло. Можетъ-быть мнѣ въ самомъ дѣлѣ лучше было бы выйти за васъ — вотъ такъ, макіавелевскимъ способомъ, какъ вы выражаетесь... Только, Павелъ Петровичъ, надобности никакой не было. Мнѣ разсказывали про такія замужства; это дѣлается, когда дѣвушкѣ надо освободиться изъ-подъ гнета, она желаетъ жить на волѣ, ей необходимо ѣхать учиться или что-нибудь другое... Но мнѣ ничего этого не нужно было.

— Я полагаю.

— Я могла уѣхать куда мнѣ угодно, а вотъ видите не уѣхала.

Карцевъ всталъ.

— Вы говорите это такимъ тономъ, точно хотите сказать: и сдѣлала колоссальную глупость!

Она немного помолчала и потомъ перемѣнила выраженіе своего голоса.

— Перестанемъ,— выговорила она.— Въ самомъ дѣлѣ это банально такъ перебраниваться.

— Я надѣюсь,— подтвердилъ Карцевъ.

III

Пришелъ опять номерной, подалъ афиши и удалился. Карцева спросила своего мужа, куда онъ собирается. Онъ посмотрѣлъ въ афиши и прочелъ, что даютъ "Женитьбу Бѣлугина". У нея вырвалось:

— Какъ они счастливы, эти любители! Имъ конечно веселѣе.

Няня Марья изъ двери спальной доложила, что все готово.

Карцева предложила ей чаю.

Это вызвало опять разговоръ между супругами. Мужъ предупредилъ жену, что онъ не желаетъ сажать ея няньку за одинъ столъ съ собою, потомъ поглядѣлъ опять въ афиши и спросилъ, не хочетъ ли она поѣхать смотрѣть "Демона".

— Я спать хочу,— рѣзко отвѣтила она.

Мужъ продолжалъ читать вслухъ: "во всѣхъ залахъ россійскаго благороднаго собранія маскарадъ. Оркестръ Рябова и хоръ русскихъ пѣвцовъ подъ управленіемъ г. Иванова". И задумался.

— Это васъ соблазняетъ?— спросила она.

— Нисколько. Но, право, я боюсь, что такой tête-à-tête окончательно разстроитъ ваши нервы.

— Пожалуйста, не стѣсняйтесь, поѣзжайте, если вамъ хочется. Поѣзжайте слушать "Демона" или смотрѣть этихъ любителей... Идите.

— А еслибъ я поѣхалъ въ маскарадъ?— промолвилъ онъ и, подойдя въ чайному столу, оперся объ него обѣими руками.

— Почему же именно въ маскарадъ?— оживленнѣе спросила она.

— Такъ. Развѣ вамъ не все равно?

— Надо открывать сундуки, вынимать платье. Не поѣдете же вы въ этой дорожной визиткѣ.

— Это дѣло десяти минутъ.

— Какъ вамъ угодно,— проговорила Карцева совсѣмъ другимъ тономъ.

— Ха-ха-ха!— разсмѣялся мужъ.— Вотъ видите ли, Софья Григорьевна, вы наблюдали меня въ вагонѣ, производили мнѣ смотръ вѣроятно затѣмъ, чтобы въ чемъ-нибудь поймать, въ какомъ-нибудь противорѣчіи съ поступками моими или... я не знаю чѣмъ: тономъ, манерой....— я въ это не желаю углубляться,— а вотъ теперь и я тоже вижу, что говорить легче, чѣмъ примѣнять слова къ дѣлу.

— Это что еще?— почти вскрикнула она и встала изъ-за стола.

— Позвольте мнѣ досказать,— продолжалъ мужъ, впадая опять вы свою манеру чиновника, докладывающаго о дѣлѣ.— Вы вѣдь были дѣвушкой передовой...

— Я и теперь дѣвушка!— значительно отвѣтила она.

Онъ не останавливался и продолжалъ:

— Вы меня даже немного напугали одно время своими взглями, принципами, всѣмъ вашимъ... какъ это сказать... женскимъ фатализмомъ.

— Прекрасно.

— Такъ вотъ, откровенно говоря, я смущался одно время. Шире васъ никто, кажется, не смотрѣлъ ни на бракъ, ни на взаимную свободу супруговъ. А вотъ теперь: я вамъ шутя сказалъ, что поѣду въ маскарадъ, и васъ это совсѣмъ передернуло.

Она начала оправдываться и увѣрять, что ей рѣшительно все равно.

— Однако.. — протянулъ мужъ, и въ этомъ словѣ было столь-ко раздражающаго, недовѣрія, что она опять не выдержала.

— Ваше желаніе, Павелъ Петровичъ, куда-нибудь дѣться, поѣхать въ маскарадъ сегодня — это окончательно рисуетъ человѣка.

— Я еще не высказалъ опредѣленнаго желанія,— возразилъ онъ.— Но если вы будете продолжать со мною въ такомъ тонѣ, я нарочно поѣду.

— Нарочно?

— Да.

— Въ видѣ исправительной мѣры?

— Въ видѣ огражденія себя на будущее время. Это — разъ. Да и вамъ не мѣшаетъ быть послѣдовательнѣе. Вы думаете, что достаточно говорить фразы, воображать себя передовой дѣвушкой безъ предразсудковъ. А вы читали когда-нибудь одну пьесу Дюма-фиса, въ которой женщина зрѣлыхъ лѣтъ, мать, съ передовыми идеями, воображала также, что она выше предразсудковъ, а когда сынъ ея проситъ позволенія на бракъ съ дѣвушкой хорошей, но съ дѣвицей-матерью, она возмущается...

— Что же тутъ общаго?— перебила Карцева.

— Очень много, только факты крупнѣе.

Онъ выговорилъ это какъ человѣкъ одержавшій побѣду, закурилъ папиросу и, какъ-то покачиваясь на длинныхъ, худыхъ ногахъ, подошелъ къ зеркалу и расправилъ свои бакенбарды.

Встала и Карцева. Щеки ея горѣли.

— И прекрасно,— сказала она болѣе глухимъ голосомъ.— Поѣзжайте, я буду очень рада,— мнѣ хочется спать. Я вижу, что если мы будемъ разговаривать такъ за самоваромъ, то мои нервы окончательно расходятся. Поѣзжайте, поѣзжайте, но позвольте мнѣ вамъ сказать, Павелъ Петровичъ, что во всѣмъ вашимъ милымъ качествамъ присоединяется еще сухое упорство и злобность. Вамъ и не хочется совсѣмъ ѣхать, но вы нарочно поѣдете. Позвольте мнѣ объявить вамъ здѣсь разъ навсегда, что я такихъ свойствъ выносить не желаю. Вы можете ѣхать, но знайте, что это равносильно...

— Чему?— спросилъ Карцевъ умышленно спокойно.

— Разрыву!— выговорила она и посмотрѣла на него своими большими умными и смѣлыми глазами.

— Ха-ха-ха!... Полноте, что за комедія! Всему есть мѣра.

— Я говорю серьезно.

— А я не могу принимать этого серьезно.

Онъ пошелъ къ двери. Она сдѣлала два шага, хотѣла себя сдержать и все-таки окликнула его.

— Что вамъ угодно?— насмѣшливо кинулъ онъ ей.

— Вы ѣдете?

— Да-съ. До свиданія, до завтра.

И вышелъ, беззвучно ступая по ковру.

IV

Въ комнатѣ тускловато горѣли свѣчи въ жирандоляхъ. Самоваръ пересталъ гудѣть. Молодая женщина прошлась нѣсколько разъ взадъ и впередъ, потомъ больше упала, чѣмъ сѣла, на диванъ. На лицѣ ея была и досада на себя, и раздраженіе на этого человѣка. А человѣкъ этотъ — ея мужъ и она по доброй волѣ шла за него, стояла съ нимъ подъ вѣнцомъ три дня тому назадъ.

Какъ это все и глупо, и пошло — то, что случилось сейчасъ. Формально онъ былъ правъ. Она начала къ нему придираться, говорила съ нимъ такимъ тономъ, какимъ конечно не говорятъ на третій день супружества, да еще во время любовнаго путешествія супруговъ на иностранный манеръ. Но вмѣстѣ съ тѣмъ ей сдѣлалось какъ бы и пріятно, но только на одинъ мигъ. Она точно почувствовала возможность освободиться...

— Софьюшка!— окликнулъ ее жирный и вздрагивающій голосъ няни съ порога спальни,— почивать бы тебѣ.

Карцева опустила голову и оперлась ею на ладонь правой руки.

— Няня, поди-ка сюда.

— Что, Софьюшка?— спросила Марья и, подойдя къ молодой женщинѣ, опустила сй правую руку на спину.

Карцева встала, обняла ее и потомъ опять опустилась вмѣстѣ съ нею на диванъ.

— Ахъ, няня, няня!— вырвалось у нея.

Трудно было ей еще говорить даже и Марьѣ.

— Что, неладно, вижу?

— Дрянь!— крупнымъ шепотомъ выговорила Карцева и тотчасъ подняла голову. Ея темно-малиновыя губы раскрылись и въ глазахъ промелькнулъ блескъ.

— Муженекъ-то?— тихимъ шепотомъ спросила Марья и нагнулась къ ней своимъ добрымъ лицомъ.

— Да, дрянь, да еще какая!

Тутъ только заслышались у ней въ голосѣ слезы. Она отвернула голову. Къ этомъ движеніи было что-то милое и дѣтское, несмотря на ея крупные размѣры.

— Я назадъ поѣду.

— Куда назадъ?— почти съ ужасомъ переспросила Марья.

— Къ отцу.

— Что ты Соничка!...

— Да, да, завтра поѣду. Спи здѣсь на диванѣ и запрись.

И тутъ она совершенно уже по-дѣтски поникла ей головой на плечо.

Протянулось молчаніе. Слезъ не было слышно. Потомъ сталъ раздаваться тихій голосъ няньки.

— Вотъ, Софьюшка,— приговаривала она, точно будто сидя въ сумеркахъ въ дѣвичьей,— все ты по-своему дѣлала, анъ и поймалась. Гдѣ у тебя глаза-то были? И я, даромъ что на мѣдныя деньги учена, говорила тебѣ; не такого нужно человѣка. Эдакій ты огонь! И съ дѣтства привыкла ты хозяйкой быть. Чего ужь грѣха таить, папенька-то весь свой вѣкъ прыгалъ, прыгалъ предъ тобой... И ума не приложу, зачѣмъ ты этого бѣлобрысаго выбрала. Захотѣлось генеральшей быть, что-ли, тамъ въ Петербургѣ? Или на деньги позарилась? Ты — богатая, а у него врядъ ли кромѣ жалованья много; я сейчасъ вижу, что онъ изъ такихъ. Да вѣдь какая сласть, хоть онъ и въ министры попадетъ?

Карцева молчала. Все это — правда, правда до смѣшнаго. И вотъ ея простая, немудрая Марья Захаровна подводитъ ей итоги. Такъ сдѣлалось ей горько и больно, почти физически больно, точно кто кольнулъ ее между ребрами.

— Да, да, няня,— глухо вскрикнула она и вскинула руки су сжатыми кулаками.— Дура я, дура!... И что это дѣлается иногда? Была дѣвчонкой, потомъ старше, девятнадцати, двадцати лѣтъ, смѣялась надъ замужствомъ. Зачѣмъ, говорила я, пойду? Любить и такъ можно...

— Что ты, Сонична!— остановила нянька.

— Да ничего! Такъ вотъ и говорила, ты сама помнишь. А тутъ какая-то вялость на меня напала, все равно точно чего испугалась...

— Двадцать шестой годокъ пошелъ, Софьюшка...

— Да развѣ я старуха?— спросила Карцева и брови ея поднялись верхними концами.

— Старуха не старуха,— на видъ-то, пожалуй, и двадцати двухъ не дадутъ,— а такъ женскимъ дѣломъ что-то совѣстно становится...

Карцева встала и начала ходить по комнатѣ. Никогда еще не говорила она, даже съ этой Марьей Захаровной, такъ просто и тепло. Жалѣла она свою няньку, но держала себя балованной и часто высокомѣрной барышней.

— Да,— выговорила она,— не любила я никогда. Много, много разныхъ мужчинъ прыгали и въ деревнѣ, и заграницей...

— Чего еще!— вырвалось у Марьи.— Тамъ на морѣ-то пучеглазый итальянецъ... Не больно онъ былъ мнѣ по нутру.

Думала, ты за него собираешься. Увезъ бы, и все бы лучше. Тотъ какъ слѣдуетъ былъ: и глаза, и волосы, и ростъ, и пѣлъ какъ сладко... И богатъ былъ: сколько однѣхъ лошадей... Правилъ самъ. Точно картинка! И годами... много что года на три тебя старше. Не судьба!

Послѣднихъ словъ Марьи Карцева какъ будто не слыхала. Она повернулась быстро на коблукѣ и совсѣмъ другимъ голосомъ приказала:

— Открой сундукъ, вынь мнѣ черное платье! Я тоже поѣду въ маскарадъ.

Марья Захаровна не на шутку испугалась.

— Что это ты, Софьюшка! Какже это? Третьяго дня свадьба была; всю дорогу вы какъ-то ежились, а теперь одинъ другому на зло...

"Я не буду его женой. Завтра я уѣду,— рѣшила про себя молодая женщина.— Я хочу ему показать, что онъ для меня не существуетъ. Я не только не желаю ни въ чемъ уступать ему, но ни на каплю не уважаю его".

Нянька подошла къ ней близко, подставила свое доброе полное лицо и шутливо проговорила:

— Полно, кипятокъ! Вѣдь самой завтра стыдно будетъ.

— Ты не станешь открывать сундукъ? Не нужно. Пей чай. Я сама одѣнусь,— мнѣ одно платье накинуть, маску тамъ напрокатъ достану. Пей тутъ чай и спроси у корридорнаго, куда ѣхать.

Она поцѣловала Марью.

— Голубушка няня, ты-то меня не разстроивай еще больше! Такъ надо сдѣлать, и я сдѣлаю.

Карцева убѣжала въ спальню. Марья Захаровна знала, что противорѣчить ей нельзя. Она допросила номернаго, гдѣ маскарадъ, можно ли нанять карету, и когда ея Софьюшка вошла въ гостиную въ черномъ платьѣ съ кружевною отдѣлкой, она спросила ее вполголоса:

— Софьюшка, ты нѣшто въ серьезъ это?

— Видишь, няня,— отвѣтила Карцева, поцѣловала ее и спросила еще разъ, уѣхалъ ли мужъ.

Оказалось, что онъ уже съ полчаса какъ уѣхалъ.

Няня укутала свою барышню и сѣла пить чай. Карцева приказала ей приготовить чего-нибудь поужинать.

V

Часа три спустя въ той же гостиной шестирублеваго номера за столомъ, съ остатками ужина, сидѣла Карцева и рядомъ съ нею молодой мужчина во фракѣ и въ бѣломъ галстукѣ. Свѣчи догорали въ канделябрѣ; вся комната темнѣла по угламъ.

Мужчина — блондинъ, человѣкъ лѣтъ подъ тридцать, съ изящной, нѣсколько полною фигурой, не похожъ былъ ни на адвоката, ни на отставнаго военнаго. Въ прическѣ, въ тонкихъ усахъ а въ подстриженной на щекахъ бородѣ было что-то отзывающееся жизнью за границей; но сѣрые глаза, очертанія лба, усмѣшка, манера сидѣть — все это было несомнѣнно русское.

Эта номерная гостиная съ остатками ужина и догорающимъ канделябромъ смотрѣла особымъ кабинетомъ ресторана. И запахъ въ ней стоялъ точно такой же — смѣсь папироснаго дыма съ испареніями ѣды. Голову Карцевой драпировала кружевная мантилья. Бюстомъ она наклонилась къ столу и положила на него лѣвую руку. На своего гостя смотрѣла она полузакрывъ глаза. Блѣдное ея лицо замѣтно подцвѣтилось румянцемъ нервнаго возбужденія. Она была чрезвычайно хороша въ эту минуту.

Молодой человѣкъ отложилъ папиросу, наклонился къ своей дамѣ и взялъ ее за руку.

— Кто вы и гдѣ я?— спросилъ онъ вполголоса, заглядывая ей въ лицо.

Тонъ у него былъ пріятный, не фатовской, говорилъ онъ теноровыми нотами.

— Угадайте,— отвѣтила Карцева.

— Зачѣмъ мнѣ угадывать? Я такъ счастливъ. Мнѣ все кажется, что это сонъ.

Онъ облокотился на столъ и еще продолжительнѣе поглядѣлъ въ лицо Карцевой. Въ его говорѣ было что-то изящное и мягкое. Чувствовалось, что этотъ человѣкъ заботился съ ранней молодости о своей дикціи.

— Вы допускаете,— спросила Карцева,— что могутъ быть такія встрѣчи, знаете, какъ...

— Какъ въ "Ромео и Юліи"?— подсказалъ онъ.

— Да.

Онъ еще придвинулся къ ней и немного опустилъ глаза.

— И очень допускаю,— выговорилъ онъ.

— А были въ вашей жизни такія точно встрѣчи?

— Совсѣмъ такихъ не было; я не хочу лгать. Разъ въ Италіи... Но тамъ это обошлось маленькимъ увлеченіемъ.

Тутъ онъ оглядѣлъ комнату, бросилъ взглядъ на дверь въ спальню и немного откинулся на спинку дивана.

— Вы здѣсь въ отелѣ?— спросилъ онъ.

Въ этомъ вопросѣ было и недоумѣніе, и удовольствіе, какое испытываетъ всякій мужчина, ожидающій развязки.

— Я пріѣзжая,— сказала Карцева.— Я уже это вамъ говорила.

— Вдова?

И этотъ вопросъ былъ сдѣланъ безъ излишняго заигрыванья.

— Можетъ-быть... Можетъ-быть,— выговорила Карцева и опустила голову.

Она помолчала нѣсколько секундъ и сдѣлала движеніе правою рукой.

— Нѣтъ, послушайте,— заговорила она,— мы не такъ съ вами... Видите ли, я не хотѣла бы ошибиться въ васъ. Мнѣ лицо ваше поправилось въ маскарадѣ. Въ васъ есть что-то не такое, какъ во всѣхъ этихъ фрачникахъ. И вотъ оказалось, что вы художникъ, много ѣздили, ищите хорошихъ ощущеній въ жизни, мнѣ съ вами сдѣлалось ужасно легко. Я опять очутилась въ тѣхъ мѣстахъ, гдѣ мнѣ когда-то было славно, молодо... Точно будто бы я годами была знакома съ вами...

— И я почувствовалъ точно то же,— искренно добавилъ онъ.

— Видите, это не спроста. Только позвольте, я уже сразу хочу договориться. Когда я вамъ предложила поѣхать ужинать, скажите, вы не посмотрѣли на это,— она невольно потупилась,— ну, какъ бы это сказать по-мужски?

— Зачѣмъ эти вопросы?— уклончиво замѣтилъ онъ.

— Нѣтъ, я хочу, чтобы все было ясно...

Она опять немного остановилась, какъ бы запнулась. Передъ ней мелькнулъ этотъ маскарадъ, куда она поѣхала не на зло своему мужу, а для того, быть-можетъ, чтобъ окончательно поставить ему свою отмѣтку Она не въ первый разъ попадала въ маскарадъ. Въ Петербургѣ года два-три передъ тѣмъ они съ отцомъ проводили часто зимы и она бывала въ маскарадахъ купеческаго собранія. Тутъ въ Москвѣ ей показалось все очень провинціально: много мужчинъ въ сюртукахъ, вмѣсто домино безпрестанно простыя платья, даже цвѣтныя, обтрепанныя мантильи, чадъ отъ кухни и густыя волны дыма въ первой залѣ, гдѣ ужинаютъ. Вотъ она въ большой залѣ съ колоннами.

Раздается пѣніе цыганъ, пары ходятъ вяло внизу. Ей даже сдѣлалось немного досадно на себя, что она поѣхала сюда. Въ одной изъ гостиныхъ, гдѣ было больше народа, на диванѣ, покрытомъ грязноватымъ холщовымъ чахломъ, въ углу, она тотчасъ же отыскала глазами мужа, въ очень живомъ разговорѣ съ маской. Эта маска была не похожа на другихъ,— въ бѣломъ атласномъ, дорогомъ домино, плотно укутанная въ бѣлую же кружевную мантилью, съ огромнымъ вѣеромъ и множествомъ браслетъ. Она прошла мимо нихъ два-три раза и схватила нѣсколько фразъ изъ разговора: маска была француженка; ея картавый и сиповатый голосъ рѣзко отдѣлялся отъ общаго гула. Карцевъ сидѣлъ къ ней близко и держалъ за обѣ руки; его правый бакенбардъ касался даже ея плеча.

Не ревность почувствовала она, но гадливость: никогда еще она не видѣла на его чиновничьемъ, статсъ-секретарскомъ лицѣ этихъ линій высушеннаго сатира. Такой онъ будетъ вѣроятной тогда, когда станетъ требовать отъ нея супружескихъ ласкъ. Даже дрожь пробрала ее. И вопросъ, заданный ей нянькой Марьей, сталъ передъ ней еще безпощаднѣе. Зачѣмъ она шла за этого противнаго, долгоногаго, пошлаго карьериста, мѣтящаго въ министры?... И должна была отвѣтить себѣ, что и въ ней копошился червякъ тщеславія... Любви, страсти она не знала. Было нѣсколько увлеченій, въ томъ числѣ и тѣмъ итальянцемъ, что вспоминала Марья. Надоѣло это мельканіе жениховъ, всякихъ ухаживателей военныхъ и штатскихъ — у себя въ деревнѣ, въ Петербургѣ, на водахъ, на морскомъ берегу. Себя она чувствовала личностью почти съ мужскимъ характеромъ. Что же такъ прозябать, дожидаться той минуты, когда старою дѣвой начнешь играть въ благотворительность или ударишься въ какую-нибудь душевную блажь?... А этотъ карьеристъ показался какъ разъ такимъ человѣкомъ, на котораго можно опереться и дѣлать общественное дѣло. Да, вотъ какой былъ главный мотивъ... Марья опять догадалась своимъ немудрымъ чутьемъ... Быть женой сановника, имѣть вліятельный сезонъ, направлять, играть роль не для пустаго чванства, а дѣйствительную роль... И этакъ было бы все лучше, чѣмъ метаться и прозябать изо дня въ день, а потомъ кончить тѣмъ, что кинуться на шею какому-нибудь итальянскому натурщику или заѣзжему спириту.

Ходить по этимъ плохо освѣщеннымъ гостинымъ, сталкиваться съ ужасными масками и "кавалерами", похожими на артельщиковъ, дѣлалось томительнымъ. Она выбрала перваго встрѣтившагося ей мущину съ другой внѣшностью, чѣмъ всѣ остальные, взяла его подъ руку и прямо заговорила съ нимъ хотя и на ты, по-маскарадному, но какъ со старымъ знакомымъ. Онъ отвѣчалъ ей въ тонъ. Она узнала, что его фамилія Парашинъ, что онъ учился въ университетѣ, что у него хорошія средства и съ дѣтства отецъ привилъ ему вкусы художника. Годами жилъ онъ въ Италіи, хорошо знаетъ Испанію, серьезно изучилъ не однѣ галлереи, но и всѣ частныя художественныя богатства. Ей сразу понравились его голосъ, мягкость тона, эти московскіе пѣвучіе звуки, воспитанность и какой-то оттѣнокъ всей бесѣды, говорящій, что этотъ любитель искусства ищетъ въ жизни не того, о чемъ толкуютъ другіе... Ей показалось, что такой человѣкъ пойметъ всякій душевный мотивъ.

VI

— Скажу вамъ прямо,— заговорила опять Карцева,— меня возмутила одна вещь тамъ, въ маскарадѣ. Вы должны были замѣтить, что я вдругъ перемѣнила тонъ?

— Мнѣ не бросилось это въ глаза,— отвѣтилъ Парашинъ.

— Ну, хорошо, но это такъ было. Я въ этомъ не раскаиваюсь. Знаете, вы видите передъ собою женщину, сдѣлавшую ужасную глупость, но она еще поправима.

— Какую же?

— Выйти замужъ безъ привязанности.

— Да?— спросилъ онъ уже серьезнѣе.— Въ этомъ "да" почувствовалась нѣкоторая неловкость.

— А вотъ бываетъ же это. И посмотрите на меня: нужды нѣтъ, что вы знаете меня какихъ-нибудь два-три часа, а все-таки скажите: такая ли я женщина, чтобы податься ни съ того, ни съ сего чужой волѣ?

— Думаю, что нѣтъ.

— А все-таки глупость сдѣлала!

Она опустила обѣ руки на столъ и заговорила веселѣе. По глазамъ ея можно было догадаться, что и внутри у ней повеселѣло.

— Завтра, послѣ-завтра, когда вы все узнаете... Да впрочемъ что же! Скажите мнѣ, развѣ не можетъ быть такого положенія: дѣвушка, уже не очень молодая, на полной свободѣ, не знала любви... Вѣдь и вы тоже не знали, скажите?

— Серьезной страсти не зналъ,— выговорилъ онъ вдумчиво.

— Вотъ видите, а вы старше той дѣвушки. На нее находитъ затмѣніе... Но дѣло сдѣлано, обвѣнчались и потомъ въ вагонъ. И въ вагонѣ довольно было двухъ дней, чтобы разглядѣть супруга...

Парашинъ вдругъ разсмѣялся.

— И она окончательно убѣдилась,— продолжала Карцева,— что ея супругъ не только противенъ ей какъ человѣкъ, какъ мущина, но что и къ женщинѣ-то онъ не имѣетъ никакого уваженія.

— И вы убѣдились въ этомъ въ маскарадѣ?— Въ его вопросѣ чуть замѣтно зазвучала опять другая нота.

Карцева встала изъ-за стола и отошла къ камину.

— Да, я убѣдилась,— выговорила она все тѣмъ же возбужденно-веселымъ тономъ.

Онъ всталъ и подошелъ къ ней.

— Стало-быть?...— спросилъ онъ, наклоняя голову.

Она взяла его руку и подвела къ небольшой козеткѣ.

— Сядемте,— сказала она.— Разумѣется, наша встрѣча, знакомство... То, что я вамъ говорила, не правда ли, странно, даже какъ бы это сказать... все это неприлично, скабрёзно?... Но оно такъ.

— Ахъ, Боже мой!— вскричалъ Парашинъ, но не очень пылко.— Мало ли что даетъ жизнь! Повторяю, все это какой-то чудный сонъ.

— Нѣтъ, это не сонъ,— выговорила она низкимъ голосомъ.— Мнѣ кажется, что у насъ натуры очень похожи. Мы люди одного сорта и намъ нужно имѣть больше смѣлости... Докажемте это!— вдругъ вскрикнула она и подняла голову.

— Какимъ же образомъ?— спросилъ вполголоса Парашинъ и правая рука его опустилась.

— Докончимъ наше приключеніе, не будемъ ничего бояться... Послушайте,— она наклонилась къ нему,— я вамъ нравлюсь?

Художникъ взялъ ее за руку и окинулъ ее мужскимъ взглядомъ.

— Чрезвычайно!

— Нѣтъ, я не хочу такого тона. Вы теперь видите, кто съ вами говоритъ и гдѣ вы.

Онъ это видѣлъ, и, кажется, такое открытіе начинало выводить его изъ первоначальнаго маскараднаго настроенія.

— Вы мнѣ очень, очень симпатичны,— говорилъ онъ своимъ мягкимъ, пѣвучимъ голосомъ,— и, даже прямо сказать, я не встрѣчалъ такихъ женщинъ, а я много ѣздилъ. Въ васъ есть что-то поражающее меня своей оригинальностью, смѣлостью, какъ вы сейчасъ сказали. Я уже не говорю о наружности, о вашемъ изяществѣ. Вѣдь я художникъ,— правда диллетантъ, немножко баринъ, но все-таки художникъ,— и вотъ мнѣ кажется, что у васъ красота въ полной гармоніи съ вашимъ душевнымъ типомъ...

— Хорошо, хорошо,— перебила она,— я вамъ вѣрю. Такъ, вотъ и разрѣшите наше приключеніе.

— Какъ? Приказывайте!— вскричалъ онъ уже возбужденно.

— Помогите мнѣ. Дѣвушка вполнѣ свободная, считавшая себя умницей... Та дѣвушка, что сдѣлала великую глупость — я.

Точно будто она поразила его неожиданностью: такъ быстро онъ всталъ и выговорилъ съ изумленіемъ:

— Вы замужемъ, и вы...

Еще разъ повторила Карцева ему исторію своего замужства, разсказала сцену, какая была въ этой самой комнатѣ, не утаила и того, что заставило ее поѣхать въ маскарадъ. Прежде, чѣмъ она подошла къ Парашину, она уже увидала вполнѣ, что такое ея супругъ, даже если требовать простой порядочности. Она не скрыла отъ художника, что ихъ разговоръ, ихъ быстрое сближеніе показались ей не спроста. Ей не стоило никакого усилія пригласить его къ себѣ ужинать. Это была не бравада... Она просто хотѣла быть свободной вполнѣ, провести еще два часа вмѣстѣ, сдѣлать изъ этой встрѣчи что-нибудь хорошее, прочное...

Но красивый блондинъ, хотя и улыбался, внутренно слушалъ ее съ возрастающимъ безпокойствомъ.

— И вашъ мужъ здѣсь?— спросилъ онъ, стараясь выговорить эти слова проще.

— Нѣтъ, онъ еще не возвращался,— отвѣтила Карцева совершенно небрежно.— Но онъ вернется вѣроятно черезъ полчаса, можетъ-быть сейчасъ.

— Вернется сюда, въ эту комнату?

— У него отдѣльная комната, но я думаю, что онъ придетъ сюда.

Парашинъ заходилъ.

— Но зачѣмъ же это?— вырвалось у него.— Мнѣ кажется, можно было бы вамъ, если вы окончательно рѣшились разорвать съ этимъ человѣкомъ, какъ это ни странно и порывисто, сдѣлать это иначе...

— То-есть какъ же иначе?— опять своимъ низкимъ, серьезнымъ голосомъ спросила Карцева.

— Безъ лишняго скандала.

Она подошла къ нему.

— Какой же можетъ быть скандалъ?

Онъ взялъ ее за руку и заговорилъ искренними звуками, точно старшій братъ или другъ женщины, рѣшившейся на что-нибудь неподходящее.

— Послушайте, я васъ старше, опытнѣе, наконецъ ваша симпатичность, прелесть, умъ — все это заставляетъ меня быть съ вами иначе. Я буду говорить какъ братъ...

— Какъ братъ?— повторила она и чуть замѣтно усмѣхнулась.

— Ни на что другое я не имѣю права,— продолжалъ онъ уже съ намѣренною сдержанностью.— Не дѣлайте этого, не давайте вашему мужу повода... Вы хотя и замужемъ, но, судя по вашимъ словамъ...

Онъ не договорилъ. Она своимъ лицомъ отвѣтила ему, что онъ не ошибается.

— Вотъ видите! Зачѣмъ же давать человѣку, котораго вы не уважаете, даже презираете, формальное право нападать на васъ? Не забывайте, что онъ все-таки мужъ вашъ. Вотъ сейчасъ отворится дверь, онъ войдетъ, и что же ему представится? Вы черезъ двое сутокъ послѣ вашего вѣнчанія возвращаетесь изъ маскарада съ чужимъ мужчиной, приглашаете его къ себѣ, ужинаете съ нимъ... Вотъ даже остатки этого ужина. Всѣ улики противъ васъ.

— Я этого и хочу!— вскричала Карцева. Лицо ея улыбалось.

— Но зачѣмъ же? Если онъ не извергъ, не окончательный пошлякъ, то, мнѣ кажется, вы можете разойтись и просто, не прибѣгать къ такимъ крайнимъ мѣрамъ.

— Конечно; но я не желаю этого. Я дѣлаю это не для него,— я хочу видѣть, не ошибаюсь ли я еще разъ...

Продолжительно посмотрѣла она на Парашина. Онъ ничего не отвѣтилъ. Руки его не протянулись къ ней. Въ эту минуту дверь въ переднюю отворилась съ нѣкоторымъ усиліемъ.

VII

Въ дверяхъ стоялъ Карцевъ въ шляпѣ и въ маскарадномъ туалетѣ. Парашинъ быстро подался назадъ. Онъ первый увидалъ его и шепотомъ спросилъ Карцеву:

— Это онъ?

Она нисколько не смутилась и сама повернулась къ двери.

— Павелъ Петровичъ,— заговорила она какъ ни въ чемъ ни бывало и даже насмѣшливо,— вы можетъ-быть не ужинали? Пожалуйста присядьте. Позвольте васъ познакомить: мой кавалеръ по маскараду. Поговорите, я сейчасъ.

Мужъ не успѣлъ даже осмотрѣться, какъ она уже скрылась за дверью въ спальню. Протянулась большая пауза. Оба мужчины смотрѣли другъ на друга. Парашинъ сначала улыбался, но нашелъ видно, что это неприлично или рискованно, и лицо его получило выраженіе, какое принимаютъ французскіе актеры передъ вызовомъ на дуэль.

Карцевъ, снявъ шляпу, подходилъ медленно къ нежданному гостю. Углы его сухаго рта оттянулись, онъ злобно прищурилъ глаза; въ эту минуту его точно перекосило. По возбужденной измятости лица видно было, что онъ самъ является съ ужина.

— Кто вы?— выговорилъ онъ и глухо, и трусливо.

Парашинъ смутился больше, чѣмъ желалъ.

— Вы изволили слышать сейчасъ.

— Ваша фамилія?— поднялъ голосъ Карцевъ.

Этотъ допросъ заставилъ Парашина пріободриться.

— Я не считаю нужнымъ говорить вамъ ее,— сказалъ онъ сухо и повернулся.

— Да что же это такое наконецъ?— вскричалъ Карцевъ.— Вы вѣрно думаете, что вы здѣсь...

— Пожалуйста,— остановилъ его художникъ,— не доканчивайте. Я знаю, гдѣ я. Ваша жена попросила меня проводить ее изъ маскарада и, какъ видите, пригласила меня поужинать.

Карьеристъ взялъ верхъ. Карцеву представились сейчасъ же всѣ послѣдствія скандала. Онъ схватился за голову и началъ своими длинными ногами бѣгать по комнатѣ.

— Это Богъ знаетъ что такое!— повторилъ онъ нѣсколько разъ и вдругъ кинулся въ двери спальной:

— Sophie! Софья Григорьевна!

— Воздержитесь,— говорилъ ему въ спину Парашинъ,— и позвольте мнѣ вамъ сказать, что я тутъ играю страдательную роль, но я вижу, что ваша супруга находится въ возбужденномъ состояніи. Она, кажется, имѣла причины поступить такъ эксцентрично. Прошу васъ однако вѣрить, что этотъ ужинъ не имѣлъ ничего обиднаго для вашей супружеской чести...

Карцевъ обернулся и оскалилъ длинные, желтоватые зубы.

— Милостивый государь,— прошипѣлъ онъ,— пожалуйста безъ этихъ объясненій! Я просилъ бы васъ удалиться.

Видимо облегченный, Парашинъ отступилъ два шага назадъ.

— Стало-быть,— сказалъ онъ,— вы вѣрите мнѣ? Вы видите, что я игралъ тутъ чисто-страдательную роль...

Выходъ Карцевой изъ спальни перебилъ его рѣчь. Она уже сняла мантилью. Ея бѣлая, строгихъ линій, шея обнажилась больше, лицо было очень блѣдно, губы нервно вздрагивали.

— Ха-ха-ха!— разразилась она.— Это прекрасно! Двое мужчинъ — мужъ зрѣлыхъ лѣтъ и молодой человѣкъ — en bonne fortune.

Она обернулась къ Парашину:

— Я васъ не подслушивала, но по неволѣ слышала вашъ разговоръ. И знаете ли?— я нарочно оставила васъ здѣсь...

— Софья Григорьевна,— перебилъ ее мужъ,— я прошу васъ прекратить... Это выше всякаго вѣроятія!...

Она сдѣлала только жестъ рукой.

— Съ вами я потомъ поговорю,— и, обернувшись опять къ Парашину, спросила:— Такъ вы играли страдательную роль?

Онъ промолчалъ.

— Вы извиняетесь?... Вамъ страшно стало?

Лицо Парашина сразу заалѣлось.

— Позвольте,— началъ онъ;— я думалъ, напротивъ, что вы оцѣните мое поведеніе...

— Я его и оцѣнила. Что же?— я опять ошиблась. Очень безумно, эксцентрично, даже ни на что не похоже!... И какъ глупо и скандально въ глазахъ супруга и въ глазахъ jeune premier. Вотъ я прямо говорю, что вы мнѣ понравились; я думала, что я найду въ васъ натуру, какая мнѣ нужна. Чего лучше было поставить васъ въ это положеніе, а вы вотъ какъ изъ него выходите...

По мѣрѣ того, какъ она говорила, художникъ раздражался.

— Да что же вамъ угодно?— уже сухо спросилъ онъ.— Я не понимаю, какъ у васъ достаетъ...

— Смѣлости, хотите вы сказать?

— Да-съ, ея гораздо больше, чѣмъ нужно...

Карцева взялась за ручку двери правой рукой, а лѣвой сдѣлала кругъ въ воздухѣ.

— Такъ что же, господа,— еще возбужденнѣе начала она,— объяснитесь, покричите и, наконецъ, подеритесь или вызовите другъ друга на дуель. Павелъ Петровичъ, вѣдь вы видите, какое положеніе? А вы,— она обернулась къ Парашину,— вы, monsieur Парашинъ... Вотъ мой мужъ, вы знаете мотивъ моего поведенія. Вы сейчасъ мнѣ говорили, и за этимъ столомъ, и на этомъ диванѣ, что наша встрѣча была для васъ чуднымъ сномъ, откровенiемъ, вы нашли, наконецъ, женщину, въ которой, какъ вы выразились, красота гармонируетъ съ душевнымъ содержанiемъ... Вѣдь такъ, кажется, вы говорили? Вы очень краснорѣчивы, даже для художника; замѣчательно хорошо говорите. Докажите же все это, я жду. Боже мой! еслибъ я была мужчиной, на вашемъ мѣстѣ... Такое приключенiе, такая встрѣча!... Можетъ ли все это быть выгоднѣе для васъ?

— Извините меня,— промолвилъ Парашинъ,— вашему мужу надо...

Она обернулась къ мужу:

— Хоть вы подержите ваше достоинство,— вы имѣете на это полное право. Вотъ сейчасъ monsieur Парашинъ началъ даже читать мнѣ нотацiю, испугался вашего прихода... И дѣйствительно, большой скандалъ! Меня застали съ чужимъ мужчиной, остатки ужина, номеръ отеля — en flagrant délit, съ поличнымъ!...

Злобность боролась въ карьеристѣ со страхомъ скандала. Онъ почти не могъ ничего выговорить,— до такой степени ему сжало горло. Съ большимъ усилiемъ вскрикнулъ онъ опять:

— Что же это такое?

— Вы сами видите,— отвѣтила она.

— Поводъ къ разрыву, что ли? Такъ развѣ нельзя было это сдѣлать иначе, если у васъ явилась такая предательская мысль?

— А вы какъ думаете?— спросила Карцева художника.

— Мнѣ кажется, мужъ вашъ по-своему правъ.

Раздался опять ея нервный хохотъ.

— Прекрасно, господа, вы стоите другъ друга! Такъ вы думаете, Павелъ Петровичъ, что и тутъ я только подвела васъ? Ухватилась за первое попавшееся средство, очень скандальное, чтобы дать вамъ возможность поймать меня и уличить въ супружеской невѣрности, сейчасъ въ отелѣ созвать прислугу?

Мужъ опустился въ кресло и вынулъ платокъ.

— Я не желаю вамъ отвѣчать,— все съ тѣмъ же усилiемъ выговорилъ онъ.

Тогда она подбѣжала къ нему и начала трясти его за руку.

— А, вы не желаете отвѣчать?!... Господинъ художникъ, пожалуйте сюда. Вы читали мнѣ нравоученiе,— надо было бы дослушать меня. А вы, Павелъ Петровичъ, вы смѣете говорить мнѣ такъ? Да, я сдѣлала все то, что вы видите. Я прiѣхала въ маскарадъ, меня окончательно взбѣсили ваша жесткость, упорство,— я захотѣла сейчасъ же разорвать съ вами. Вы сидите съ маской, съ француженкой; я, глядя на васъ, сказала себѣ: онъ по-своему имѣлъ право разсердиться, встрѣтился съ знакомой маской, болтаетъ съ нею — все это въ порядкѣ вещей. Но вы... вы черезъ полчаса уѣхали съ этой женщиной. Павелъ Петровичъ, знаю, что это значитъ,— мнѣ двадцать шестой годъ... Не думайте, что я васъ приревновала. Но у васъ недостало, значитъ, простой брезгливости, тѣни уваженія ко мнѣ, какъ къ женщинѣ. А вы всего четвертый день считаетесь моимъ мужемъ. Замѣтьте, вы не сдѣлали этого par dépit, въ отместку мнѣ, прямо въ глаза,— я бы допустила это,— но вы не знали, что я въ маскарадѣ.

Карцева освободила руку мужа и отошла въ сторону. Онъ молчалъ и вытирался платкомъ.

— Вотъ факты,— заговорила она.— Такъ поступилъ мужъ, а жена встрѣтила, послѣ того, какъ онъ уѣхалъ съ первой попавшейся кокоткой, молодаго человѣка... Онъ показался ей смѣлымъ, настоящимъ артистомъ. Она думала, что онъ способенъ сразу оцѣнить женщину и привязаться къ ней. Вотъ она пріѣхала съ нимъ сюда, разсказала ему все; она настолько увѣровала въ него, что не побоялась даже поставить его въ щекотливое положеніе. Напротивъ, она была убѣждена, что эта сцена окончится такъ, какъ она желала...

Карцева опустилась на диванъ и закрыла лицо руками на нѣсколько минутъ.

— Но зачѣмъ я все это говорю? Господа, вы можете подать другъ другу руку,— вы одинъ другаго стоите. Я васъ не удерживаю больше.

— Но послушайте, Софья Григорьевна,— крикнулъ было мужъ,— вы полагаете, что...

Она опять встала и подбѣжала къ нему.

— Что я полагаю, я вамъ завтра дамъ объ этомъ знать; но ваша нога не переступитъ этого порога. Больше вы не услышите моего голоса. Прощайте!

И обернувшись въ сторону гостя она добавила:

— Извините меня,— видно, для васъ такое испытаніе было слишкомъ сильно...

И мужъ и гость молчали. Она отвернулась отъ нихъ и слабѣющимъ голосомъ выговорила:

— Довольно. Прошу васъ, господа, оставьте меня...

Черезъ минуту гостиная опустѣла.

БЕЗВѢСТНАЯ

Разсказъ

"Pressez toute chose, un gémissement en sortira".
L'abbé Roux. Pensées.

I

Въ двухъ окнахъ, влѣво отъ ворогъ, въ подвальномъ этажѣ большого купеческаго дома, на Лиговкѣ — совсѣмъ оледенѣлыхъ — свѣтъ лампадки вотъ, вотъ померкнетъ. На дворѣ градусовъ двадцат морозу. По пустотѣ и тиши замѣтно, что поздній часъ. На углу переулка, наискосокъ мостика, заснулъ извощикъ и совсѣмъ засунулъ голову въ передокъ саней. У воротъ дома бѣлѣется тулупъ дежурнаго дворника.

Изъ-за угла вышла кухарка, съ платкомъ на головѣ. Она оглядѣлась вправо и влѣво, что-то такое сообразила и пошла торопливо, куталась на ходу въ платокъ и шлепала по бойкому, неровному троттуару стоптанными башмаками.

У воротъ, не доходя до дворника,— онъ сидѣлъ по ту сторону, на скамьѣ,— кухарка подняла голову и начала вглядываться въ стѣну, отыскала глазами небольшую темную вывѣску и тогда только подошла въ дворнику и потянула его за рукавъ.

— Чево надо?

Голосъ дворника показывалъ, что онъ сейчасъ же повернется въ ней спиной и опять задремлетъ.

— Бабка тутъ, что-ли?

— Чево?

— Да бабка галанка?

— Здѣсь.

— Въ которомъ этажѣ?

— Да вонъ окна-то... свѣтъ гдѣ...

— Въ подвальномъ, значитъ?

— Въ подвальномъ.

— Пропусти въ калитку, милый...

— Не заперта, лѣзь.

Она нагнула голову и пролѣзла между цѣпью и порогомъ. Густая темнота понадвинулась на нее.

— Изъ подворотни ходъ?— окликнула она дворнику въ полшопота.

— Да; нащупай, звонокъ есть, вправо сейчасъ...

Звонокъ издалъ рѣзкій и короткій звукъ. Кухарка стояла у самой двери и ощупывала ее обѣими руками. Обрывки не то клеенки, не то рогожи шуршали подъ ея правой ладонью.

Она не долго ждала. Извнутри ее спросили:

— Кто тамъ?

— За вами, матушка! Больно нужно!

— Сейчасъ,— раздалось въ отвѣтъ изъ глубины комнаты, и дверь стали отпирать не больше, какъ черезъ минуту.

Половинка дверей отпихнула кухарку назадъ. Надо бы пойти сейчасъ пару, какъ всегда изъ дворницкихъ и жарко натопленныхъ подвальныхъ квартиръ; но паръ не показывался. Въ квартирѣ акушерки никогда не бывало тепло, особенно въ первой комнаткѣ, гдѣ плиту два дня уже, какъ не топили.

Со свѣчей въ рукѣ стояла передъ кухаркой маленькая, далеко не старая еще на видъ женщина, въ юбкѣ и сѣромъ платкѣ, въ клѣтку, безъ ночного чепчика. Зачесанные, на ночь, бѣлокурые волосы лежали кучкой на маковкѣ, пригнутые шпилькой. Она немного щурилась отъ свѣта. Полное лицо съ желтоватой кожей смотрѣло просто: сѣрые, прищуренные глаза, добрые и крупно вырѣзанные, окинули быстро всю фигуру кухарки. Пухлыя губы широко раскрылись улыбкой. Лѣвая, свободная рука придерживала платокъ на груди.

— Входите, голубчикъ, входите...— Я мигомъ!— пригласила она кухарку.— Присядьте... Холодно у меня... Вотъ къ этой стѣнѣ... Она еще тепленька...

Все это она выговаривала на ходу въ комнату, гдѣ стала одѣваться, безъ торопливости, какъ собираются на свое дѣло люди, привычные къ такимъ ночнымъ приходамъ, знающіе, какія вещи имъ надо захватить съ собою, заранѣе помирившіеся съ тѣмъ, что имъ въ эту ночь уже больше не спать.

Въ одной квадратной комнатѣ, низкой и сыроватой по угламъ, состояло ея помѣщеніе. Кровать ютилась за ширмами, влѣво отъ входа; направо всю стѣну занималъ старенькій, покрытый ситцемъ диванъ; надъ нимъ, по стѣнѣ, много фотографическихъ портретовъ и карточекъ; на окнахъ — цвѣты; подъ ними раскрытый ломберный столъ съ вчерашнимъ шитьемъ; въ лѣвому углу, гдѣ догорала лампадка передъ образомъ, шкапчикъ надъ коммодомъ краснаго дерева. Все смотрѣло чистенько, но очень бѣдно. На окнахъ висѣли темнокоричневыя занавѣски, на шнуркахъ.

Одѣлась акушерка скоро-скоро, что-то достала изъ коммода и шкафчика и подошла въ вѣшалкѣ, гдѣ висѣли драповое пальто и шубка на кротовыхъ шкуркахъ, крытая сукномъ. Она надѣла шубку.

— Да васъ какъ звать?— вдругъ, какъ бы вспомнивъ что-то, окликнули ее изъ кухни.

— Фамилія моя, голубчикъ?— спокойно, и все еще съ улыбкой, спросила акушерка.

— Да. Евсѣева, что ли? Никакъ этакъ?

— Этакъ, этакъ... Марья Трофимовна...

— То-то.. Готовы, матушка?

— Готова!

— Больно ужъ мается...

— У кого?

— Работница... У дворниковъ... Извощики гдѣ стоятъ...

— Идемте.

Марья Трофимовна повернула голову, не забыть бы чего! перекрестилась и скорыми, бодрыми шажками — ботики ея поскрипывали,— вышла въ кухню, со свѣчей въ рукѣ, поставила ее на опрокинутую кадку, служившую замѣсто стола, положила коробку спичекъ, и прежде чѣмъ тушить, оглянула еще разъ кухарку.

Ей понравилось это рябоватое, круглое лицо, съ прядью черныхъ волосъ, выбившихся на самый носъ, широкій и смѣшной: одна ноздря была уже другой.

— А тебя какъ звать?— спросила она.

— Пелагея.

— Вы вмѣстѣ съ той работницей спите?

— Вмѣстѣ, матушка, вмѣстѣ.

Свѣчу Евсѣева задула и выпустила впередъ кухарку. Она аккуратно заперла ключемъ наружную дверь и, вылѣзая за Пелагеей въ калитку на троттуаръ, успѣла сказать ласково дворнику:

— Мы съ тобой, Игнатъ, опять дежурные...

Дворникъ разслышалъ, сквозь сонъ, ея слова, но ничего не сказалъ въ отвѣтъ.

II

Въ такіе ночные походы, рѣдко и они выпадаютъ, Марья Трофимовна чувствовала себя особенно легко, почти радостно. Здоровье у ней на рѣдкость. "Я — двужильная какая-то",— говоритъ она часто, какъ говорятъ про лошадей, способныхъ сдвинуть всякій возъ. Ни по свойствамъ души своей, ни по нуждѣ, не могла она отказываться, оттягивать визиты, напускать на себя самое нездоровье. Въ такихъ-то случаяхъ ея дѣло и вставало передъ ней во всей своей человѣчной простотѣ и пользѣ. Она знала, что разбудитъ ее вотъ такая кухарка у дворниковъ, гдѣ извощики ночуютъ и держатъ лошадей, или еще того хуже: изъ угловъ кто-нибудь прибѣжитъ, замаранная дѣвчонка зоветъ въ побирушкѣ, въ грязь, въ чадъ и нестерпимую духоту, гдѣ нѣтъ ни воды, ни чистой тряпки, а она, ничего, шутитъ, сама все найдетъ и знаетъ, что больше полтинника ей не могутъ заплатить. А то и даромъ.

И теперь, январь на исходѣ, а ея доходъ, за мѣсяцъ практики, не дошелъ и до бѣлой ассигнаціи. Какъ жить?.. А живетъ, никому почти не должна, и если бы...

Марья Трофимовна остановилась, точно на какой зарубкѣ, и не захотѣла думать въ этомъ же направленіи. Деньги, заработокъ, сведеніе концовъ съ концами, поднимались всегда, сами собой, откуда-то изъ глубины, и всегда въ однихъ и тѣхъ же цифрахъ, маленькихъ разсчетахъ, маленькихъ надеждахъ и соображеніяхъ.

Но они не разстраивали ее настолько, чтобы она забыла, хоть на минуту, куда идетъ, что ей нужно дѣлать, кто ждетъ отъ нея помощи.

Своего званія она, дѣвица лѣтъ тридцати восьми, до сихъ поръ немного не то что стыдится, а стѣсняется, передъ знакомыми изъ образованныхъ дѣвушекъ и молодыхъ людей. Съ народомъ, съ паціентками, со всякими пожилыми простыми людьми, съ ними она всего больше водится, усвоила она себѣ спокойный тонъ, всегда немного съ шуточкой надъ своими обязанностями. Они всѣ считаютъ ее почему-то вдовой и обращаются какъ съ женщиной гораздо старше лѣтами. Такъ и ей удобнѣе. Никто ловчѣе и умѣлѣе ея не найдется въ самой бѣдной и грязной обсгановкѣ, въ какой хотите поздній часъ ночи, и врядъ ли другая такъ ладитъ съ простонародьемъ, такъ изучила нравы, привычки, суевѣрья, примѣты, пороки и замашки темнаго, и совсѣмъ бѣднаго, и полу-бѣднаго петербургскаго люда: мелкихъ чиновничьихъ семей, артельщиковъ, унтеровъ, дворниковъ, прислуги всякаго рода, впавшихъ въ нищету дворянскихъ семей, недавно повѣнчанныхъ паръ изъ учащейся молодежи, изъ огромнаго класса ищущихъ занятій.

Въ околодкѣ ее хорошо знаютъ, даже и съ Васильевскаго иной разъ обращались, а настоящаго ходу ей нѣтъ, да и не будетъ: въ такую ужъ она попала колею. Надобенъ особый случай: принять у какой-нибудь богатѣйшей и родовитой купчихи или чиновной барыни. Но это почти невозможно. Въ купеческихъ семьяхъ средней руки Марья Трофимовна принимала; перепадало ей тогда сразу до тридцати, до сорока рублей. Но ей непріятно вспомнить такіе вотъ купеческіе крестины. Унизительно обходить съ тарелкой или подносомъ крестнаго и крестную съ гостями и глядѣть, какъ тебѣ, подъ салфетку, кладутъ желтыя и зеленыя бумажки, точно арфянкѣ какой въ трактирѣ, послѣ того, какъ пропѣла: "Спи, ангелъ мой". Лучше ей у бѣдняковъ, даже совсѣмъ легко и хорошо, и еслибъ платили ей хоть маленькое жалованье, она не желала бы никакихъ подачекъ.

Такія мысли начинаютъ непремѣнно рѣять въ головѣ Марьи Трофимовны, когда она идетъ съ провожатой, къ спѣху, и ожидаетъ, что, пожалуй, уже поздно, что только напрасно ее потревожили. Но на это она никогда не сердилась, да и вообще не помнитъ, чтобы она гнѣвно или раздраженно на кого-нибудь дала окрикъ, что бы съ ней ни вышло. Пьяныхъ она, въ первые годы практики, ужасно боялась, но и къ нимъ привыкла, усылала ихъ, если они мѣшали, и не обижалась, когда кто ей отвѣтитъ дерзко или бранно.

— Ты въ одномъ платьѣ?— сказала Марья Трофимовна, оглянувшись, на ходу, въ сторону Пелагеи.— Морозъ какой!

— Тутъ близехонько! Ничего!

Отъ Пелагеи всегда пышало, точно отъ печки. Она могла, въ какой угодно морозъ, пробѣжать по улицѣ въ одномъ сарафанѣ и въ опоркахъ на босу ногу.

Холодъ все крѣпчалъ. Фонари по той сторонѣ Лиговки — керосиновые, а не газовые, мигали грязнымъ свѣтомъ, а газовые, по переулку, гдѣ шли скорымъ шагомъ обѣ женщины, совсѣмъ обмерзли и только по самой срединѣ каждаго стекла небольшое пятно пропускало свѣтъ, скованный со всѣхъ сторонъ забѣлѣвшимъ льдомъ.

Что ей нужно было, Марья Трофимовна разспросила у Пелагеи на ходу. Большой трудности не предвидѣла она; женщина здоровая, солдатка и уже не "перворождающая".

Боялась она серьезныхъ случаевъ, гдѣ законъ велитъ обращаться къ доктору.

Во-первыхъ, гдѣ его взять? Къ такой вотъ работницѣ, солдаткѣ доктора не дозовешься, ни частнаго, ни съ воли. А если прiѣдетъ, такъ поздно, когда настоящая минута пропущена. И тутъ Марья Трофимовна совершенно теряется, покраснѣетъ, не то говоритъ, запинается въ отвѣтахъ, точно она сама ничего не смыслитъ, хуже чѣмъ на первомъ экзаменѣ изъ анатомiи. До сихъ поръ, она практикуетъ уже около восьми лѣтъ, не можетъ она держать себя при докторахъ посуровѣе и посмѣлѣе.

Развѣ уже докторъ-то изъ очень тихонькихъ, или самъ настолько неопытенъ, что выспрашиваетъ для собственнаго руководства.

— Сюды, сюды,— потянула Пелагея за рукавъ Марью Трофимовну.

Онѣ вошли въ полуоткрытые ворота деревяннаго одноэтажнаго дома съ мезониномъ. Сейчасъ же ее обдалъ запахъ, какой бываетъ на дворахъ, гдѣ живутъ извощики. Въ темнотѣ, въ глубинѣ двора, ходили около саней два ночныхъ извощика; они только-что зашабашили, шелъ уже пятый часъ утра, но еще стояла густая мгла. Изъ конюшни, вправо, ползъ паръ отъ дыханья лошадей и навоза. Одинъ изъ извощиковъ зажегъ фонарь и красноватое пламя сальной свѣчи всплыло среди темноты продолговатымъ языкомъ.

— Куды шлею-то забросилъ?— раздался хмурый голосъ и заставилъ Марью Трофимовну повернуть голову.

— Бойко, матушка, тутъ, бойко,— удержала ее кухарка.— Сюды вотъ пожалуйте. Только головкой не стукнитесь. Низенькая дверь-то.

Она, дѣйствительно, почувствовала подъ подошвами своихъ ботиковъ обледенѣлую лужу, вѣроятно, помой. Еслибъ Пелагея не предупредила ее, она навѣрное бы оступилась, на ходу она была довольно легка, но тѣломъ полновата и ходила съ перевальцемъ.

На морозѣ испаренья и запахи жилья, въ подвальномъ флигелѣ, не ошеломляли такъ, какъ въ оттепель. Кухарка отворила съ усилiемъ примерзшую дверь, обитую рогожей, и даже Марья Трофимовна, не смотря на свою покладливость, отшатнулась.

— Молодцы наши спятъ тутъ. А куфня-то на лѣво, сейчасъ вотъ взять надо за досчатую переборку.

Въ избѣ спало человѣкъ десять извощиковъ, въ повалку, на

скамьяхъ и на полу. За чьи-то ноги задѣла Евсѣева и кто-то, съ просонья, выбранилъ ее.

Слѣва, сквозь щель полупритворенной двери, виднѣлся свѣтъ...

— Здѣсь?— шопотомъ спросила она.

— Тутъ, тутъ...

Изъ-за перегородки раздавались стоны, заглушаемые, должно быть, тѣмъ, что работница держала что-нибудь въ зубахъ, чтобы не кричать во весь голосъ.

— Мается,— проговорила Пелагея.

Что-то еще прошептала ей на ухо Евсѣева и получила въ отвѣтъ:

— Поищу... Только наврядъ есть ли...

Послѣ чего пропустила ее за перегородку, а сама стала ощупью искать чего-то въ печуркѣ. Она совсѣмъ успокоилась, какъ только привела акушерку, и даже сейчасъ же вкусно зѣвнула. Ей такъ захотѣлось вдругъ спать, что она сѣла тутъ же на низкую скамейку, подъ полатями,— съ нихъ тоже слышался храпъ извощиковъ,— и забыла, чего отъ нея ждетъ Марья Трофимовна.

— Пелагеюшка, что же?— окликнула ее та, шопотомъ, въ дверку.

— Ась?— спросила она уже съ просонья.

— Иль запамятовала?

— Запамятовала, и въ заправду.

Стоны стали слабнуть. Приходъ Марьи Трофимовны пріободрилъ работницу.

Изъ мужиковъ никто совсѣмъ не просыпался; только одинъ пробурчалъ во снѣ:

— Чево вамъ, черти?..

III

Домой Евсѣева вернулась, когда уже совсѣмъ разсвѣло и безъ всякаго вознагражденія. Она и къ этому привыкла. Родился мальчикъ, съ огромной головой. Мальчиковъ она всегда ждала. Это ей напомнило другой случай, не такъ давно.

Приходитъ молодой человѣкъ, совсѣмъ еще юный. Она думала, что къ какой-нибудь родственницѣ приглашаетъ, а онъ говоритъ: "къ женѣ". Нѣмцы, молодые, ему двадцат четвертый годъ, ей двадцатый. Онъ служитъ въ магазинѣ приказчикомъ.

Помнитъ она ихъ квартирку необыкновенной чистоты. Кухня — хоть сейчасъ на выставку. Даже подъ метелками подбиты клеенки. Ванна поставлена возлѣ плиты, и отъ крана съ холодной водой кишка идетъ къ ваннѣ; однимъ словомъ, видно, что все своими средствами смастерили, и такъ ужъ аккуратно, такъ аккуратно. На полкахъ бумажки вырѣзаны фестонами; приди въ бархатномъ платьѣ въ такую кухню — не запачкаешься. Спальня подъ стать кухнѣ. И оба, мужъ и жена, рады-радешеньки, что у нихъ будетъ ребенокъ. Родился, вотъ какъ у этой работницы, прекрупный мальчуганъ. Отецъ былъ въ магазинѣ, прибѣжалъ, видитъ, что у него — сынъ, весь вспыхнулъ, какъ дѣвица, и расцѣловалъ ее въ обѣ щеки. Какой восторгъ! У всѣхъ ихъ братьевъ и сестеръ — дѣвчонки, а у нихъ однихъ только мальчикъ. Сейчасъ телеграммы полетѣли къ бабушкѣ съ дѣдушкой, и дня два приходили къ нимъ поздравительныя депеши.

Сколько, сколько всплываетъ въ головѣ ея смѣшныхъ и жалкихъ случаевъ. Давно ли она носила цѣлую недѣлю хлѣба, кусокъ пирога къ одной женщинѣ, въ пустую прачешную, куда дворникъ пустилъ ее изъ милости. Сама не доѣдала. И ей — ничего! Нѣтъ въ ней ни озлобленія, ни усталости. Въ народѣ, среди самой ужасной грязи, пьянства и безпутства, она находила человѣчность къ тѣмъ, кто мучится, и всегда почти радость въ отцахъ, особенно, когда явится на спѣтъ мальчикъ, а часто и отцу-то съ матерью — ѣсть нечего.

Какъ живая стоитъ передъ нею одна дѣвчонка на побѣгушкахъ — кажется, Дуней ее звали. Прибѣжала, вся ушла въ большой платокъ, только глазки, какъ мышиные, бѣгаютъ, и говорятъ порывисто:

— Бабушка, пожалуйте, бабушка, милая, пожалуйте.

Было это осенью, мѣсяца три тому назадъ. Повела ее Дуняша — вотъ какъ и сегодня же Пелагеюшка — по набережной, пришли на большой дворъ, кругомъ домъ — ящикомъ, поднялись по грязной лѣстницѣ въ четвертый этажъ, вошли въ длинный-длинный корридоръ. По стѣнѣ висятъ грядками юбки, платья мастерицъ. И подъ одной такой грядкой кроватъ. На голыхъ доскахъ лежитъ молоденькая мастерица. Швейныя машины стучатъ. Помнитъ, какъ вмѣсто рубашки для ребенка принесли старое полотенце, да лоскутковъ — обрѣзковъ отъ платьевъ, какъ потомъ, уже на разсвѣтѣ, отправили слѣпую совсѣмъ старуху въ воспитательный.

Или еще у еврея, въ кассѣ ссудъ. Надъ самой кроватью висятъ ряды залежалыхъ сапогъ. Приходили все потомъ разряженныя еврейки — поздравлять; и теперь въ ушахъ ея стоитъ точно гулъ, оръ ихъ гортанной болтовни; а за перегородкой шумъ у закладчика хозяина, брань, хлопанье дверями.

И сколько еще, сколько такихъ эпизодовъ! Марья Трофимовна любитъ останавливаться мыслiю на смѣшныхъ сценахъ, больше все такихъ, что трудно разсказать въ гостиной, хоть въ нихъ и нѣтъ ничего особенно неприличнаго, а все-таки нельзя. Она любитъ вспоминать ихъ, не потому, чтобы она хотѣла посмѣяться надъ своими пацiентками, да и вообще надъ бѣднымъ людомъ. Такой ужъ у ней складъ головы и характера. Съ ними ей легче жить.

Вотъ и сегодня, когда она на разсвѣтѣ прилегла, не раздѣваясь, на кровать, чтобы доспать "свою порцiю" — она такъ говорила — ея природная наклонность къ шуткѣ и юмору не позволила ей долго и тревожно думать о томъ, что будетъ завтра или сегодня же, только передъ обѣдомъ.

А будетъ то, что придетъ къ ней Маруся, ея прiемышъ, придетъ обѣдать — воскресенье — и попросить на булавки, а дать нечего. Непремѣнно попроситъ и сдѣлаетъ это съ особой миной, точно ей это слѣдуетъ по закону, и прибавитъ каждый разъ:

— Пожалуй, хоть не давайте, ваша воля.

И эти слова, каждый разъ, рѣжутъ Марью Трофимовну по сердцу. Если у ней приготовленъ рубль, Маруся такъ скажетъ: "мерси!" что лучше бы уже она отвѣтила грубостью.

Когда ночью она проснулась отъ звонка — Пелагея сильно дернула — и сообразила сейчасъ, что пришли за ней по дѣлу, вторая ея мысль была: заработаю, Марусѣ будетъ на булавки желтенькая.

Но желтенькой не было. Или она и была, да единственная, съ мелочью. Если отдать ее, надо будетъ жить въ долгъ — неизвѣстно, сколько дней. И безъ того у ней въ лавочкѣ книжка, и въ кухмистерской она платитъ два раза въ мѣсяцъ.

Щемитъ у ней на сердцѣ, когда она раздумается объ этой дѣвочкѣ.

Взяла ее самымъ обыкновеннымъ манеромъ. Также вотъ пришли за ней къ вдовѣ-чиновницѣ, осталась съ двумя дѣтьми и третьяго ждала. Нищета полнѣйшая. Умерла въ родахъ. Мальчику шелъ седьмой годъ; дѣвочка на два года старше. Случилось это въ самомъ началѣ практики Марьи Трофимовны. Тогда и заработокъ былъ побольше какъ-то, да и на свои силы увѣреннѣе смотрѣла. Дѣти хорошенькiя, особливо дѣвочка. Хоть на улицу за подаяньемъ иди, какъ только свезли мать на кладбище. Всегда она любила дѣтей; дѣвичья доля — перевалило ей уже за тридцать,— стала тяготить ее, хотѣлось привязанности, цѣли, для кого-нибудь жить, о комъ-нибудь безпрестанно думать, ва кого-нибудь дышать.

Мальчика взяли въ прiютъ — она же похлопотала, — а дѣвочку приняла замѣсто дочери. Сначала при ней жила; только пошли нелады и огорченья, да и средствъ не хватало учить ее, какъ бы слѣдовало. Думала она сначала — повести ее попроще, выучить ремеслу, въ портнихи или шляпницы отдать, въ мастерскую или прiютъ, гдѣ учатъ этому, да жалко стало. Слишкомъ хорошо она знала, что такое ученица у хозяйки, если даже и такая, которая въ прiютѣ училась. Да и дѣвочка была видная такая изъ себя, голосъ у ней рано оказался и способность большая: гдѣ услышитъ — шарманка или музыка мимо пройдетъ — сейчасъ повторяетъ. Въ школу сначала дешевенькую отдала; училась Маруся не очень чтобы хорошо; но, главное, пошли огорченья для Марьи Трофимовны изъ-за ея характера.

Грубитъ или дуется, чванлива, лгать рано начала, франтовата и требовательна:— подай то, да купи это, и слезы сейчасъ, что вотъ у другихъ и ленточка, и ботинки, и кушачекъ, а у ней нѣтъ.

Отдала потомъ въ гимназiю. Очень тяжело было платить за все и одѣвать, а училась она не настолько хорошо, чтобы просить объ освобожденiи отъ платы. Голосъ выручилъ. Заинтересовался одинъ преподаватель. Выхлопоталъ ей безплатные уроки въ одну музыкальную школу. Тамъ ее, на первыхъ порахъ, захвалили. Возмечтала она сразу: "я артистка буду, въ оперу меня возьмутъ, десять тысячъ жалованья"; она тогда и ноты-то еле знала, а ужъ четырнадцать лѣтъ ей минуло. Такое счастiе ей выпало, что черезъ годъ поступила на даровое помѣщенiе со столомъ въ семейство одно — тоже приняли въ ней участiе изъ-за голоса. Такъ прошло еще два года; но ученье — и музыкальное не спорилось.

Объ оперѣ она только мечтала.

IV

Часу въ третьемъ пришла Маруся. Марья Трофимовна все передумывала, до ея прихода, на разные лады: сколько она ей дастъ на булавки, и рѣшила, что полтинникъ сколотитъ, а больше никакъ невозможно. Она уже приготовилась въ минамъ и тону своей питомицы.

Маруся входила всегда прямо въ комнату въ мѣловомъ бархатномъ пальто — Марья Трофимовна до сихъ поръ не знаетъ, откуда оно — и шляпкѣ, прикрытой бѣлымъ шелковымъ платкомъ, и долго такъ оставалась, подъ предлогомъ, что въ квартирѣ "хоть таракановъ морозь".

Ко всему этому Евсѣева готовилась каждый разъ. Два обѣда приносилъ ей, по воскресеньямъ, на домъ мальчикъ изъ кухмистерской. Она купитъ чего-нибудь еще, два пирожка у Филипова или къ чаю ватрушку съ вареньемъ.

Но Маруся ѣстъ нехотя, все какъ-то швыряетъ, частенько скажетъ даже:

— Ахъ, какая это гадость! Какъ это вы ѣдите, мамаша!

Дать на нее окрикъ, показать ей, какъ она неделикатна — не хватаетъ у Марьи Трофимовны духу. Эта дѣвочка производитъ на нее особенное обаяніе. Смотритъ на нее и все время любуется; отъ голоса ея пріятно вздрагиваетъ и сама себя все обвиняетъ въ томъ, что не умѣла Марусю привязать къ себѣ сильнѣе, размягчить ее, сдѣлать другой.

На недѣлѣ сама забѣжитъ къ ней раза два-три. Идетъ туда и знаетъ напередъ, что или не застанетъ дома, или придетъ не впопадъ, и Маруся ей это непремѣнно замѣтитъ.

А все тянетъ. Иной разъ такъ сильно, что вечеромъ, уже поздно, начнетъ Марья Трофимовна торопливо одѣваться и бѣжитъ на Екатерининскій каналъ.

Маруся позвонила, на этотъ разъ, еще громче обыкновеннаго. Марья Трофимовна уже знала ея звонокъ и всегда устремлялась отворять. Сегодня у ней ёкнуло сердце. Должно быть, что-нибудь особенное. Ужъ не отказали ли ей! Выгнали, быть можетъ? Ничего нѣтъ мудренаго. Что-нибудь сгрубила или еще того хуже... Поймали!

Все это промелькнуло мигомъ въ головѣ Евсѣевой, когда она переходила отъ стола — гдѣ уже дожидался обѣдъ въ судкахъ — къ входной двери.

Окруженная морознымъ паромъ Маруся перескочила порогъ и поцѣловала Евсѣеву звонко и даже прильнула къ ней немного.

Марья Трофимовна такъ и разгорѣлась отъ этого поцѣлуя: онъ былъ совсѣмъ не такой, какъ всегда, когда Маруся подставляла только щеку и говорила точно подъ носъ:

— Здравствуйте, мамаша.

И "мамашей"-то не всегда называла ее.

Она потащила Марью Трофимовну въ комнату и на ходу нѣсколько разъ повторила:

— Что я вамъ скажу! Что я вамъ скажу!

Всѣ волненія и страхи Евсѣевой улеглись отъ одного веселаго и высокаго звука этихъ словъ. Нѣтъ, Маруся не будетъ сегодня морщиться отъ ѣды и все возьметъ съ благодарностью, хотя бы и полтинникъ.

— Что, что такое?— радостно спрашивала Евсѣева, поддерживая на ходу платокъ, который сваливался у нея съ лѣваго плеча.

— Ахъ, устала. Чуть не бѣгомъ бѣжала сюда. Пустите, мамаша.

Маруся почти упала на диванъ — на немъ она послѣ обѣда непремѣнно развалится — вытянула ноги и вся подалась назадъ, съ громкимъ, рѣзкимъ смѣхомъ.

Глаза Марьи Трофимовны любовно оглядывали и ея видный станъ, охваченный шубкой "по тальѣ", очень узкой и стянутой черной атласной лентой, и ея плечи и шею, не смотря на морозъ открытую, и большіе темносѣрые, смѣлые, и, въ эту минуту, возбужденные глаза, рѣсницы, отъ которыхъ глаза казались почти синими, цвѣтъ щекъ, нащипанныхъ морозомъ, удивительно бѣлые зубы и даже срѣзанный, непріятный подбородокъ. Подъ вуалеткой красноватаго тюля темнорусые волосы, завитые въ мелкія колечки, падали низко къ бровямъ, загнутымъ правильной дугой. Маруся уже подводила ихъ закопченой на свѣчѣ шпилькой. Губы толстоватыя и очень красныя — ихъ она еще не умѣла красить — были у ней круто выворочены такъ, что десны обнажались, и вверху, и внизу, очень глубоко.

Шляпка — мужской формы, съ кистью красныхъ вишенъ напереди, сползла съ нея отъ сильнаго движенія. Ботинки на высокихъ, изогнутыхъ каблукахъ, безъ галошъ, изъ глянцовитой тонкой кожи, съ узкими носками, были въ снѣгу. Она ихъ даже не отрясла.

Первая замѣтила это Марья Трофимовна.

— Ноги-то простудишь. Все безъ калошъ!

— Вотъ еще важность!— закричала Маруся и приподнялась довольно грузно — для своего возраста она уже отяжелѣла. Кто же это нынче бахилыноситъ?

— Снимай, снимай, изомнешь.

— Да у васъ, поди, опять стужа!

— Нѣтъ, и печку, и плиту топила.

— Ахъ, мамаша...— заговорила Маруся выше тономъ и сейчасъ же подошла къ зеркалу, въ простѣнкѣ, надъ столомъ, гдѣ дожидался обѣдъ.

— Маруся,— остановила ее Евсѣева,— сядемъ обѣдать, а то все простынетъ.

— Сядемте, за мной задержки не будетъ.

Она сняла шляпку съ вуалеткой, а Марья Трофимовна помогла ей стащить съ себя шубку.

Тонъ у Маруси былъ совсѣмъ не дѣвушки по семнадцатому году. Она привыкла говорить, особенно съ пріемной матерью, кидая слова; такъ вотъ какъ переговариваются между собою товарки, ученицы изъ одного угла класса въ другой, пріятельницы, оставшіяся на единѣ, или на прогулкѣ. Марья Трофимовна давно замѣчала, что у ея пріемыша складывается такая манера говорить; иногда останавливала ее; но получала всегда пренебрежительныя отговорки — и давно уже замолчала.

— Вы и вообразить себѣ не можете,— начала еще возбужденнѣе Маруся, садясь за столъ,— какая штука устраивается!

Она положила оба локтя на столъ и начала ѣсть лѣнивыя щи, не отнимая праваго локтя отъ стола.

— Хорошая?— почти съ захватываньемъ голоса спросила Марья Трофимовна.

— Да, не плохая, если все устроится.

— Что же, Марусенька?

Вотъ сейчасъ объявитъ Маруся, что домохозяинъ, гдѣ она жила въ семействѣ — вдовецъ, еще не очень старый, потомственный почетный гражданинъ, плѣнившись ея лицомъ, прислалъ просить ея руки. А почему же нѣтъ? И не такіе примѣры бываютъ.

Скоро скоро хлебала Маруся щи, почмокивала при этомъ, и глаза ея задорно и хвастливо взглядывали на Марью Трофимовну.

— Не томи, голубка!— выговорила она.

— Вотъ сейчасъ, не сразу. Ухъ! Даже проголодалась!

И Маруся поспѣшно утерлась салфеткой.

V

Марья Трофимовна положила руку на столъ, держала въ ней ножикъ и съ тревожной улыбкой вглядывалась въ Марусю.

Сквозь замерзлое стекло низкаго окна протянулся лучъ и упалъ на лицо дѣвушки.

Что-то было въ этомъ лицѣ, да и въ томъ, какъ Маруся сидѣла, перекинувшись въ бокъ, какъ она ѣла и нагибалась надъ тарелкой, въ ея возгласахъ и вскидываніи глазами — было и на всегда останется — тревожное, ускользающее и даже зловѣщее для сердца Марьи Трофимовны.

И она была молода, выросла безъ строгаго надзора, знала нужду, считалась хорошенькой, хотѣлось и ей жить, а вотъ этого чего-то, нынѣшняго, въ ней не было.

И это "что-то" звучитъ во всемъ... И въ радостной вѣсти, что Маруся нарочно затягиваетъ. Если и удача какая-нибудь, врядъ ли такая, чтобы обрадовала ее...

— Вотъ мамочка,— Марья Трофимовна слегка покраснѣла отъ ласковаго слова,— вы все сомнѣвались въ моемъ голосѣ, хвастуньей меня звали.

— Когда же? Хвастуньей собственно не называла.

— Да ужъ позвольте-съ: всегда холодной водой на меня брызнете... Ань вотъ и шлепсъ вамъ, шлепсъ!

Маруся расхохоталась. Ея десны, розовыя и твердыя, обнажились и придали лицу выраженіе вызывающее, дерзкое. Его особенно не любила Марья Трофимовна; но никогда не замѣчала этого Марусѣ: "Такъ у ней отъ рожденья,— думала она каждый разъ,— не ея вина".

— Ну хорошо,— кротко выговорила она.— Ты покушай порядкомъ, я подожду.

Съ улыбкой своихъ умныхъ глазъ она оглядѣла еще разъ Марусю и стала спокойнѣе ѣсть.

— Вы, мамочка,— начала опять Маруся также возбужденно,— я знаю ужъ... сейчасъ начнете нервничать... закричите...

— Когда же я на тебя кричу?

Маруся звонко положила ножъ съ вилкой на тарелку, сдѣлала жестъ правой рукой и встала.

— Мнѣ нѣтъ никакого разсчета коптѣть въ гимназіи.

— Какъ?

Такъ и ждала Марья Трофимовна... Вотъ оно — радостное-то извѣстіе!..

Но она промолчала; только полузакрыла глаза и перестала ѣсть.

— Разумѣется, не къ чему мнѣ теперь коптѣть... (Маруся начала расхаживать по комнатѣ; салфеткой она помахивала)... Когда мнѣ цѣлый ангажементъ предлагаютъ сразу.

— Ангажементъ?..— повторила Марья Трофимовна и быстро повернулась въ ту сторону, гдѣ Маруся расхаживала.

— Да-съ, настоящій... И къ посту чтобъ въ труппѣ быть...

— Маруся... это такъ что-нибудь... пустые росказни... Голосъ у тебя есть, я не спорю; да училась ты еще мало... И курса не кончила...

— Ну вотъ, ну вотъ! — закричала дѣвушка.— Я такъ и знала! И что это за каторжная жизнь!

Салфетка полетѣла на диванъ. Сама Маруся бросилась туда же и уткнула голову въ уголъ подушки.

— Да ты толкомъ разскажи, не дури!.

Сейчасъ же Марьѣ Трофимовнѣ стало ее ужасно жаль; но она чувствовала, что если она сегодня, вотъ сейчасъ, уступить, Маруся погибла, кто-то ее схватитъ и уведетъ.

Такъ быстро и такъ сильно было это чувство, что сердце у ней въ груди точно остановилось.

— Ну вотъ,— повторила Маруся. Она не повертывала головы и собралась, кажется, разревѣться.

Ея слезы всегда дѣйствовали особенно на Марью Трофимовну. Сколько разъ, когда она передумывала о своей питомицѣ, стыдила она самое себя, смѣялась надъ собой — и все-таки знала напередъ, что Маруся слезами можетъ сдѣлать изъ нея, что хочетъ.

— Полно, полно,— заговорила она съ замѣтно перепуганнымъ лицомъ.

Она встала и, присѣвъ на диванъ, дотронулась рукой до колѣна Маруси.

Та движеньемъ ноги хотѣла оттолкнуть ее.

— Полно,— уже строже, набравшись духу, выговорила Марья Трофимовна.— Пора бы и вѣрить въ то, что тебѣ жизнь заѣдать не желаю... да и не умѣю.

Всхлипыванія смолкли. Маруся отняла голову отъ подушки, выпрямилась, поглядѣла боковымъ взглядомъ на Марью Трофимовну, и сейчасъ же лицо ея приняло увѣренный, вызывающій видъ...

— Ученье у меня идетъ плохо,— начала она говорить, точно взрослая сестра малолѣтней.— Голова не такъ устроена... Къ музыкѣ вотъ, къ пѣнью (она говорила пѣнью, а не пѣнію) — другое дѣло. Мнѣ коптѣть надо еще года три, коли не попросятъ выдти... Да и не вынесу я такого срама — дылда такая, чуть не подъ двадцать лѣтъ, а въ классѣ оставятъ еще на годъ, изъ какой-нибудь физики скапустишься...

"Это вѣрно,— думала Марья Трофимовна, схватывая слова Маруси,— не кончитъ она какъ слѣдуетъ, я давно себѣ говорю".

— Вѣдь не въ оперу же тебя зовутъ?— вдругъ спросила она Марусю.

— Въ оперу!.. Куда сейчасъ захотѣли!

— Да ты, Маруся, сама все мечтала... Ничего не хотѣла, шъ въ оперу...

— Мало ли что!.. Глупа была! Да и опера, настоящая... не уѣдеть. Для нея деньги нужны, для ученья. За границу надо, въ Миланъ... А этакъ и деньгу можно зашибить!..

— Голодна будешь,— перебила ее Марья Трофимовна,— сядь... что-ль... этакъ-то все поладнѣе будетъ.

— Не хочу я ѣсть!

— Хоть сладкаго; пирожное есть...

— Ужъ воображаю!

Марья Трофимовна не обидѣлась; да она и привыкла къ такимъ выходкамъ.

Однако, Маруся присѣла опять къ столу, положила себѣ на тарелку кусокъ торта и начала ѣсть, небрежно, съ гримаской. Слезы исчезли изъ глазъ, но щеки оставались съ яркимъ румянцемъ гнѣвнаго волненія.

VI

Въ разговорѣ вышелъ перерывъ. Маруся не начинала опять о томъ же. Марья Трофимовна продолжала бояться чего-то.

Но Маруся не выдержала.

— Вы думаете, мамаша, что я зря?.. Такъ вотъ вамъ въ двухъ словахъ... Одинъ артистъ, здѣсь онъ на время, московскій, слышалъ мой голосъ, сейчасъ далъ депешу туда, въ Москву, антрепренеру, и если я согласна, хоть сейчасъ... на хорошее жалованье...

"Антрепренеръ... Москва... одинъ артистъ... хорошее жалованье"...

Эти слова завертѣлись въ головѣ Марьи Трофимовны.

— Въ оперу?— выговорила она.

— Экъ вы... сейчасъ! Мало ли я о чемъ мечтала. Къ этому что ли опять возвращаться!..

— Кто же этотъ артистъ?

— Вѣдь вы не знаете... если я и фамилію скажу... Бобровъ... Всѣ отъ него тамъ въ восторгѣ. Какой баритонъ, въ родѣ какъ теноръ... Въ "Синей бородѣ" и здѣсь пѣлъ... вѣнокъ ему поднесли.

— Стало быть это... въ опереткѣ?

Марьѣ Трофимовнѣ не на что было ходить въ театръ — развѣ къ раекъ; а оттуда она ничего не видѣла, да и задыхалась отъ жары. Но театръ она ужасно любила, съ дѣтства. Она читала всегда съ удовольствіемъ все, что стоитъ подъ рубрикой "Театръ и музыка", знала названіе пьесъ, сюжеты ихъ, даже и оперетокъ.

Вотъ она и вспомнила сейчасъ, что "Синяя борода" — оперетка, и, кажется, она читала на дняхъ объ этомъ артистѣ Бобровѣ.

Не схватило за сердце еще сильнѣе. Все для нея стало мигомъ ясно.

Этотъ пріѣзжій опереточный пѣвецъ хочетъ сбить Марусю, подманиваетъ ее, увезетъ съ собою въ Москву, погубитъ ее.

— Маруся!— вырвалось у ней почти со слезами,— Бога-ради не дѣлай ты этого...

— Да чего? Чего не дѣлать-то?.. Не дали и досказать.

— Я знаю, я вижу — отсюда...

— Ха, ха! Вижу!.. Какъ же это?

— Доучись! Умоляю тебя!

— Заладили... Коли вы такъ, я слова больше не скажу.

Дѣвушка вскочила и начала одѣваться.

— Куда ты?

Голосъ продолжалъ дрожать у Марьи Трофимовны.

— Есть мнѣ интересъ быть здѣсь. Вы матерью считаетесь, все говорите: люблю, люблю; а тутъ счастіе мнѣ открывается... Мнѣ какъ вамъ угодно — Маруся стояла на срединѣ комнаты и застегивала пальто,— а я въ гимназіи этой коптѣть больше не намѣрена. Ничего мнѣ тамъ не добиться. Что я въ садовницы что ли фребелевскія или въ педагогички попаду?.. Много много что въ бонны!.. Такъ благодарю покорно.

Она присѣла съ озорствомъ и повернула къ двери.

Марья Трофимовна подбѣжала къ пей, обняла, стала удерживать.

— Ну полно, скажи толкомъ, Маруся, я тебѣ добра...

— Слышала тысячу разъ! Прощайте. Мнѣ нужно.

— Куда же?

— Нужно... Къ знакомымъ... Теперь ужъ пятый часъ, смеркается.

— Да какъ же это, Маруся,— растерянно говорила Марья Трофимовна,— вѣдь ты опять — на цѣлую недѣлю?

— Можетъ, и больше...

— Ну, я зайду...

— Нѣтъ-съ... Ко мнѣ я не могу принимать, у меня и комнаты порядочной нѣтъ. Ужъ отъ однихъ этихъ аспидовъ благодѣтелей отдѣлаться, такъ и то благодать.

— Отдѣлаться... Какъ?

— Да также, очень просто! Каждый кусокъ считаютъ, такъ въ ротъ тебѣ и смотрятъ... Прощайте, что-жъ вы меня насильно что ли хотите держать?..

Руки опустились у Марьи Трофимовны. Въ звукахъ голоса Маруси было что-то совсѣмъ новое. Такъ прежде она не говорила. Тутъ — мужчина, любовное влеченье; быть можетъ, теперь уже и поздно?.. Пытливо и тревожно посмотрѣла она въ лицо Маруси: кровь отхлынула отъ щекъ, лицо злое и задорное... Никакой связи съ нею, въ сердцѣ этой несчастной дѣвочки.

— Богъ съ тобой,— прошептала она, и ей стало обидно за свое разстройство.

Она подавила слезы, повернулась и, не удерживая больше свою воспитанницу, отошла въ кровати.

— Прощайте!— звонко, почти съ радостью крикнула дѣвушка и захлопнула за собою наружную дверь.

Сумерки сгущались. Наступила тишина. Марья Трофимовна присѣла на постель и оглянулась. Никогда она еще не знала такой горечи. И тотчасъ же ее подняло съ постели. Она торопливо начала одѣваться, не прибрала ничего на столѣ... Ее влекло на улицу; она готова была бѣжать въ догонку... Необходимо выслѣдить дѣвочку... Честность, на секунду, возмутилась въ ней...

"Шпіонить за ней? Не шпіонить, а спасти".

Маруся побѣжала на свиданіе, непремѣнно, такъ должно быть!..

"Надо спасти!"

Въ двѣ-три минуты она собралась и была уже подъ воротами. Замокъ щелкнулъ. Она задумалась и не сразу вышла на улицу.

"А зачѣмъ!— спросила она себя.— Только еще больше терзаній. Пускай идетъ на гибель".

Но это только промелькнуло. Страхъ за Марусю, упреки себѣ — "допустила, не доглядѣла" — грызли ее и подталкивали. На послѣднія деньги взяла бы она извощика; но, быть можетъ, и такъ догонитъ.

Вышла она на улицу. Надо взять на-право... Марья Трофимовна обогнула угловой домъ и глаза ея быстро прошлись вдоль всего троттуара.

VII

Пошелъ уже седьмой часъ, когда Марья Трофимовна попала опять на Невскій, на перекрестокъ между Михайловской и гостинымъ дворомъ. Свѣтъ электрическихъ фонарей заставилъ ее на минуту зажмурить глаза. Она давно не попадала на Невскій и всего разъ, издали, переходя отъ Литейной на Владимірскую, видѣла голубое мерцаніе фонарей, съ дымчатымъ заревомъ, по ту сторону Аничкова моста.

Она не догнала Маруси. Но домой она не вернулась. "А можетъ быть, гдѣ-нибудь попадется",— думала она, и внутренняя тревога все росла въ ней. Быстрыми шагами, глядя по сторонамъ, исходила она нѣсколько улицъ и переулковъ. Хотѣла-было броситься туда, гдѣ жила Маруся, да посовѣстилась... Сказать, что зашла такъ, просто?.. Она ужъ чѣмъ-нибудь да выдастъ свою тревогу. Да и не туда убѣжала Маруся. Непремѣнно на свиданіе съ нимъ, съ этимъ опереточнымъ пѣвцомъ. Для Марьи Трофимовны это было несомнѣнно.

И вотъ, когда она измучившись отъ ходьбы, хотѣла уже тащиться къ себѣ, ей точно въ голову что ударило вмѣстѣ съ мыслью: "на Михайловской улицѣ, около магазина гутаперчевыхъ издѣлій".

Почему около этого магазина? Она вспомнила, что онъ называется, "Макинтошъ". Да, Макинтошъ. Это слово повело за собой и другую подробность. Кто-то, не такъ давно, разсказывалъ ей, кажется, какая-то паціентка (она могла даже сказать: какая) признавалась ей въ своемъ "грѣхѣ". И "душенька" вызвалъ ее въ первый разъ къ этому самому "Макинтошу". Тутъ часто назначаютъ свиданія.

Все это крутилось въ головѣ Марьи Трофимовны. Придерживала она одной рукой салопчикъ и съ оглядкой переходила Невскій. Ноги, въ резиновыхъ высокихъ галошахъ, погружались въ снѣжную кашу улицы, цвѣта сухого толокна. Вверхъ и внизъ не смолкала ѣзда — почти-что одни извощики. Часъ шелъ обѣденный для господъ, а въ театры еще было рано. По троттуару солнечной стороны, въ бѣловато-сизомъ свѣтѣ электрическихъ фонарей, двигалось много гуляющихъ, и разговоры гудѣли. Она начала вглядываться: все больше молодые мужчины, съ бородками, въ родѣ приказчиковъ, не мало и подростковъ, въ солдатскихъ шинеляхъ, въ барашковыхъ шапкахъ, съ приподнятыми цвѣтными тульями. Между ними мелькаютъ, особой походкой, женскія фигуры. На нихъ — пальто съ узкими тальями; высокія шляпки такъ и торчать вверхъ, на иныхъ задорно, на другихъ смѣшно. Марья Трофимовна хорошо знала, что это за женщины. Но не всѣ были такія. Проходили и молодыя дѣвушки, по двѣ, по три, съ кавалерами, видомъ скорѣе на барышенъ похожи, чѣмъ на швей. Онѣ громко разговаривали, смѣялись.

Она повернула въ Михайловскую улицу. На-право будетъ магазинъ резиновыхъ издѣлій. Она была уже увѣрена, что любовныя свиданія назначаютъ всего чаще въ Михайловской: или около Европейской гостинницы, или, напротивъ, около магазина "Макинтошъ". Вотъ и магазинъ. Ей даже стало какъ бы немного совѣстно: точно она сама идетъ на свиданіе.

Народу проходило меньше. Около высокаго подъѣзда въ машинъ, она столкнулась съ брюнетомъ въ скунксовой шубкѣ на отлетѣ и бобровой шапкѣ, на бекрень. Онъ былъ рослый и лицомъ похожъ на армянина.

"Онъ, онъ!" — прошептала она и ей захотѣлось остановить его, взять за руку, умолить "Христомъ-Богомъ" не губить ея дѣвочки. Она и остановилась-было. Прохожій тоже замялся на ходу: ему было неудобно пройти по троттуару, съуженному въ этомъ мѣстѣ.

Марья Трофимовна взглянула на него, чувствуя, что блѣднѣетъ, и сошла съ троттуара, сама дала ему дорогу.

Брюнетъ слегка запахнулся, поглядѣлъ на нее точно съ вопросомъ — и пошелъ развалистымъ и учащеннымъ шагомъ къ Невскому.

"Нѣтъ, не онъ!" — успокоила она себя.

И сейчасъ же сообразила, что тотъ, актеръ опереточный, врядъ ли носитъ большую бороду. Актеръ долженъ быть бритый, а у этого борода покрываетъ чуть не полгруди. Посмотрѣла она черезъ улицу долгимъ взглядомъ; прошлась имъ по троттуару Европейской гостинницы, стоя все еще около подъѣзда магазина резиновыхъ издѣлій. Ей видно было и внутрь воротъ отеля. Газовые канделябры ярче освѣщали проходящихъ. Промелькнуло нѣсколько женщинъ, и въ одиночку, и по двое. И мужчины шли, съ той стороны, отъ угла Большой Итальянской. Но никто что-то не останавливался, не заговаривалъ; ни одной пары не видно было, похожей на любовное свиданіе.

Тутъ только усталость вдругъ точно подкосила Марью Трофимовну и вся ея бѣготня показалась ей глупой и жалкой. Она чуть не заплакала на улицѣ.

Бѣжать къ благодѣтелямъ Маруси — безполезно. Дѣвочка

не вернется раньше ночи. Она и прежде уходила отъ нея, тотчасъ послѣ обѣда, къ подругамъ; ей часто дарили билеты въ театръ, или брали съ собой въ ложу.

Совсѣмъ разбитая двигалась Марья Трофимовна внизъ по Невскому, ни въ кого уже не вглядывалась, шла съ поникшей головой. Не малодушна она; а теперь ей самой хотѣлось, чтобы кто-нибудь сказалъ ей ободряющее слово; на кого-нибудь опереться бы вотъ въ эту именно минуту, поглядѣть, какъ люди живутъ въ довольствѣ, увѣренные въ себѣ, безъ заботы о завтрашнемъ грошѣ и безъ такихъ жалкихъ волненій.

По близости, въ переулкѣ,— квартира ея давнишней пріятельницы Переверзевой, такой же, какъ она, акушерки... Такой же!..

И вся разница въ судьбѣ и жизни этой Переверзевой представилась ей. Учились только вмѣстѣ; а потомъ какое же сравненіе!.. Та и на курсы ужъ поступила молодой вдовой; у ней денежки остались отъ мужа или свое приданое — Марья Трофимовна хорошенько не знаетъ. Практику она себѣ добыла сразу; явилась и любовь, взаимная, на рѣдкость. Правда, "другъ" — не законный мужъ, да она сама не хотѣла. Отъ Марьи Трофимовны у ней секретовъ не было, хотя онѣ и рѣдко видались.

— Старше я его на нѣсколько лѣтъ,— весело говаривала она ей,— когда Марья Трофимовна, бывало, зайдетъ къ ней — не удержишь мужчину вѣнцомъ; довольно мнѣ и перваго... тоже чадушко былъ. Не хочу я любимаго человѣка въ кабалѣ держать.

Живутъ они, какъ мужъ съ женой; но на разныхъ квартирахъ, въ одномъ домѣ. Онъ служитъ въ банкѣ, хорошее мѣсто занимаетъ. И оба — такіе веселые, все смѣются, да подпѣваютъ, здоровые; она хоть старше его, а кажется ровесницей. Такъ это между ними было ровно: съ выдержкой, со скромностью, при постороннихъ другъ другу "вы" говорятъ; никакихъ вольностей, никто и не подумаетъ, кому неизвѣстно. Какъ мать она его полюбила, и вотъ уже больше десяти лѣтъ съ нимъ няньчится. Онъ студентомъ былъ, бѣдный, хилый, не очень бойкій на ученье. Переверзева ему сейчасъ и мѣсто нашла, и съ нужными людьми свела; глядь, черезъ два-три года онъ уже на трехъ тысячахъ жалованья. Всѣмъ онъ ей обязанъ: не одной карьерой своей — и жизнью. Часто болѣзни съ нимъ случались, и въ студентахъ, и послѣ. Она его выходила, на кумысъ возила, за-границу; а теперь онъ круглый сталъ, точно огурецъ гладкій. И все-то удавалось этой Переверзевой!

Практику получила въ хорошихъ семьяхъ, не гнушалась, впрочемъ, и средней руки паціентками, завела у себя и комнаты для рожениць, а потомъ залу для женской пассивной гимнастики. Не дальше, какъ въ прошломъ году, о Рождествѣ, предлагала она, сама первая, Марьѣ Трофимовнѣ поступить къ ней въ помощницы.

Почему не пошла? Да какъ-то ей не по душѣ эти "пріюты" для рожениць. Не то, чтобы она въ чемъ подозрѣвала Переверзеву; только въ такой практикѣ нельзя безъ тайнъ, да разныхъ увертокъ... Надо каждую принимать — кто явится, да хорошія деньги заплатитъ... А мало ли кто тутъ бываетъ, шито-крыто? Вотъ въ помощницы по гимнастикѣ не пошла тогда — это великую глупость сдѣлала... А все отчего? Не хотѣлось разставаться со своей квартиркой. Переверзевой нужно было у ней жить,— чтобы всегда на готовѣ. А какъ-же Маруся-то? Она придетъ въ воскресенье, или въ другой день прибѣжитъ, переночуетъ иногда все-таки какъ въ домѣ, къ ней, къ "мамѣ"!.. У Переверзевой она бы стала стѣсняться за свою дѣвочку. Маруся, пожалуй, отрѣзала бы:

"— Что это: вы въ услуженіе поступили? Къ вамъ и ходить-то нельзя: въ чужихъ людяхъ живете, угла своего нѣтъ!"

Такъ и отказалась, и сколько разъ горько жалѣла. Навѣрно, она и отъ практики своей многое бы ей уступила: ей самой и дома много работы. При ней можно быть какъ у Христа за пазухой, Развѣ если бы пришлось совсѣмъ ужъ плохо жить? Переверзева не горда, къ ней не совѣстно самой обратиться... Только теперь вотъ, сейчасъ, она ни о чемъ не будетъ просить для себя... Только бы та ей совѣтъ добрый подала, только бы около нея, около ея энергіи и житейской смѣлости взять себя самое въ руки, не грѣшить малодушіемъ, не губить дѣвочки изъ-за своей же постыдной слабости и трусости.

Подходила Марья Трофимовна къ тому переулку, гдѣ жила Переверзева, и ей такъ ярко представлялось ея лицо: круглое, свѣжее, точно подъ лакомъ, темные волосы, тоже съ лоскомъ, мелкія черты, свѣтлокаріе глаза — вся ея плотная, широкая въ кости, рослая фигура, ея обычное, неизмѣнное выраженіе лица, говорящее вамъ:

"Ну, что нюнить, надо дѣйствовать, посмотрите-ка на меня!"

И ея домашній нарядный капотъ, съ тонкимъ бѣльемъ, даже ея духи припомнились ей...

VIII

Переверзева занимала большую квартиру, въ первомъ этажѣ, ходъ прямо съ отдѣльнаго подъѣзда.

Марья Трофимовна позвонила, и видъ двери, аккуратно обитой зеленымъ сукномъ, доска съ фамиліей, особый звонокъ для ночного времени, ящикъ для писемъ и газетъ: все это такъ шло въ ея пріятельницѣ, такъ это всего этого пахло дѣльной и бойкой жизнью, хозяйскимъ глазомъ, домовитостью, довольствомъ.

Ей отперла сама Переверзева.

Въ передней стоялъ полусвѣтъ, и Марья Трофимовна не могла сразу разглядѣть ея лицо.

— Вы, Евсѣева?— окликнулъ ее голосъ Переверзевой.

Онъ ей показался не такъ звонокъ, какъ бывало прежде.

— Я, я,— кротко отвѣтила она и тихо прошла въ дверь.

Онѣ поцѣловались.

— Сколько не были!.. Забыли меня, грѣшно... Раздѣвайтесь, пойдемте ко мнѣ...

Переверзева помогла ей снять салопчикъ и повела ее мимо корридора въ свою половину, изъ двухъ комнатъ: первая — спальня съ большими шкапами, вторая, пониже, широкая комната, полная всякой мебели, картинокъ, вазочекъ, вышиваній, цвѣтовъ, полочекъ и ковриковъ. Въ ней стоялъ запахъ благовоннаго куренья. Лампа обливала свѣтомъ столъ, гдѣ уже приготовленъ былъ чайный приборъ.

— Вотъ кстати и чайку напьетесь. За дѣломъ пожаловали, или такъ, поглядѣть, совѣсть зазрила узнать: жива ли, молъ, Авдотья Николаевна?

Переверзева говорила скоро, по прежнему тѣмъ же ласковымъ тономъ; но Марья Трофимовна успѣла уже оглядѣть ее...

— Да что это вы?— спросила она нерѣшительно.— Никакъ, больны были... Какъ похудѣли... Узнать нельзя...

— Всяко было!— отвѣтила Переверзева и кивнула головой на особый ладъ.— Садитесь... Сейчасъ Марѳуша и самоварчикъ принесетъ. Вы какъ?

— Да... что я,— начала остановками Марья Трофимовна.— Браните меня... Дѣйствительно, около года глазъ не казала... И вдругъ вотъ захотѣлось... Когда...

Она не договорила. Еще одно слово, и она разревется; а этого она не любила, стыдилась слезъ и знала, что это ей "нейдетъ" — даже говаривала про себя: "не къ рожѣ".

Удержалась она, поглядѣла на Переверзеву, и ея сердце ёкнуло, не за себя одну, не за свою только тревогу, а и за то, что она прочла на этомъ лицѣ.

Не то одно, что Авдотья Николаевна вся какъ-то поссохлась и кожей потемнѣла; а глаза стали другіе. Ротъ улыбается, и въ то же время глаза сухіе и вдавленные.

"Не та Переверзева, не та", подумала Марья Трофимовна, и даже ея домашній распашной капотъ, шитый шелкомъ, смотрѣлъ иначе.

— Про меня что,— заговорила она...— вы про себя скажите... Навѣрно были больны?

Спросила она съ большимъ участьемъ. Переверзева поглядѣла на нее и потрепала по плечу.

— Спасибо. Вы такая же добрая душа... Всяко было, Евсѣева... Сначала тифецъ, потомъ внутри нарывъ образовался... умирала три мѣсяца... отлежалась, на кумысѣ была, въ Крымъ возили... Вотъ видите, ничего. Дьявольское у меня здоровье... Только не та ужъ я... Вы, я думаю, не узнали?.. Совсѣмъ старуха.

— Гдѣ же...

— Да я объ одномъ и прошу Господа Бога: на старушечье положеніе перейти.

Въ голосѣ Переверзевой зазвучали ноты, какихъ Марья Трофимовна никогда не слыхала у нея.

— Что же такъ?— чуть слышно спросила она.

— Вы не знаете, голубчикъ, я вѣдь теперь одна какъ перстъ,— протянула Переверзева.

Горничная вошла съ самоваромъ. Переверзева начала мыть чашки.

Съ минуту онѣ обѣ молчали.

— Какъ перстъ... Вы что на меня смотрите?.. Такъ спокойнѣе...

Бѣлые ея пальцы поворачивали чашку въ водѣ и обтирали ее быстро и нервно.

— Неужели Леонидъ... такъ вѣдь, кажется?— заговорила Евсѣева почти шопотомъ...

Ей вдругъ страшно стало выговорить слово "скончался". Потомъ она взглянула на цвѣтной капотъ Авдотьи Николаевны и подумала: "Она бы въ черномъ ходила".

— Женился!— вскричала со смѣхомъ Переверзева и стала еще быстрѣе мыть и перетирать чашки.

— Какъ же?— вырвалось у Марьи Трофимовны. У ней и въ горлѣ пересохло.— Вѣдь онъ вами и живъ сталъ...

Она не могла удержаться отъ усмѣшки и неучтиваго тона этихъ своихъ словъ.

— Мало-ли что, милая!..

И тугъ Авдотья Николаевна оставила мытье чашекъ и разсказала ей все: какъ отъ нея скрывали свое ухаживанье, а потомъ къ ней же обратились, чтобы устроить сватовство; она же должна была себя за "тетку" выдавать; какъ потомъ предлагали ей что-то въ родѣ "отступного", а послѣ вѣнца — она и посаженой матерью у него была — ее черезъ недѣлю же уложилъ тифъ, а тамъ нарывъ, леченье, разъѣзды... И теперь — одиночество полное, безповоротное, послѣ пятнадцати лѣтъ житья "душа въ душу".

Марья Трофимовна слушала подавленная. Даже ни одного слова не нашлось у нея ободряющаго...

— И вѣдь любитъ ее!— вскрикнула вдругъ Переверзева.

Разсказъ свой она вела съ улыбкой, даже шутливо, только изрѣдка пожметъ плечами или сдѣлаетъ движеніе кистью руки; а тутъ вдругъ голосъ задрожалъ, дернуло углы рта, глаза покраснѣли сразу...

— Любитъ! Души не чаетъ!.. А она хуже моей Маръуши... Ни лица, ни образованья... ни приданаго большого... Ребеночекъ родился. Вотъ что!.. Дѣтолюбіе, видите ли!..

И она засмѣялась.

— Ужъ эту онъ не броситъ,— закончила она.— Вотъ какое дѣло!.. Жить нужно, Евсѣева, руки на себя наложить я не подумала: чего-то у меня нѣтъ для самоубійства; а смерть этакихъ, какъ я, не беретъ!.. Не хотите ли вареньица?— Какими тутъ утѣшеніями разведешь такое горе?

— Вамъ только захотѣть,— заговорила Марья Трофимовна...— можете замужъ выдти... Найдется человѣкъ, оцѣнитъ...

— Спасибо, голубчикъ, спасибо! Отставного провіантмейстера съ подагрой, что ли?.. И дѣло-то мое мнѣ, на половину, опостылѣло... Къ веснѣ я квартиру сдамъ, комнатъ держать не буду для рожеництъ. Гимнастику удержу... больше для себя...

Она помолчала и заговорила со смѣхомъ:

— А то меня задушитъ, параличъ хватитъ. Что за радость калѣкой оставаться? Сразу не пришибетъ такую, какъ я... Вотъ!..

Свое горе куда-то ушло у Марьи Трофимовны. Такъ съ ней всегда бывало. Передъ ней билась живая душа, раненая на смерть... Ужъ Переверзевой не найти такой второй привязанности. Только ея желѣзная натура будетъ, по привычкѣ, выполнять обычный свой обиходъ. А на сердцѣ смерть.

Какъ-то у ней ротъ не раскрывался, чтобы начать жаловаться на свою Марусю, тревожиться, просить совѣта.

— Какъ же это?..— повторяла она, любовно оглядывая Переверзеву — и рука ея дотронулась до круглаго плеча акушерки.

— Ужъ если тоска очень заберетъ, возьму на воспитаніе дѣвчонку какую ни на есть, вотъ такъ какъ вы сдѣлали... У меня заработки есть... Быть можетъ, хоть тутъ не выдетъ такого водевиля...

Хочетъ взять пріемыша. Но вѣдь дѣвочка-то можетъ оказаться хуже Маруси!.. Надо сейчасъ разсказать Авдотьѣ Николаевнѣ: съ чѣмъ она сама шла сюда, какія радости видитъ она отъ своей пріемной дочери, излиться, попросить совѣта, самое предостеречь...

Но Марья Трофимовна молчала. Она только разстроитъ Переверзеву! Жаловаться на Марусю, показывать свою тревогу — это значитъ пугать ее, воздерживать! А у ней, вѣдь, только поди и осталось, что эта надежда: взять на воспитаніе дѣвочку, вызвать въ себѣ материнство, начать опять няньчиться какъ она няньчилась съ своимъ "Лёлей"...

— "Нѣтъ, я ничего не скажу... послѣ... послѣ"...

Такъ ничего и не сказала. Когда Переверзева сама перевела разговоръ на ея дѣла, на практику, на Марусю, она отдѣлалась шуточками... Ей стало стыдно заикнуться даже о томъ: какъ она бьется среди этикъ тревогъ за свою дѣвочку, какъ плохо идетъ практика, какъ впереди ничего, кромѣ богадельни... Да и туда попадешь ли?..

— Пропадете опять?— сказала ей на прощанье Переверзева.

— Ваши гости!..— шутливо отвѣтила Марья Трофимовна и пошла отъ нея такъ, какъ будто она заходила напиться чайку съ вареньемъ и погрѣться у самовара.

IX

Цѣлую недѣлю провела Евсѣева въ тревогѣ. Маруся ускользала отъ нея. Придешь въ послѣобѣденное время — ей скажутъ: барышня ушли. Она сидитъ-сидитъ до десяти часовъ — Маруся не возвращается.

Въ одно изъ такихъ посѣщеній вошла въ комнатку, гдѣ она дожидалась, сама барыня. Она первая стала разспрашивать ее про Марусю и замѣтила, что "такъ молодой дѣвушкѣ вести себя нельзя", намекнула на то, что "если такъ пойдетъ дальше", то они ее дольше держать у себя не будутъ. Марья Трофимовна не выдержала — расплакалась. Барыня стала ей выговаривать: какъ она такъ слаба, что не имѣетъ никакого "нравственнаго вліянія" на свою пріемную дочь. Видно было, что этимъ "благодѣтелямъ" Маруся сильно надоѣла и они ее, все равно, попросятъ удалиться.

— Скажите мнѣ,— убитымъ голосомъ спросила Марья Трофимовна:— развѣ вы думаете, что она погибла?

— Это вамъ надо знать, а не мнѣ,— брезгливо отвѣтила ей барыня и вышла.

Осталась Марья Трофимовна одна въ комнаткѣ Маруси, сѣла на ея кровать и такъ просидѣла больше двухъ часовъ: свѣча вся почти догорѣла...

Куда дѣвались ея шуточка, ея бодрость... Чувствуетъ она, что дѣвочка ея уже "погибла" или погибнетъ, какъ только останется на волѣ, уѣдетъ отсюда въ Москву. И она безсильна. Что она можетъ сдѣлать? Еле-еле сколачиваетъ она — платить за ученье въ гимназію. Если такъ плохо пойдетъ практика въ августѣ, нечего и думать заплатить за полугодіе. Здѣсь Марусей тоже тяготятся... Взять къ себѣ... Она сбѣжитъ, непремѣнно сбѣжитъ. Просто, возьметъ да и очутится въ какомъ-нибудь кафе-шантанѣ, или хористкой. Чѣмъ больше она думаетъ, тѣмъ безполезнѣе кажется ей всякій запретъ, всякая борьба.

Одного страшится ея сердце: потерять совсѣмъ Марусю... Что же сдѣлать... Такая натура у дѣвочки: кровь играетъ, любовь возьметъ свое не нынче — завтра... Она уже чувствуетъ, что готова все простить, только бы не совсѣмъ потерять ее, не остаться "какъ перстъ", какъ Переверзева!..

Марья Трофимовна и не замѣчаетъ, что било уже двѣнадцать. Сейчасъ догоритъ свѣчка и запылаетъ бумажка...

— Вы тутъ?

Маруся окликнула ее и, въ пальто, подсѣла въ ней на кровать, обняла и поцѣловала.

— Извини... поздно...— начала какъ бы оправдываться Марья Трофимовна.— Очень ужъ я соскучилась.

И слезы показались у ней на рѣсницахъ. Совсѣмъ не то хотѣла она сказать. Надо было подавить свою слабость, выказать характеръ... Гдѣ!..

— Вы видѣли ту... снафиду?— шопотомъ спросила ее Маруся и кивнула головой въ сторону двери.

— Она вошла... Маруся... она тебя...

— Знаю!— почти крикнула Маруся, легла поперегъ кровати и вскинула ногами... Отлично, что вы пришли... Мочи моей нѣтъ!.. Они воображали изъ меня въ родѣ бонны сдѣлать... съ дохлой ихъ дѣвчонкой хороводиться... Я только не хотѣла, мамочка, васъ разстраивать; а вотъ ужъ больше недѣли эти искаріоты меня всячески пыряютъ... Мочи моей нѣтъ!.. Завтра меня здѣсь духу не будетъ...

Маруся вскочила и каблуки ея застучали по полу.

— Потише, радй Христа,— удержала ее Марья Трофимовна за рукавъ.

— Не выгонятъ, небось, теперь ночью!..

— А ты какъ знаешь?..

Сейчасъ же припомнила она Марусѣ: какъ, года два назадъ, какіе-то господа выгнали, ночью, на дачѣ, гувернантку; а она взяла да и утопилась тутъ же въ Невѣ.

— Я не утоплюсь!— вскричала Маруся и тутъ только сняла, шляпу...— Ну, мамочка, васъ самъ Богъ прислалъ... Воля ваша — я не могу такъ жить... Вотъ свѣча сейчасъ догоритъ; а тѣ аспиды больше одной на три вечера не даютъ... Растабарывать намъ долго нельзя... Вы обо мнѣ соскучились... Вы у меня добрая...

Послѣдній слѣдъ строгости растаялъ въ душѣ Марьи Трофимовны.

— Какъ же ты... Господи?..— чуть слышно прошептала она,— Маруся... чѣмъ же мы съ тобой?..

Она не договорила. Стыдно ей стало сознаться въ своей крайней бѣдности; Маруси она не прокормитъ, развѣ въ долги надо войти неоплатные...

— Прощайте, мамочка!.. Въ потьмахъ нельзя же такъ... Я спать хочу; а завтра все, все узнаете. Я къ вамъ переѣду всего на три-четыре дня... Вы не бойтесь. Деньги у насъ есть...

Она наклонилась въ уху Марьи Трофимовны и повторила:

— Есть!

— Какъ, отъ кого?— съ ужасомъ выговорила Евсѣева.

— Задатокъ.

— Задатокъ?

— Да полно вамъ!.. Точно я украла... Я теперь — артистка. Вотъ всю недѣлю я хлопотала... Тоже вѣдь не сразу; а теперь... задатокъ.

Рукой она ударила по правому карману пальто. Она еще не снимала его.

— Кончено, кончено все...— про себя шептала Марья Трофимовна... Эти деньги... эти деньги...

Она не сомнѣвалась, что "деньги эти — цѣна погибели ея дѣвочки". Кто же дастъ такъ?.. Негодовать, выходить изъ себя уже поздно, да она и слишкомъ была разбита...

Свѣча, въ самомъ дѣлѣ, догорѣла. Надо идти...

Она встала, беззвучно поцѣловала Марусю и даже ничего не сказала на прощанье. Машинально пробралась она мимо кухни, гдѣ кто-то уже храпѣлъ, и тогда только вспомнила, что у ней въ карманѣ коробка длинныхъ восковыхъ спичекъ... Маруся отворила ей дверь на заднюю лѣстницу; она спустилась со спичкой въ рукѣ и на улицѣ только потушила ее. Все это сдѣлалось какъ во снѣ. Одно она чувствовала и помнила: Маруся будетъ у ней завтра ночевать, Маруся съ ней ласкова; у ней есть дочь; она не одна, какъ перстъ...

И "задатокъ" вылетѣлъ у ней изъ головы. Только-что она пришла къ себѣ, какъ за ней прибѣгали къ роженицѣ. Она не успѣла даже ничего захватить съ собою — такъ ее торопила маленькая дѣвочка, которая дрогла подъ дырявымъ платкомъ... За эту ночную помощь Марья Трофимовна получила три двугривенныхъ и нѣсколько пятаковъ.

X

И все потомъ вышло такъ, какъ хотѣла Маруся. Съ тѣхъ поръ протянулось три, больше — четыре долгихъ мѣсяца, а Марья Трофимовна все спрашиваетъ себя, и ночью засыпая, и утромъ только что встанетъ:

— "Какъ я ее отпустила?"

Такъ и отпустила, и провожала на желѣзную дорогу, крестила, благословляла, писала ей каждую недѣлю, ждала ея писемъ съ замираніемъ сердца. Эта дѣвочка сдѣлалась ей еще дороже, какъ только паровозъ умчалъ ее въ Москву. Тогда только поняла Марья Трофимовна — чего она лишилась, какъ ея жизнь потускнѣла...

Маруся, когда уѣзжала, говорила ей:

— Ну, мамочка, вамъ теперь все полегче будетъ. Вѣдь я вамъ хоть и не больно сколько, а все-таки стоила... У меня мое жалованье будетъ. Можетъ, когда попаду на настоящее амплуа, такъ и васъ выпишу, и не нужно вамъ будетъ гадостями вашими заниматься.

Она всегда называла ея дѣло "гадостями".

И слова Маруси были ей пріятны. Она, сквозь слезы, улыбалась ей и даже раза два отвѣтила на ея смѣхъ, на дурачества и ужимки. Обѣ онѣ насмѣялись надъ какой-то барыней въ допотопномъ салопѣ.

Задатокъ, что такъ ужаснулъ Марью Трофимовну въ комнаткѣ у Маруси, уже не пугалъ. Она вѣрила всему, что ей говорила Маруся. Тотъ пѣвецъ, что такъ страшенъ былъ, что представлялся соблазнителемъ, выходилъ, по разсказу ея добрымъ малымъ. Онъ ей выхлопоталъ ангажементъ на маленькія рольки, прямо на жалованье, но самъ уѣхалъ сейчасъ же въ Москву, доигрывать зимній сезонъ...

— Маруся! Маруся!— только повторяла Марья Трофимовна и не могла ее начать допрашивать, какъ на исповѣди.

Но ей не вѣрилось, что ея дѣвочка уже "погибла". Вѣдь не даромъ у ней житейскій опытъ. Нѣтъ, у Маруси лицо и усмѣшка дѣвушки, еще не знавшей грѣха... Ну, можетъ быть, дошло до поцѣлуевъ... Марья Трофимовна вспомнила свою первую любовь, въ Москвѣ, двадцать лѣтъ назадъ... Вѣдь тоже могло кончиться грѣхомъ, однако не кончилось — и она дѣвушка, хоть всѣ ее и считаютъ вдовой.

Да, всему она вѣрила, слушая Марусю. Та въ день отъѣзда, обняла ее крѣпко, крѣпко, всплакнула и вдругъ, точно спохватилась, говоритъ:

— Вы вѣдь, мамочка, безъ копѣйки сидите... Возьмите у меня хоть красненькую.

Она взяла. И ей не было стыдно; а, напротивъ, пріятно.

И гордость какую-то она почувствовала: вотъ и моя Маруся зарабатываетъ деньги и со мной дѣлится.

Послѣ, черезъ мѣсяцъ, все это она обсудила и ей казалось ея поведеніе такимъ глупымъ, пошлымъ, преступнымъ, ужаснымъ!.. А всего больше глупымъ. Лежитъ она въ кровати и все перебираетъ: какъ она глупа была, безжалостно смѣется надъ собою...

Вѣдь знала же она, что за Марусей съ дѣтства водилось: прилыгать, похвалиться, а то такъ и цѣлыя исторіи сочинять. Съ годами оно не проходило. Одно было, кажется, вѣрно, что ангажементъ она получила; да и то, навѣрное, не на маленькія роли, а хористкой; и не на шестьдесятъ рублей въ мѣсяцъ, а много на тридцать. И какъ только Маруся попала въ Москву, ничего отъ нея нельзя было узнать толкомъ. Сначала написала довольно большое письмо о томъ, какъ ее слушалъ антрепренеръ, о которомъ она выражалась, что онъ "магъ и волшебникъ" — и остался ея голосомъ очень доволенъ, адреса квартиры не дала; а просила писать прямо въ театръ. Потомъ шесть недѣль прошло — ни одной строчки.

Настрадалась Марья Трофимовна, тосковала выше всякой вѣры, похудѣла, стала тяготиться практикой, сидѣла по цѣлымъ, днямъ въ плохо протопленной комнатѣ и гадала; а надъ гаданьемъ она всегда смѣялась. Думала она обратиться къ антрепренеру, или къ этому пѣвцу, тенору или баритону; имя его она помнила изъ разсказовъ Маруси. Однако, ни того, ни другого не сдѣлала. Робость на нее напала, небывалое малодушіе. И съ каждымъ днемъ все нестерпимѣе хотѣлось видѣть свою дѣвочку, приласкать ее, услыхать ея смѣхъ, полюбоваться на ея стройный станъ. Если бы Маруся бросила ей хоть одно слово: "пріѣзжайте, маночка" — она бы все распродала, поселилась бы у ней хоть въ кухнѣ, готовить бы ей стала, бѣлье стирать...

Она признавалась сама себѣ въ этой страсти къ своему пріемышу, не хотѣла лгать передъ самой собой, сознавала, что это постыдно, что ея дѣло — святое дѣло: въ ея услугахъ нуждаются бѣдняки, приниженные и обойденные жизнью, какъ и она сама. Все это представлялось ея честной головѣ; и сердце ея откликалось на такія мысли; и краска вдругъ выступитъ на щекахъ; а все-таки она не могла жить безъ Маруси.

Послѣ шестинедѣльнаго молчанія Маруся прислала почтовую карту: была нездорова, а теперь, постомъ, много работы на репетиціяхъ къ весеннему сезону — больше ничего.

Сто разъ перечитывала Марья Трофимовна эту карту, всю въ штемпеляхъ, написанную бѣлесоватыми чернилами. Была больна? Чѣмъ? Ея воображеніе приводило ей все самое худшее... Ужъ не въ "такомъ" ли она положеніи? Развѣ она признается теперь на волѣ, опереточная хористка... Хоть жива! И слово "жива" все собой прикрывало и искупляло. Только бы увидать ее... Но когда?

Этотъ вопросъ началъ глодать сердце Марьи Трофимовны. Она не могла оставаться такъ, по шести недѣлямъ, въ неизвѣстности... Это — выше ея силъ.

Отчего бы ей и не переѣхать въ Москву? Вѣдь Москва — ея родной городъ. У ней найдутся тамъ подруги, даже и родственники должны быть... Она училась въ Петербургѣ — хорошо училась; на новомъ мѣстѣ, гдѣ-нибудь въ купеческомъ "урочищѣ", не трудно найти практику, особенно такой неприхотливой, какъ она.

Эта мысль уже не покидала ее съ тѣхъ поръ. Но она не посмѣла написать Марусѣ, даже намекнуть ей. Только напугаешь. Зачѣмъ? А вотъ, къ веснѣ, продать свою рухлядь и прямо прiѣхать, какъ-будто поглядѣть на нее. Потомъ и остаться.

Еще мѣсяцъ прошелъ безъ писемъ отъ Маруси. Постъ уже — позади; Ѳомина недѣля. У Марьи Трофимовны набралось вдругъ такъ много визитовъ, что она и не взвидѣлась, какъ пролетѣла Святая. Письмо Маруси уже не на картѣ, а на двухъ листкахъ — всю ее всколыхнуло. Рѣзкiя жалобы на все: и на театральные порядки, и, главное, на мужчинъ. Такъ писать можетъ только страстная дѣвочка, обманутая или уже наполовину брошенная.

Этотъ пѣвецъ, разумѣется, бросилъ ее, можетъ, и надругался, и сталъ преслѣдовать. Мало ли ихъ тамъ, въ хорѣ, смазливыхъ? Но такая, какъ Маруся — не снесетъ. Она отравится, да и его зарѣжетъ сначала. Двѣ ночи на пролетъ не спала Марья Трофимовна. Все ярче представлялись ей картины: точно она сама совсѣмъ брошенная, опозоренная дѣвушка. И не смѣшно ей на себя. Лихорадка какая-то особенная бьетъ ее. Письма-то не могла въ отвѣтъ написать — въ первый день; а потомъ какъ сѣла, такъ на двѣнадцати страницахъ все умоляла Марусю признаться, что такое вышло, слезы капали на бумагу, руки еле ходили отъ волненiя, и все-таки она не могла кончить сразу этого письма: такъ у ней выливалась душа потокомъ возгласовъ, нѣжныхъ словъ и даже заклинанiй.

Еще недѣля — нѣтъ отвѣта. Марья Трофимовна депешу — и на депешу никакого отклика. Телеграфировать антрепренеру или режиссеру? Но про кого? Вѣдь Маруся не написала ей даже подъ какой фамилiей она играетъ; сказала только вскользь, что у ней будетъ "чудесная фамилiя".

Въ четыре дня распродала Марья Трофимовна все до послѣдней кадушки — купили старьевщики со Щукина, и какъ она ихъ ни усовѣщевала, больше девяноста трехъ рублей не получила. А отъ Маруси — ничего!

Пахло весной, когда она прощалась глазами съ Петербургомъ изъ окна вагона дешеваго пассажирскаго поѣзда. Городъ уже отошелъ въ дымчатую даль, а она все еще искала его затуманеннымъ взглядомъ. Никуда не ѣздила она больше десяти лѣтъ, даже и лѣтомъ: разъ была въ гостяхъ въ Царскомъ, да въ Петергофѣ раза два. Теперь только, въ вагонѣ, что-то подступило ей въ сердцу: жалко этого города, до слезъ жаль и всѣхъ, съ кѣмъ дѣло сблизило ее: всѣхъ дешевыхъ и даровыхъ паціентовъ, мелюзги, голыдьбы въ разныхъ углахъ и концахъ Петербурга. Связь эту она еще больше чувствовала тутъ, сидя на деревянной скамейкѣ, среди сѣренькаго набора пассажировъ третьяго класса. Но вѣдь завтра она увидитъ, разыщетъ свою Марусю.

А вдругъ ея и слѣдъ простылъ? Марья Трофимовна холодѣла, растерянно озиралась, готова была схватить за руку свою сосѣдку-старуху, повязанную по-бабьи и начать ее спрашивать: какъ она думаетъ, вѣдь Маруся не можетъ же такъ сгинуть?..

Эти приступы щемящей тоски схватывали нѣсколько разъ, въ родѣ перемежающейся лихорадки, и только убаюканная сильной качкой стараго вагона свалилась она головой на подушку и заснула въ неудобной позѣ...

И пробужденіе ея было такое же тревожное. До Москвы еще далеко. Поѣздъ идетъ цѣлыя сутки. Съ разсвѣта до прихода прошелъ еще чуть не цѣлый день. У ней и книжки не было съ собой. Свои, медицинскія, она уложила въ сундучекъ, куда вошло почти все ея добро. Деньги, около шестидесяти рублей (пришлось раздать по мелкимъ долгамъ больше десяти рублей) зашиты въ замшевомъ мѣшечкѣ на груди. И мѣшечекъ этотъ, ночью, безпокоилъ ее. Она то-и-дѣло просыпалась, схватывала себя за грудь, нащупывала — тутъ ли онъ, какъ бы не срѣзали. Она читала въ газетахъ, какъ нынче "шалятъ" въ вагонахъ, и всего больше въ вагонахъ третьяго класса. Окуриваютъ чѣмъ-то; а то и просто срѣжутъ во время перваго, крѣпкаго сна.

Откуда у ней эта нервность явилась? Себя не узнаетъ. Давно ли она ничего-то не боялась; жила одна, въ подвальной квартирѣ. Какъ легко было забраться въ ней и самую зарѣзать. Дажс дворникъ нерѣдко говаривалъ ей:

— Смѣлая вы, сударыня.

А она ему всегда въ отвѣтъ:

— Обманутся, Игнатушка, господа мазурики. У меня всего имущества: крестъ да пуговица, какъ у служивыхъ.

Съ полудня въ вагонѣ началось движеніе, укладка, охорашиванье, завертыванье; стали подъѣзжать къ Москвѣ.

— Скоро и Химки!— сказалъ кто-то вслухъ.

Это слово "Химки" пронизало Марью Трофимовну. Она даже покраснѣла.

Химки!.. Давно ли ѣздила туда... на Петровъ день. Не въ самыя Химки; а подальше, гдѣ еще такіе красивые пригорки, лощины, имѣнье есть съ паркомъ? Соколово, кажется, прозывается? На ней было голубое платье цвѣточками, крестная подарила... Ее подъ руку повелъ, въ гору, къ усадьбѣ...

Неужели все это кануло? И этого человѣка уже въ живыхъ нѣтъ. Ей не вѣрилось, что съ того времени прошло больше пятнадцати лѣтъ. И всѣ двадцать... Что за нужда... Химки! Вотъ они существуютъ, и зелень кругомъ, сейчасъ и Москва! Прорѣзалъ поѣздъ Сокольники... Опять сколько тутъ пережито...

Марья Трофимовна обернулась, встряхнула свое пальто, надѣла шляпку, пожалѣла, что не вышла на станціи умыться — за это больше пятачка не возьмутъ — и ее сразу, вдругъ, освѣтила увѣренность, что Маруся тутъ, здорова, смѣется, а то письмо — такъ, минутное раздраженіе; что заживутъ онѣ въ чистенькой квартиркѣ, гдѣ-нибудь на Самотекѣ, или повыше тамъ, около Екатерининскаго института. Съ садикомъ можно найти двѣ комнатки. И въ театръ ей не далеко бѣгать. Вѣдь театръ въ саду, оттуда рукой подать.

Разомъ вернулось къ Марьѣ Трофимовнѣ знаніе Москвы; точно она вчера еще ходила по всѣмъ этимъ мѣстамъ. Самотека, а тамъ и Цвѣтной, гдѣ въ дѣтствѣ она бѣгала, и балаганы гдѣ стояли и пахло такъ резедой и гвоздикой. Тамъ и переулки, ея кровные переулки, и Срѣтенка, и Сухаревка — все такъ и зароилось въ ея головѣ.

XI

— Куда, однако, пристать?— подумала Марья Трофимовна, подъѣзжая въ станціи: никого вѣдь у нея не осталось въ Москвѣ, въ кому можно прямо въѣхать. И въ перепискѣ она ни съ вѣхъ не состояла.— Надо — въ номера!

Но сердце у нея опять вздрогнуло, когда поѣздъ вошелъ подъ желѣзныя стропила дебаркадера. Затерялась было она въ толпѣ; кто-то почти сбилъ ее съ ногъ; артельщики забѣгали въ длинномъ хвостѣ пассажировъ съ котомками, узлами, рогожами, кульками, подушками. Мало кто попользовался ихъ услугами. Навѣрно, половина пассажировъ была все простой народъ и даже цѣлая вереница мужиковъ, рабочихъ съ инструментами въ котомкахъ.

Безъ артельщика Марья Трофимовна растерялась бы совсѣмъ. Ея петербургская дѣльность и бывалость исчезли отъ душевнаго волненія. Даже руки вздрагивали, когда она отдавала артельщику одинъ изъ своихъ узловъ.

— Багажъ имѣется?— бойко спросилъ онъ ее.

Ей даже досадно стало, что тамъ еще сундучокъ есть въ багажѣ. Сейчасъ бы вотъ положить все, что было при ней въ вагонѣ, и летѣть... А теперь надо въѣзжать въ гостинницу... Очень ей этого не хотѣлось...

Она посовѣтовалась съ артельщикомъ. Выдался толковый малый.

— Вамъ этого не надо, сударыня. Багажъ вы оставьте — сундучокъ, что ли... тамъ, въ багажномъ; у васъ квитанція есть; это все у меня. Вотъ и номеръ мой — двадцать-девятый.

— Сохранно будетъ?— спросила его, кротко улыбаясь, Марья Трофимовна.

— Помилуйте... Вѣдь мы достояньемъ отвѣчаемъ.

Она улыбнулась снова. Слово "достояніе* успокоило ее своимъ звукомъ.

У крыльца галдѣли легковые извозчики, совали ей жестянки. Артельщикъ помогъ ей и тутъ, приторговавъ ей за два двугривенныхъ на Самотеку. Ей, послѣ петербургской ѣзды, и это показалось очень дорого.

Два узла она все-таки же взяла съ собой "на всякій случай"; оставила у артельщика только подушки да мѣшокъ съ разнымъ "дрянцомъ", какъ она сама называла.

Пролетка, съ откиднымъ верхомъ, тряская и высокая — по-московски, подбрасывала ее и трещала по разлѣзшейся мостовой. День стоялъ все такой же свѣтлый и теплый, какъ и утромъ былъ; даже потеплѣе стало. Весна давала о себѣ знать не такъ, какъ въ Петербургѣ, въ ту же пору. И деревья здѣсь и тамъ, зеленѣли прямо надъ заборами.

Мѣста около московской машины мало измѣнились — туда, вверхъ въ Краснымъ воротамъ и правѣе, куда извозчикъ повезъ Марью Трофимовну, по направленію къ Самотекѣ. Кажется ей, что вотъ этотъ длинный, извилистый переулокъ совсѣмъ тотъ же. Та же грязноватая и изрытая мостовая, бани, портерныя, калашни съ паромъ изъ подвальныхъ оконъ, мастеровые попадаются съ испитыми лицами, въ халатахъ, въ стоптанныхъ опоркахъ на босую ногу; также продаются на лоткахъ "кокурки" на постномъ маслѣ, и по всему переулку пахнетъ постнымъ днемъ. Только люднѣе стало, больше треску, гораздо больше всякихъ вывѣсокъ пивныхъ и трактирныхъ заведеній.

Послѣ Петербурга все погрязнѣе, шумно, на-распашку; на улицѣ живутъ, какъ у себя въ комнатахъ. Между двумя перекрестками Марья Трофимовна насчитала до двадцати мужчинъ и женщинъ безъ шапокъ и съ непокрытыми головами... Вольнѣе, хоть и съ грязцой, и пестрѣе; такъ изъ каждой харчевушки или мучного лабаза и ползетъ особый какой-то свой, московскій духъ...

Ей стало опять радостно на душѣ. Далеко-ли до Самотеки? Вотъ уже и Цвѣтной бульваръ. Она взглянула влѣво: все новые дома; красныя двѣ глыбы,— одна совсѣмъ круглая.

— Это панорама,— пояснилъ ей извозчикъ;— а то — Саломонскаго циркъ: по зимамъ конное ристаніе бываетъ.

Марья Трофимовна во второй разъ широко улыбнулась слову. Артельщикъ пустилъ слово "достоянье"; а этотъ вотъ паренекъ "ристаніе" гдѣ-то подцѣпилъ.

— Это что же такое, голубчикъ?— почти вскрикнула она, когда пролетка проѣхала дальше и поровнялась съ мѣстомъ, гдѣ еще недавно стоялъ Самотецкій прудъ.

— Самотека!— отвѣтилъ весело извозчикъ.

— Какъ Самотека? Это садъ какой-то... Совсѣмъ другое мѣсто...

Извозчикъ обернулъ къ ней щекастое лицо и показалъ всѣ свои бѣлые зубы.

— Знать не признали, сударыня? Или не здѣшняя вы?

— Да когда же это все передѣлалось?

— Первый годъ такъ въ настоящемъ видѣ... А завалили прудъ давненько ужъ!..

Узнать нельзя! Марьѣ Трофимовнѣ и жалко стало прежняго заглохшаго развороченнаго оврага, и радостно за новую прогулку... И ея старушка-Москва охорашивается...

Дальше идутъ тоже все новыя аллеи, цѣлый молодой паркъ. Она разспросила обо всемъ извозчика. Шутка! Такое гулянье: тянется вплоть почти до института. Они уже ѣхали по лѣвой сторонѣ Самотеки, гдѣ тоже идетъ бульваръ. Вотъ сейчасъ и подъемъ будетъ въ гору, на Божедомку. Тутъ какъ-будто все по старому осталось. Она и садъ этотъ отлично помнитъ. Ее брали дѣвочкой-подросткомъ раза два. За то какая радость была! Тогда гремѣлъ тутъ Морель, и оркестръ Сакса, и на пруду брилліантовые фейерверки жгли; цѣлыя морскія сраженія давались. И цыганъ она тутъ въ первый разъ въ жизни слышала на эстрадѣ... Не слыхала она до того и французскихъ шансонетокъ, и ей смутно помнится, какъ на эстрадѣ какая-то брюнетка передергивала юбками. Но она сама стояла въ толпѣ и не могла всего видѣть.

Повернула пролетка въ переулокъ и начала подниматься на крутой подъемъ, шагомъ...

Волненіе свое Марья Трофимовна сдерживала тѣмъ, что сжимала крѣпко, правой рукой, одинъ изъ узловъ.

— Вамъ къ самому саду?— спросилъ ее извозчикъ,— къ лѣстницѣ?

— Да, да...— порывисто выговаривала она,— Я, голубчикъ, не знаю... давно не была въ Москвѣ. А гдѣ входъ?...

— Есть вѣдь, никакъ, и заднiй ходъ для актерокъ.

Это онъ сказалъ такъ, наобумъ; но слово "актерокъ" и кольнуло ее, и заставило еще сильнѣе забиться сердце.

Подъѣхали къ лѣстницѣ. Наверху, на площадкѣ — раскрашенный входъ и двѣ кассы. Все у нея въ глазахъ запестрѣло. Она соскочила на мостовую въ одинъ мигъ и засуетилась; хотѣла-было брать съ собою и узлы.

— Да вы поспрошайте, барыня, мы подождемъ,— основательно замѣтилъ ей извозчикъ.

Одна касса была заперта; въ другой виднѣлась голова молодого брюнета. Марья Трофимовна недовѣрчиво подошла къ нему х заговорила:

— Позвольте узнать...

— Вамъ ложу?— остановилъ онъ ее.

Выговаривалъ онъ съ нерусскимъ акцентомъ.

— Нѣтъ... я справку... артистка тутъ...

Онъ ее не сразу понялъ и не сразу спросилъ:

— Какъ фамилiя?

Надо было назвать ея настоящую фамилiю: Балаханцева; а театральной она не знала.

— Балаханцева,— выговорила она самымъ мягкимъ голосомъ.

— Какъ?— переспросилъ кассиръ и поморщился.

Она повторила.

— Такой нѣтъ.

— Въ хорѣ...— попробовала она пояснить.

— И въ хорѣ... Я не знаю...

И онъ отвернулся и сталъ считать на счетахъ.

Какъ могла она не узнать актерской фамилiи Маруси? Вѣдь это безумiе какое-то!.. И вотъ, теперь нѣтъ возможности допытаться!..

Она такъ разстроилась, что ей не пришла даже мысль объ адресномъ столѣ, гдѣ Маруся должна была значиться на основанiя своего паспорта.

Постояла она съ минуту, бросила еще разъ жалобный взглядъ въ глубь кассы, заикнулась-было:

— Позвольте!

И смолкла... А тутъ еще извозчикъ... Какъ бы не уѣхалъ: она не догадалась и номера посмотрѣть. Нѣтъ, извозчикъ стоитъ.

Какъ быть?

Вся глупость ея поѣздки, этого бѣгства изъ Петербурга встала передъ ней. Но страхъ за Марусю превозмогъ. Ей вдругъ показалось, что это — конецъ: Маруси больше уже нѣтъ въ Москвѣ... Или она наложила на себя руки, или сгинула, уѣхала куда-нибудь, съ горя, съ труппой, на югъ, на какую-нибудь ярмарку.

Мысли чередовались быстро-быстро; а Марья Трофимовна все стояла въ двухъ шагахъ отъ кассы, но уже ближе къ лѣстницѣ.

— Да вамъ кого, сударыня?— спросилъ ее кто-то хриплымъ голосомъ, и на нее повѣяло дыханіе съ запахомъ спиртного.

Передъ ней что-то въ родѣ швейцара или сторожа, съ усами, одѣтаго еще не парадно... Она его совсѣмъ и не примѣтила.

Обрадованно бросилась она къ нему и сейчасъ же сунула ему въ руку два пятиалтынныхъ. Это очень подѣйствовало. Марья Трофимовна разсказала ему, въ чемъ дѣло,— подробнѣе, чѣмъ кассиру.

— Да я всѣхъ знаю барышень... Черноватая изъ себя?... Большого роста... Изъ Питера?...

— Да, да!.. Балаханцева ея настоящая фамилія.

— Этакой нѣтъ...

— Я знаю, голубчикъ, она по другому называется... Красивая... Въ посту она поступила...

— Это точно,— согласился усачъ...— Жила она, еще о Святой, на Срѣтенкѣ, въ номерахъ, тутъ — наискосокъ "Саратова"... Изволите знать?

— Помню, помню,— готова была она прилгать, только чтобы онъ добрался до Маруси...

Но все-таки фамиліи онъ не припомнилъ, даже и какъ она въ афишахъ называется. Только обнадежилъ и, по плечу ее хлопнувъ, сказалъ, чтобы сегодня — пораньше, передъ началомъ — пріѣхала. Онъ ее проведетъ къ задамъ театра.

— Делекторъ ругается, и чтобъ, значить, постороннихъ не было, да я уже уважу вамъ.

И онъ подмигнулъ ей правымъ глазомъ и получилъ отъ нея еще пятиалтынный.

XII

А до вечера? Она посовѣтовалась съ извозчикомъ.— Какъ же вещи? И не имѣть пристанища... Вдругъ Маруси, въ самомъ дѣлѣ, не окажется въ труппѣ? Вѣдь надо же будетъ ѣхать ночевать. Багажъ поздно не выдадутъ. Да и теперь, съ узлами, куда же она дѣнется?

Извозчикъ, хотя и молодой парень, а резонно ей сказалъ:

— За багажемъ надо вернуться, барыня. Мало ли что случиться можетъ.

Она повторяла про себя догадки сторожа о "той, петербургской". Вѣдь онъ вспомнилъ же сейчасъ, что та жила еще на Пасхѣ (давно-ли, значитъ?) наискосокъ отъ трактира "Саратовъ". Этотъ трактиръ Марья Трофимовна знаетъ. Про него говаривали въ ихъ переулкѣ. И тогда онъ былъ тутъ же, кажется, у Срѣтенскихъ воротъ...

— Гдѣ "Саратовъ"?— спросила она, когда пролетка уже поднималась къ Краснымъ воротамъ.

— Трактиръ?..

— Да, да, милый...

Она боялась, какъ бы и этотъ парень чего не запамятовалъ.

— У Срѣтенскихъ воротъ. Первое заведеніе насчетъ лихачей.

И онъ сталъ ей разсказывать, перевернувшись опять въ полоборота на козлахъ, что у "Саратова" стоятъ самые дорогіе извозчики съ тысячными рысаками.

— Запряжекъ до двадцати иной разъ бываетъ,— пояснилъ онъ.— Мѣсто такое... Въ заведеніи...

Но онъ не докончилъ. Должно-быть сообразилъ, что дамѣ разсказывать про "все такое" — не пристало.

Не скоро дотащились они до вокзала. Марья Трофимовна не торговалась съ парнемъ за обратный конецъ; онъ было ее прижалъ; но артельщикъ съ номеромъ двадцать-девятымъ усовѣстилъ его, добылъ ея сундучокъ и сторговался на Срѣтенку, съ багажемъ.

Она сама захотѣла на Срѣтенку. Тамъ, быть можетъ, она встрѣтитъ Марусю, въ этихъ самыхъ номерахъ, около "Саратова". Да и все ея дѣтство прошло тутъ. Въ двухъ шагахъ и переулокъ, гдѣ ее выкормили. Можетъ, и домишко цѣлъ...

— Ты знаешь номера наискосокъ отъ "Саратова"?

— Это къ Рождественскому бульвару? На углѣ? Какъ не знать!... Да вы нѣшто туда?

— Туда,— отвѣтила Марья Трофимовна рѣшительно.

Парень въ третiй разъ обернулся въ ней всѣмъ лицомъ и приподнялъ сзади шляпу, какъ бы сбираясь почесать затылокъ.

— Вамъ, сударыня, въ тѣхъ номерахъ будетъ... тово...

— А что?— почти съ испугомъ спросила она.

— Тамъ хорошiй проѣзжающiй не останавливается, а больше съ дѣвицами, изъ того самаго "Саратова", значитъ...

Онъ не договорилъ и повернулъ голову.

"Съ дѣвицами... изъ "Саратова"... И Маруси въ такихъ номерахъ"!

Вся она опять похолодѣла, какъ въ вагонѣ, когда ей представлялись всякiе ужасы насчетъ ея питомицы. А почему же это невозможно? Кто же поручится, что она давно не попала въ какой-нибудь вертепъ?.. Опоили, осрамили, изъ труппы выгнали, пить-ѣсть надо — и вотъ она въ такихъ номерахъ... Купчикъ или офицеръ — ея возлюбленный — возитъ ее по садамъ... и спаиваетъ. Маруся — изъ такихъ... У нея всегда была охота: кутнуть, выпить чего-нибудь покрѣпче, наливки... О шампанскомъ она говорила, захлебываясь...

— Такъ куда же ѣхать прикажете, сударыня?— прервалъ вопросъ извозчика думы Марьи Трофимовны.

Она растерялась, не знала, какъ и быть...

— Ты ступай все-таки на Срѣтенку.

— Мы васъ доставимъ въ хорошее мѣсто. Подальше, дома черезъ три, есть настоящiя комнаты... Будете довольны...

Она только кивнула головой. Привезли ее въ меблированныя комнаты, съ крытымъ подъѣздомъ, въ родѣ гостинницы.

— А вотъ и "Саратовъ",— показалъ ей парень, когда они завертывали на Срѣтенку.

Корридорный, видомъ угрюмый, но обходительный, сейчасъ же устроилъ ее въ узенькой комнатѣ второго этажа; цѣну сказалъ, когда ея вещи были уже внесены — рубль въ сутки, а помѣсячно — двадцать-пять рублей. Для нея — дорого. Но она осталась. Вотъ сегодня найдетъ Марусю, и если къ ней не переѣдетъ, все равно найдетъ себѣ квартирку, много въ семь рублей.

Такъ ей вдругъ стало одиноко, жутко, дико въ этой узкой комнатѣ, съ пылью и спертымъ запахомъ дешеваго номера. Сѣла она у окна и съ полчаса не могла даже приняться за свой сундучокъ, достать изъ мѣшка мыло, умыться, отдать почиститъ свое пальто. Окно выходило бокомъ на улицу. И, прежде всего, издали глядѣли на нее зеленыя двери съ подъѣздомъ трактира "Саратовъ". Нѣсколько дрожекъ выстроились вдоль троттуара, подъ дорогими попонами.

Разговоръ съ извозчикомъ не выходилъ у нея изъ головы. Онъ точно отбилъ у нея и руки, и ноги, не хотѣлось ей двинуться... Она смотрѣла и смотрѣла, и прислушивалась къ трескотнѣ ѣзды, смягченной двойными рамами, еще невыставлевными, съ цѣлымъ слоемъ пыли на стеклахъ.

"Что же это я?"— чуть не вслухъ выговорила она и вскочила со стула.

Черезъ двадцать минутъ она, умытая и въ вычищенномъ пальтецѣ — оно ей служило уже третій годъ — сошла на троттуаръ бодрыми короткими шажками и повернула къ Рождественскому бульвару.

Да, на углу, ходъ съ бульвара, дѣйствительно номера "для проѣзжающихъ", и извозчики стоятъ такіе же, кажется, какъ и около "Саратова". На крыльцо вышелъ корридорный и крикнулъ:

— Силантій!.. Подавай!.. Барышни готовы...

"Какія барышни"?— повторила про себя Марья Трофимовна и тотчасъ же отвѣтила себѣ — какія! Краска ударила ей въ голову. Стало ей стыдно, точно будто этотъ корридорный крикнулъ, что вотъ сейчасъ выйдетъ Маруся и поѣдетъ на лихачѣ. Страшно ей сдѣлалось войти на крыльцо и спросить: не проживаетъ ли тутъ госпожа Балаханцева?

Она перешла улицу и, немножко подальше, стала наискосокъ бульвара; онъ тутъ только и начинается.

Она должна была дождаться появленія этихъ "барышень". Лихачъ сѣлъ на козлы, бросилъ папироску, что-то крикнулъ другому извозчику попроще и передернулъ возжами. Пролетка у него узкая и очень низкая, безъ верха.

— Подавай!— крикнулъ опять корридорный.

Съ крыльца скоро-скоро, почти бѣгомъ, спустились двѣ "барышни". Марья Трофимовна такъ и впилась въ нихъ глазами. Съ ея бывалостью она мигомъ распознала въ нихъ нѣмокъ — и у нея отлегло отъ сердца. Но она все-таки не двинулась съ мѣста, пока обѣ нѣмки, разряженныя, въ высокихъ шляпкахъ съ красными перьями, не разсѣлись, громко разговаривая ломанымъ языкомъ и съ лихачемъ, и съ корридорнымъ. Все разглядѣла: и ихъ лица, и тальи, и туалеты, и все повторяла мысленно:

"Вотъ какія тутъ живутъ".

Идти спрашивать Марусю у нея окончательно не хватило смѣлости; да и гадко стало, оскорбительно за свою "дѣвочку". Она пристыдила себя и перешла опять улицу, къ бульвару.

По сосѣдству, у Успенья-въ-Печатникахъ, ударили къ вечернѣ. Въ дѣтствѣ она бѣгала въ эту церковь, и еще къ Троицѣ

"Листы". Любила всего больше "утреню",— какъ говорятъ московскіе. И богомольна она была, пока жила въ Москвѣ. Въ Петербургѣ все это какъ-то отпало. Здѣсь, вонъ, сколько церквей, куда ни взгляни!..

По бульвару проходило довольно народу,— больше простого. Прогуливались только няньки съ дѣтьми да женщины въ платкахъ особаго какого-то вида. Марья Трофимовна догадалась, какого онѣ сорта, и ей опять стало горько: напомнило про тѣ угловые номера и ея страхи и подозрѣнія насчетъ Маруси... Сверху Рождественскаго бульвара открывался передъ нею видъ; она начала всматриваться въ него, оглядывать съ разныхъ сторонъ, стала отгонять отъ себя мысли. Да и Москва забирала ее. Такая пестрая и красивая уходила панорама бульвара все вверхъ, въ Тверскимъ воротамъ... Деревья шли двойной полосой нѣжной зелени... Пятиглавыя церкви, цвѣтныя стѣны домовъ; вдали красная колокольня Петровскаго монастыря и блѣдно-розоватая башня Страстного... Узнала она и Екатерининскую больницу, и длинное бѣлое двухъ-этажное зданіе Эрмитажа...

Родной городъ расшевелилъ въ ней что-то, радовалъ, помогалъ ей легче переносить свою тревогу. Вотъ вѣдь она одна — ни души у нея здѣсь нѣтъ, кромѣ Маруси,— да и та, можетъ, улетѣла,— а она не боится. Ей Москва сразу стала дороже Петербурга. Впервые испытала она сладость прошлаго, какое бы оно ни было... Какъ въ немъ все блестѣло красками, трогало и привлекало! Скука, обида, нужда, слезы, погибшая любовь, молодость — всѣ утраты точно не оставили никакихъ горькихъ слѣдовъ въ душѣ, только цѣлую вереницу образовъ... Они всплывали каждую минуту и все сильнѣе скрашивали вотъ эту самую мѣстность: Рождественскій бульваръ (попросту "Трубу"), Грачевку, все съ тѣмъ же трактиромъ "Крымъ" и съ рядомъ крутыхъ переулковъ. Дѣвочкой Марья Трофимовна застыдится, бывало, когда какой-нибудь гимназистикъ спроситъ ее:

— А вы гдѣ живете?

И она должна отвѣтить:

— Въ Тупикѣ, около Нижняго Колосова.

Она уже понимала, что это нехорошій переулокъ; да и весь-то околотокъ... Одна Грачевка — чего стоитъ!...

А теперь ей вдругъ дороги стали и Труба, и Грачевка, и всѣ переулки. Тутъ вѣдь, въ одномъ изъ этихъ переулковъ-тупиковъ (тотъ поприличнѣе) должны сохраниться и остатки семьи, гдѣ она воспиталась. Домикъ, навѣрно, стоитъ еще. Куда она ни взглянетъ, все еще держатся эти деревянные домики, розовые, бурые, зеленые.

Ускореннымъ шагомъ спустилась она внизъ.

XIII

Должно быть какой-нибудь храмовой праздникъ случился: что-то ужъ много пьяненькихъ начало попадаться, когда она вошла на Грачевку. Одинъ даже попугалъ ее: она отъ такихъ отвыкла въ Петербургѣ, хоть и попадала въ самыя пьяныя мѣста, около Сѣнной. На немъ, кромѣ халата въ лохмотьяхъ, кажется, ничего и не было. Посоловѣлое, съ подтеками лицо, голова вся въ вихрахъ, голая, мохнатая грудь... Съ одной стороны троттуара на другую его такъ и качаетъ... Онъ ничего уже и не видитъ передъ собою...

— Нагрузился, бѣдненькій!— вырвалось у Марьи Трофимовны, когда они поровнялись.

Юморъ бралъ верхъ надъ испугомъ. Она подалась — уступила ему дорогу. Растерзанный халатникъ поднялъ правую руку надъ ея головой и крикнулъ:

— Тревога всѣмъ частямъ!.. Наяривай!..

— Что орешь?.. Ошалѣлъ?..— дала на него окрикъ баба-лавочница. Она стояла на порогѣ закусочной и ѣла сѣмечки.

Водкой, помоями, лукомъ и постнымъ масломъ несло изъ каждой подворотни и изъ захватанныхъ дверей полпивныхъ и кабаковъ. Изъ второго этажа краснаго, неотштукатуреннаго дома доносилось гудѣнье машины.

Но все-таки и Грачевка стала наряднѣе и почище прежняго. Марья Трофимовна бодрѣе смотрѣла вправо и влѣво. Все каменные дома, есть даже и въ четыре этажа, а прежде и двухъ-этажный-то каменный былъ на рѣдкость. Яркія вывѣски меблированныхъ комнатъ, парикмахерскихъ. Особенно даже много развелось куафферовъ, съ перечисленіемъ на вывѣскахъ, какіе у нихъ имѣются "бандо" и "шиньоны"... Отчего бы ихъ здѣсь такъ расплодилось?

"А переулки"?— поправила себя Марья Трофимовна. "Немало требуется въ этихъ мѣстахъ нарядныхъ прическъ... И вывѣска акушерки. Э, да вотъ и еще"... Она улыбнулась тому, что на одной изъ нихъ это званіе было написано на четырехъ языкахъ: даже "midwife". "И кому это на Грачевкѣ понадобится по-англійски отыскивать нашу сестру"?— спросила она про себя

— и вплоть до перекрестка Нижняго и Верхняго Колосова переулковъ шла веселая. Москва ее молодила и даже память о томъ домикѣ, гдѣ все уже, поди, перемерло, какъ-то не щемила ей сердца.

Переулочекъ кончается тупикомъ. Черезъ "рѣшетку" домъ — совсѣмъ не тотъ... даже и ошибиться было бы не трудно, принять одинъ переулокъ за другой. Тамъ, въ самой глубинѣ, гдѣ огороды начинаются и идутъ въ гору, къ Сухаревой — на много десятинъ, тамъ и стоялъ буренькій домикъ въ пять оконъ съ подвальными комнатками во дворъ. Со двора торчала голубятня надъ сарайчикомъ.

Въ переулкѣ-тупикѣ не видать прохожихъ. Она оглянула его быстро-быстро во всѣхъ направленіяхъ... Исчезъ домикъ!.. Снесли? Крыша не та... Но вонъ тамъ, вправо, на самомъ днѣ тупика... это онъ!.. Только крыша другая. Теперь онъ изжелта-сѣрый, и крыша какъ-будто не та: пониже, не такъ торчитъ, какъ прежде.

Тихо пошла Марья Трофимовна по срединѣ мостовой. Противъ воротъ — они были заперты — она остановилась и прочла на доскѣ:

— "Купца третьей гильдіи Сигова".

Въ чужихъ уже рукахъ, значитъ,— никого не осталось. А все-таки надо узнать. Она отворила калитку. Въ окнахъ домика сторы были спущены, и все показывало, что хозяева спятъ. Лай раздался на дворѣ и звуки цѣпи. Это ея не испугало. Она переступила высокій порогъ калитки и пошла по доскамъ къ крылечку.

Цѣпная собака — изъ овчарокъ — запрыгала на цѣпи; но лаять скоро перестала. Канура напомнила ей любимицу ея "Зюку" дворнягу; только та бѣгала на волѣ и ни на кого никогда не лаяла...

Никто не показывался ни на заднемъ крыльцѣ, изъ кухни, ни на переднемъ. Дворъ обстроили заново. Два сарайчика влѣво, гдѣ входъ въ садъ. Рѣшетчатый заборъ окрашенъ въ яркую зеленую краску, и видно, что садъ держатъ въ порядкѣ: липы и одна береза — ее сажали при ней — теперь выше сарайчиковъ сажени на двѣ...

— Кого вамъ?

Изъ подвальной комнаты — ея комнатки!— выглянуло женское лицо, желтое, морщинистое, волосы съ просѣдью...

Неужели это Анна Савельевна?.. "Сестрица" ея воспитателей, которую она звала "тетенькой" и боялась какъ холеры? Ее-то всего меньше разсчитывала она найти тутъ.

Тогда она была молодая вдова, недурна собою, только злючка и гордая, жила отдѣльно; у нея водились деньги и все въ ней, черезъ свахъ, обращались офицеры и чиновники изъ палаты...

Да, полно, она ли?

Надо было откликнуться. Марья Трофимовна скорыми шажками подошла въ окну.

— Извините... Мнѣ хотѣлось справиться: кто изъ Меморскихъ живетъ здѣсь... А вы не Анна Савельевна?

— Я, я... а вы-то кто, позвольте узнать?

Вопросъ звучалъ недовѣрчиво.

— Я Евсѣева... Машенька... помните, быть можетъ?

— Машенька? Меморскихъ пріемышъ? Пелагеи Агаѳоновны внучатная племянница?

— Да-съ,— почти сконфуженно отвѣтила Марья Трофимовна.

— Вамъ чего же?— все такъ же, недовѣрчиво, и точно съ усмѣшечкой, спросили ее.

— Да я... изъ Петербурга... хотѣла побывать на родныхъ мѣстахъ... узнать, нѣтъ ли кого въ живыхъ... Вы не позволите ли къ вамъ на минутку?

— Ко мнѣ — нельзя-съ,— отозвалась "тетенька", и ея блѣдныя губы даже повело... Если вы желаете такъ поговорить... узнать... подождите. Я выйду на дворъ.

"Боится меня: ужъ не думаетъ ли, что ограблю"?— спросила себя Евсѣева, и не обидѣлась. Она терпѣливо стала ждать. "Тетенька" не тотчасъ вышла. Когда она показалась въ дверяхъ задняго крыльца, Марья Трофимовна ее еще менѣе узнавала: и ростъ не тотъ, согнулась, и на бокъ держится. Голову она покрыла сѣрымъ платкомъ и щеку подвязала, и вся куталась въ старую мантилью, изъ порыжѣлой мохнатой матеріи: лѣтъ двадцать-пять — тридцать, она была модной и называлась "урсъ".

Подходила въ псй Анна Савельевна сбоку, странной походкой. Только одинъ глазъ смотрѣлъ возбужденно и недовѣрчиво; а другой былъ на половину прикрытъ бѣлымъ платкомъ, которымъ она подвязала щеку.

— Свѣжесть, свѣжесть,— заговорила она,— вотъ какъ только вечеромъ... тепла ужъ и нѣтъ.

И вся съежилась.

— Какой еще погоды!— замѣтила Евсѣева.

— Солнце-то не грѣетъ... Или ужъ у меня сырость... въ подвалѣ живу... въ подвалѣ-съ... Такъ вы Машенька? Не узнала бы васъ, не взыщите, много годовъ... Не молоденькія мы съ вами... Я васъ къ себѣ не пустила... У меня сыро... да и посадить некуда... Собачья канура!..

И глазъ ея зло оглянулся на домъ.

— Да и здѣсь хорошо. Нельзя ли въ садъ пройти?

— Въ садъ? Поди запертъ... Запираютъ. Точно я воровать буду цвѣтки!. Купчишки!— шепотомъ выговорила она:— вотъ нажрались и дрыхнутъ. Всѣхъ до одного человѣка перерѣзать могутъ — объ этомъ и заботки нѣтъ. Я только одна и смотрю, чтобы кто не забрался. Собака тоже ожирѣла, не лаетъ, да они и отъ лая не продерутъ зенокъ-то своихъ...

Замка, однако, не было въ калиткѣ. Онѣ вошли въ садикъ. Пахло цвѣтомъ яблони и черемухи. Марья Трофимовна закрыла глаза и сладко вобрала въ себя этотъ духъ... Ея спутница тяготила ее; но надо было поговорить съ ней, если она сама это затѣяла, выслушать отъ нея исторію домика въ Тупикѣ...

Анна Савельевна говорила охотно, но съ желчными прищелкиваньями языкомъ. Меморскіе, воспитавшіе Марью Трофимовну, давно умерли, еще до ея переѣзда въ Петербургъ. Изъ ихъ дѣтей дочь умерла въ Сибири, за учителемъ, больше десяти лѣтъ назадъ; а два сына сгинули. Домишко проданъ былъ съ торговъ. Анна Савельевна и про себя разсказала: ее провели на какихъ-то денежныхъ дѣлахъ, и она еле спасла кое-какія крохи; думала купить домикъ Меморскихъ, да "купчишко" перебилъ, и она его долго-долго "срамила", пока онъ ее пустилъ въ жилицы, подешевле, какъ родственницу бывшихъ домовладѣльцевъ...

Подъ-конецъ своего разсказа она посмякла, но не прослезилась ни разу, и только косвенно замѣтила, что она — "человѣкъ больной", еле живетъ на свои "гроши" и нельзя "на нее обижаться". Евсѣева слушала и понимала, что та боится, какъ бы она не стала проситься къ ней погостить. На этотъ счетъ она ее сейчасъ же успокоила, сдѣлала надъ собой усиліе, взяла свой обычный петербургскій тонъ, сказала, что пріѣхала по своимъ надобностямъ; а въ Петербургѣ практикуетъ уже десять лѣтъ. Это успокоило "тетеньку", и она начала жаловаться на свои болѣзни и просить совѣтовъ у даровой акушерки.

— Всѣ, всѣ, милая, или перемерли, или сгинули... Вотъ тотъ юнкерокъ, что, помните, кажется, и за вами ухаживалъ...

Марья Трофимовна слегка покраснѣла.

— Какъ, бишь, его фамилья была?.. Еще на Устрѣтенкѣ у него мать жила, туда къ Сухаревой...

— Амосовъ,— сказала Евсѣева, а краска все еще не сходила съ ея щекъ.

— Ну вотъ, ну вотъ... Онъ въ офицеры вышелъ и сначала какъ загремѣлъ... и въ полковыхъ адъютантахъ никакъ былъ — каску съ хвостомъ носилъ... Вѣдь онъ въ карабинерномъ, что ли...

— Въ гренадерской дивизіи,— подсказала Марья Трофимовна, чувствуя, какъ волненіе все еще не оставляетъ ея.

— Въ гренадерскомъ, оно и есть — ваша правда. Мать умерла... старушка-то, говорятъ, подъ-конецъ попивала, знаете; въ параличѣ ноги давно отнялись. Онъ домикъ спустилъ, и должно быть ужъ въ крови, отъ матери... закутилъ и совсѣмъ сгинулъ. Изъ полка выгнали за дебоширство... И неизвѣстно гдѣ... Кто-то говорилъ... на Хитровомъ рынкѣ... въ "золотой ротѣ"...

Анна Савельевна говорила это уже безъ желчной гримасы, а съ сокрушеніемъ: что, вотъ, все перемерло и прахомъ пошло, и ея очередь — близко; только она этого не сказала прямо: смерти она боялась пуще всего. Марья Трофимовна поняла и это.

И вдругъ ей захотѣлось побыть одной въ садикѣ. Память о дѣвическихъ годахъ охватила ее сильнѣе послѣ того, что разсказала тетенька.

— Вамъ не свѣжо ли?— сказала она и поднялась со скамейки, гдѣ онѣ сидѣли подъ зеленымъ переплетомъ бесѣдки, еще не покрытымъ листьями ползучаго растенія.

— Сырость здѣсь, сырость...— согласилась вдова и начала кутаться.

— Извините...

Онѣ вышли изъ садика.

— Извините, что обезпокоила васъ,— договорила Евсѣева и протянула ей руку.

— Надолго въ Москву?— спросила Анна Савельевна съ прежнимъ недовѣріемъ.

— Не могу еще опредѣлить.

Глаза вдовы говорили: "Только ко мнѣ, матушка, не повадься шататься; я и не пущу"!

Она проводила Марью Трофимовну до передняго крыльца.

— Позвольте мнѣ на минутку еще въ садикъ... сорвать, на память, вѣтку яблони. Небольшой будетъ изъянъ хозяевамъ.

Она выговаривала это въ смущеніи.

— Мнѣ пожалуй... только ужъ я уйду: а то эти лабазники еще придерутся,— скажутъ: я вожу чужихъ, деревья ломать.

Анна Савельевна спустилась внизъ, не подала еще разъ руки Евсѣевой и не обернулась отъ двери.

Почти украдкой вошла опять Евсѣева въ садикъ. Отъ калитки вела тѣсная аллейка, вся обставленная густыми кустами сирени. Площадка съ круглымъ столомъ и диваномъ смотрѣла еще голо. И въ клумбы цвѣтовъ еще не сажали. Но тутъ она и не оставалась; она пошла въ край, къ забору, гдѣ тянулись огороды. Тамъ нѣсколько фруктовыхъ деревьевъ стояли всѣ въ цвѣту. Одно — груша — раскинулось свѣтло-розовымъ шатромъ.

Подъ это дерево нагнулась Марья Трофимовна и, войдя, сѣла на скамью, а головой прислонилась къ стволу.

Шатеръ цвѣтовъ нѣжилъ ее и обволакивалъ тонкимъ благоуханіемъ. Это дерево было ей особенно памятно. Вотъ такъ же цвѣли яблони и грушевыя деревья. Стояла чудная весна, еще краше и благодатнѣе. Но подъ шатромъ цвѣтовъ укрывалась она тогда-не одна. Подъ нимъ былъ взятъ и отданъ первый поцѣлуй...

Марья Трофимовна закрыла глаза и долго вдыхала въ себя тонкій запахъ. И сами собою, еще безъ всякихъ горькихъ думъ и выводовъ, подступили слезы. Онѣ потекли по щекамъ тихо; а глаза все еще она держала закрытыми. Эти слезы прошли у нея скоро, и сердце какъ будто остановилось, ничего не ощущало, и голова оставалась слегка затуманенной. Но вотъ она раскрыла глаза и оглянулась, повернула ихъ въ ту сторону, гдѣ поверхъ глухого забора были видны огороды, зады домовъ и грифельнаго цвѣта столпъ Сухаревой башни съ острой зеленой шапкой.

Разомъ нахлынули мысли. Никогда, въ Петербургѣ, въ самыя трудныя минуты ничего такого не приходило ей въ голову.

Вся ея жизнь — а ей пошелъ уже тридцать-девятый — встала и представилась ей одной сплошной "глупостью", и глупостью жестокой, съ издѣвательствомъ надъ всѣми ея самыми законными побужденіями. Хоть одно ея чувство — дало ли оно ей не то что одну великую радость, а что-нибудь, похожее на отраду? Здѣсь, вотъ, въ этомъ Тупикѣ, у ея воспитателей — дѣвочкой, на какую жизнь ее обрекали? Зачѣмъ не дали ей сгинуть замарашкой, въ кори или крупѣ, гдѣ-нибудь въ трущобѣ, куда она попала, оставшись круглой сиротой? Держали, все-таки, барышней "приказнаго званія", и правила у нея рано сложились, любящая она вышла, а не злая, не порочная... А могла бы...

Мальчики только и дѣла дѣлали, что дразнили ее, били, ябедничали матери, ругали ее словомъ "пріемышъ". Вотъ тутъ, подъ этимъ самымъ грушевымъ деревомъ, забилось ея дѣвичье сердце. И тѣ же мальчики — уже тогда большіе были балбесы — подглядѣли, начали свое озорство, разсказывали разныя отвратительныя гадости про того, кто ее поцѣловалъ въ первый разъ; проходу ей не давали... Благодѣтельница-тетка чуть не выгнала, потому что не съумѣла притянуть будущаго офицера и женить на себѣ. Какую-нибудь недѣлю только любила она... во всю-то свою жизнь. И откуда взялась у нея охота учиться? Пятнадцать почти лѣтъ перебивалась она потомъ,— и хотя бы ждала чего впереди, а то вѣдь знала, что не выйти ей изъ своей честной нищеты, не вкусить ей того, что другимъ дается даромъ. Чего! Взяла себѣ дочь, начала играть въ материнскія чувства. Старая дѣва... и туда-же ударилась въ любовь къ пріемышу-дѣвчонкѣ!.. Безуміе, насмѣшка надъ самой собой!

Слово "Провидѣніе" мелькнуло въ головѣ Марьи Трофимовны. "Какое? Гдѣ? Въ чемъ"?..

И ужъ не за себя только было ей горько и обидно, а за всѣхъ. Она, акушерка, помогала рожденію столькихъ ребятъ... Зачѣмъ?.. Разводила только нищихъ, преступниковъ, проститутокъ, идіотовъ. А съ какой вѣрой въ свое дѣло, съ какой внутренней гордостью шла она, каждый разъ, на зовъ. Вѣдь отлично она знала, что ребенка отправятъ въ воспитательный,— и это еще хорошо, а то карабкаться ему въ грязи, вони, смрадѣ, грубости, пьянствѣ, въ безпрестанныхъ болѣзняхъ. Гдѣ у нея былъ здравый смыслъ? И этимъ ремесломъ надо питаться! Отъ его крохъ воспитала она свою дѣвочку. Вся она ушла въ нее, постыдно любитъ эту Марусю — и не можетъ отвлечь ее ни отъ какого зла и позора. А осталась бы она честной — развѣ не все равно? Вышла бы замужъ за студента — нынѣ это легче всего — дѣти, болѣзни и та же нищета, да еще нестерпимѣе отъ ученья, отъ умственнаго голода. Всего хочется отвѣдать, и яснѣе видишь, какъ кулакъ да рубль вездѣ въ почетѣ, какъ правда затоптана удачей; а на душевную доблесть плюетъ всякій, кто урветъ себѣ кусокъ пирога. Да и сытые-то не меньше голодныхъ маются... Еще хуже!.. Вотъ она прилетѣла въ Москву, страдаетъ, волнуется, холодѣетъ и замираетъ... И все это изъ-за чего?.. Изъ-за одной блажи, изъ одного мечтанья: представила себѣ, что безъ Маруси жить не можетъ; а вѣдь и съ Марусей, и безъ Маруси, и ей самой, и всѣмъ, всѣмъ одинаково гадко, всѣхъ жизнь подсидитъ и накроетъ! Злую издѣвку надъ всѣми посылаетъ судьба; да и нѣтъ никакой судьбы; а есть что-то, что приказываетъ жить, карабкаться, ждать, плакать, смѣяться, прыгать точно куклы на проволокахъ, "Петрушка Уксусовъ" — огромная, безграничная, кукольная комедія...

Руки Марьи Трофимовны опустились въ зеленѣющій дернъ, головой она поникла на грудь и такъ оставалась съ четверть часа... Глаза ни на что не глядѣли и были полу сомкнуты. Добрый и веселый ротъ раскрылся да такъ и не мѣнялъ выраженія внутренней боли.

Она поднялась, вся отряхнулась, поправила на головѣ шляпку и выскочила на дорожку изъ-подъ низкихъ вѣтвей грушеваго дерева.

"Что это я"?— чуть не вслухъ вскрикнула она испуганно.

Рука ея потянулась къ вѣткѣ съ нѣсколькими цвѣтами. Она сломила ее, поднесла въ лицу, понюхала и долгимъ окружнымъ взглядомъ оглядѣла еще разъ садикъ. Скоро-скоро пошла она... Она уходила отъ этихъ нежданныхъ и страшныхъ мыслей, никогда не забиравшихся къ ней въ душу... Не за тѣмъ вернулась она въ садикъ.

— Мамзель, что вы это озорничаете?— остановилъ ее голосъ сзади.

Она обернулась. У сарайчика стоялъ, должно быть, хозяинъ: въ розовой рубахѣ на-выпускъ и короткомъ архалукѣ; круглая его голова курчавилась сѣдыми кудрями; животъ сильно подался впередъ.

Точно въ дѣтствѣ, когда ловили съ малиной или яблоками, испугалась Марья Трофимовна и даже выронила изъ рукъ вѣтку.

— Въ чужомъ саду — это не порядокъ,— уже помягче сказалъ купецъ Сиговъ и, чтобы ее разглядѣть, прикрылъ глаза ладонью.— Да вы не туточная?

— Простите,— промолвила Евсѣева и подняла вѣтку: она ей была, въ эту минуту, особенно дорога.

Пріободрившись, она подошла въ хозяину поближе и сказала однимъ духомъ:

— Я здѣсь воспиталась... У Меморскихъ... Навѣстить пріѣхала... Прошла въ садикъ... За вѣтку вы ужъ не взыщите...

— Не суть важно; только попали съ улицы какъ же?..

Онъ оглянулся сердито на овчарку; и та начала лаять и прыгать на цѣпи.

Въ форточкѣ подвальнаго жилья показалось лицо "тетеньки". Она и вида не подала, что знаетъ Евсѣеву.

Только на Цвѣтномъ бульварѣ очнулась Марья

Трофимовна и почти упала на скамейку: такъ у нея ослабѣли ноги... Она отгоняла отъ себя то, что налетѣло на нее въ садикѣ купца Сигова.

Затѣмъ ли она прiѣхала въ Москву?

— Батюшки!— вслухъ испугалась она.— Вѣдь никакъ уже седьмой часъ?..

Усачъ, у кассы, говорилъ ей, что надо пораньше, до прiѣзда публики. Онъ именно назначилъ: "часу въ седьмомъ, когда вся команда собирается".

Еще разъ оправила себя Марья Трофимовна и пошла внизъ, къ Самотекѣ. Она и забыла чего-нибудь перекусить. Съ утра такъ ѣздила и ходила она — цѣлыхъ шесть часовъ — и голодъ не далъ знать ей о себѣ и теперь еслибъ ее кто-нибудь спросилъ:

— Ѣли вы сегодня?

Она затруднилась бы отвѣтить.

Засвѣжѣло, но солнце еще не сбиралось садиться. Пыли стало меньше. По Цвѣтному гуляло много народу; но она ни на что уже не оглядывалась и спѣшила къ Самотекѣ. Не хотѣла и не могла она перебирать вопроса: "найдется Маруся, или нѣтъ"? Ей довольно было и того, что ожиданiе, тревога, возбужденность страха такъ еще наполняютъ ее. О себѣ, о своей долѣ, она не могла уже подумать...

Пѣшкомъ конецъ показался ей долгимъ. Но, вотъ, сейчасъ и переулокъ. Она миновала бани, гдѣ стоятъ извозчики. Поднимется — и она тамъ!..

XIV

Усачъ узналъ ее тотчасъ же и провелъ къ актерскому входу въ театръ. Въ саду еще не было публики. Только оффицiанты накрывали скатертями столы у круга и въ сторонѣ, гдѣ бѣлѣлся большой алебастровый бюстъ среди еще наполовину оголенныхъ деревьевъ.

Жутко опять сдѣлалось Марьѣ Трофимовнѣ. Садъ, буфетъ, эстрада, столы, столбы на отдѣльномъ плацу, сѣрая глыба высокаго деревяннаго театра — дышали для нея чѣмъ-то совершенно чужимъ, почти зловѣщимъ. Отъ нихъ она не ждала ничего добраго.

На скамейкѣ, у самаго актерскаго входа, сидѣла женщина, по платью и лицу въ родѣ горничной.

— Вотъ имъ нужна тутъ одна барышня,— поручилъ ее усачъ. И пояснилъ:— портниха это театральная. Она вамъ все разскажетъ, сударыня. Прощенья просимъ. Мнѣ пора и къ должности.

Онъ уже надѣлъ голубую ливрею и трехъ-угольную шляпу. Пришлось дать ему еще на водку. Въ такомъ мѣстѣ безъ двугривеннаго ничего не добьешься.

Двугривеннымъ начала она и знакомство съ портнихой.

— Вамъ кого, сударыня?— спросила ее та лѣниво и небрежно, даже и послѣ того, какъ получила на чай.

— Балаханцеву... Адреса ея не знаю... а сегодня нарочно прiѣхала изъ Питера,— не удержалась Марья Трофимовна.

— Балаханцева? Такой нѣтъ у насъ. Я всѣхъ на память знаю.

Этакого именно отвѣта и должна была ждать она, а все-таки онъ ее еще разъ огорчилъ. Она вѣдь знала сама, что Маруся по театру иначе прозывается.

Своей тревогой она не хотѣла дѣлиться съ этой прожженой портнихой; но еще разъ не удержалась и начала описывать наружность Маруси.

— Славская это, по всѣмъ примѣтамъ.

— Славская? Такъ и на афишѣ?

— Мы вѣдь, сударыня, не знаемъ, какъ онѣ въ паспортѣ прописаны. А эта Славская родственница вамъ приходится?

Марья Трофимовна отвѣтила глухо.

— Славская, навѣрно. Только вы не на такой спектакль напали. Сегодня ее въ пажахъ точно будто нѣтъ.

— Въ пажахъ?— переспросила Евсѣева.— Это что же такое?

— Не знаете? Изъ хористокъ, которыя поскладнѣе... Ихъ такъ и зовутъ: пажами... Въ трико, значитъ, онѣ, кажный вечеръ, по-мужски...

— Ну да, ну да,— уже глотая слезы, промолвила Евсѣева какъ бы мысленно.

— На афишку вы поглядите... вонъ тамъ... у столба... Да навѣрно ея нѣтъ... Что-то мнѣ сдается, не значится ли она въ отпуску?

— Больна?— вырвалось у Евсѣевой.

— Что-то я, какъ-будто, и вчера ея не видала, а ей слѣдовало участвовать... "Бокаччiо" давали. Всѣмъ пажамъ надо быть въ сборѣ...

— Можетъ, знаете, гдѣ живетъ госпожа Славская?

У нея даже дыханiе перехватило.

— Справлюсь... Погодите... никакъ въ Телешевскихъ номерахъ, или вотъ тутъ...

— На Срѣтенкѣ?— подсказала Евсѣева.

— И то, должно быть, тамъ. Грандъ-Отель, что ли, называется.

Портниха наморщила одну бровь и прибавила:

— Нѣтъ, тамъ Пересилина живетъ... Содержитъ ее мучникъ отъ Сухаревки...

Это сообщеніе о "содержателѣ" иначе направило разговоръ... Марья Трофимовна сама не хотѣла дѣлать разспросовъ; но портниха тутъ только и оживилась...

И въ пять минутъ все узнала Евсѣева. Славскую — не было уже никакого сомнѣнія, что это Маруся — сманилъ первый актеръ; а теперь онъ ее бросилъ... Съ кѣмъ она теперь "путается" — доподлинно неизвѣстно еще за кулисами; но навѣрно — съ кѣмъ-нибудь.

— И хорошо еще, коли изъ гостей кого подцѣпила, а то если изъ нашихъ,— еще ее оберетъ, и въ больницѣ належится; такъ-то, сударыня.

Портниха почему-то прищелкнула языкомъ, при этихъ словахъ, и подперла обѣими руками свою тощую грудь, прикрытую голубой полинялой пелеринкой.

Ни жива, ни мертва, сидѣла Марья Трофимовна. Что же еще? О чемъ узнавать? Что исправлять и спасать?..

Такъ горько стало, что чуть-чуть она истерически не расхохоталась.

А все-таки надо было ждать. Рабочіе проходили мимо нея, хористы — мужчины, а потомъ и дѣвицы, нѣкоторыя очень нарядныя. Изъ-за кулисъ уже слышался гулъ, смѣхъ, рулады, перебранка. Въ саду прибывала публика, заходили пары, заигралъ оркестръ... На плацу гимнасты и рабочіе приготовляли свои сѣтки, веревки, трапеціи... Потянуло по нѣсколько влажному воздуху запахомъ котлетъ и еще чѣмъ-то съѣстнымъ.

Портниха ушла. Марья Трофимовна сидѣла, и глаза ея ничего уже не видѣли, послѣ удара обухомъ по головѣ. Она выдержала, не вскрикнула, даже, кажется, улыбалась, когда та ей кинула слово "путается", говоря о любовныхъ похожденіяхъ Маруси.

Ея дѣтище!.. Сколько лѣтъ дрожала надъ ней!.. Господи!.. Сколько лѣтъ?.. Да, полно, былъ ли надъ ней надзоръ? Развѣ она знала: какъ ея дѣвочка вела себя въ послѣднюю зиму? Да и раньше? Откуда у нея вдругъ бархатное зимнее пальто появилось?.. И разныя вещицы?.. А она еще увѣряла себя, что Маруся — нетронутая дѣвушка... Кто ее увѣрилъ? По лицу узнала, что ли? Такъ, вотъ, сейчасъ мимо нея больше дюжины промелькнуло дѣвушекъ. Двѣ-три такъ и пышатъ свѣжестью, лица дѣтскія. А разспроси еще у портнихи — такъ у каждой найдется возлюбленный или старый содержатель.

Чего ждать, чего ждать?!..

Глаза ея все сильнѣе застилала пелена... Мимо прошелъ шумно, давая на кого-то окрикъ, коренастый мужчина въ странномъ костюмѣ: большіе сапоги, парусинная блуза съ греческими рукавами, надѣтая прямо на тѣло; шея голая, какъ у женщины; грудь вся въ цѣпяхъ, монетахъ и брелокахъ. На головѣ — матросскій картузъ. За нимъ пробѣжало двое служащихъ при театрѣ...

— Каналья! Сволочь!— раздавалось изъ-за ограды для гимнастовъ.

Она этого ничего не видала и не слыхала. Но взглядъ ея упалъ на что-то яркое, изжелта-зеленое. То была высокая шляпка, въ полъ-аршина, надѣтая впередъ и вбокъ, вся въ лентахъ, перьяхъ и цвѣтахъ. Такого же почти травяного цвѣта пальто, съ самой узкой тальей, все въ бляхахъ и подковахъ и съ выпяченной турнюрой сзади...

"Вотъ и барышни со Срѣтенки появились", вдругъ промелькнуло у нея въ головѣ, но она еще не разглядѣла ни лица, ни походки.

— Начали?— вдругъ раздалось почти надъ ея головой.

— Маруся!— глухо вскрикнула она и хотѣла встать; но ноги у нея подкосило.

— Мамаша!

Маруся обернулась, развела руки, махнула зонтикомъ въ воздухѣ, не покраснѣла, не обрадовалась замѣтно, а только подошла къ ней, сѣла сейчасъ же на скамейку, нагнула голову и потомъ разсмѣялась:

— Вотъ выкинули штуку!

Онѣ поцѣловались. Марья Трофимовна вся дрожала и ничего не могла выговорить. Руки ея хотѣли обнять Марусю за талію и безпомощно опустились...

— Здѣсь... жива...— пролепетала она, удерживая слезы, блѣднѣя и вспыхивая.

Стыдно ей стало и за Марусю, и за себя... Кругомъ народъ... Хорошо, что музыка заглушала всѣ остальные звуки.

— Это какъ?— спросила Маруся и вскочила со скамьи.

— Провѣдать тебя...

— Надолго?..

— Какъ поживется...

Выговоровъ, упрековъ Марья Трофимовна не могла дѣлать. Да у нея все это и вылетѣло. Она улыбалась; она рада бы была, еслибъ какое-нибудь дурачество Маруси поощрило ее, вызвало бы въ ней самой шутливый тонъ.

Но глаза жадно оглядывали Марусю... На кого она стала похожа? Двѣ капли — на тѣхъ барышень, что сѣли на пролетку лихача у Рождественскаго бульвара. Что за прическа!.. Боже ты мой! Весь лобъ покрытъ взбитыми волосами, вплоть до бровей. Ото всей пахнетъ пудрой и крѣпкими духами... Юбка у платья короткая, вся нога выступаетъ въ ботинкѣ изъ желтой кожи. Въ томъ, какъ Маруся откинулась назадъ, въ подергиваньи плечъ, въ движеньяхъ головы, въ самомъ звукѣ голоса — уже горловомъ и хриповатомъ — Марья Трофимовна читала безповоротный приговоръ:

"Погибла, погибла"!

Взглянула она опять въ лицо своего дѣтища: глаза подведены, и губы въ красной помадѣ, и пудра на щекахъ, и брови закручены дугой. Никакого смущенія — ни проблеска... И радости нѣтъ... Даже не улыбнулась. Только взглядъ бѣгаетъ. Онъ сталъ злѣе, фальшивѣе...

— Чтожъ вы не написали... а вдругъ такъ?— спросила Маруся и тутъ же оглянулась въ сторону и даже наморщила лобъ.

— Отъ тебя ничего не было, Маруся... Вотъ я и собралась.

— Испугались.— Ха, ха, ха! Что мнѣ дѣлается...

Отъ этого смѣха у Марьи Трофимовны внутри заныло.

— Ну, слава Богу...— выговорила она, все еще улыбаясь, а губы у нея подергивало; она боялась, что не выдержитъ.

— Да что мы здѣсь... Идемъ въ уборную... Я ныньче не занята. На той недѣлѣ какъ лошадь работала. Нашъ-то чадушко — антрепренеръ,— пояснила она,— какъ бѣшеный волкъ рыскалъ по сценѣ-то, до седьмого пота всѣхъ пронималъ... Просто каторжная жизнь!

Она это говорила довольно громко, поднимаясь по лѣсенкѣ за кулисы. Марья Трофимовна слушала и уже боялась,— какъ бы кто не донесъ на Марусю ея начальству.

На сценѣ шло представленіе. Онѣ прошли мимо кулисъ, гдѣ Марью Трофимовну — она никогда не попадала за кулисы — обдало и свѣтомъ и особымъ запахомъ... Фигуранты сидѣли въ костюмахъ; каска пожарнаго свѣтилась въ глубинѣ; декораціи тѣснились у прохода.

— Сюда вотъ,— отворила ей Маруся дверку.— Теперь никого здѣсь нѣтъ.

Это была не общая уборная хористокъ, а одна изъ тѣхъ, что назначаются для солистовъ, на амплуа.

— Ну, поцѣлуемся! Здравствуйте, мамаша! Очень рада! Только напрасно безпокоились... Тоже вѣдь стоитъ ѣзда-то; или въ лоттерею выиграли?.. Фу ты, жарища анаѳемская!

Маруся скинула съ себя шляпку и пальто, бросила и то, и другое на кресло, погасила одинъ изъ газовыхъ рожковъ у трюмо, а потомъ сѣла противъ Марьи Трофимовны въ ярко-пунцовомъ атласномъ лифѣ на клѣтчатой юбкѣ. Ноги она разставила и закинула голову назадъ, а платкомъ обмахивалась.

Слезы остановились у Марш Трофимовны тамъ гдѣ-то, въ груди. Она машинально засмѣялась. Ей легче стало вести разговоръ въ шутливомъ тонѣ...

— Такъ ты ныньче вольный казакъ?— спросила она.

— Да, мнѣ все едино. Я до перваго числа дослуживаю.

— Куда же та?..

— Охъ, мамочка...— заговорила Маруся и положила одну ногу на другую.— Ничего вы не понимаете житейскаго. Вотъ меня воспитали... а все вы какъ маленькая... Я въ полгода того насмотрѣлась и сама восчувствовала, точно я въ семи котлахъ купалась... Ученая! Ха, ха, ха!..

— Не смѣйся такъ, ради Бога... Что съ тобой?.. Скажи мнѣ...

Головой Марья Трофимовна прильнула въ груди Маруси. Дольше она не могла выдерживать веселый тонъ.

— Письмо мое помните?— рѣзко и вызывающе крикнула Маруся.

— Оно-то меня и переполошило.

— Думали — бѣдъ надѣлаю?..

— Все думала... все было...

— А слѣдовало тогда этой черномазой образинѣ купоросным масломъ плеснуть, чтобы гулялъ тогда по Европѣ съ пуделемъ и просилъ на пропитаніе, какъ калики перехожіе... Моментъ пропустила; а теперь уже глупо. Да и думать я объ немъ забыла... Что онъ — первый сюжетъ, что нашъ плотникъ, Махоркинъ... Ха, ха, ха!

Только бы она не смѣялась! Этотъ смѣхъ обдавалъ Марью Трофимовну ужасомъ.

— Малютка!— успѣла она выговорить и глухо, глухо разрыдалась.

— А вы не надрывайтесь надо мной: я вѣдь еще не къ гробу... Житейская школа называется... Мало ли о чемъ мечтала... Дебютъ въ "Периколѣ", а теперь вотъ въ "пажахъ" состоимъ... Только послѣ перваго числа они отъ меня вотъ чего дождутся?

Она показала кукишъ и вскочила.

— Нечего канючить, мамаша! Ну и прекрасно, что пріѣхали. Я вамъ, благо, и писать собиралась... Исторія короткая. Глупа была; поумнѣла. Со всѣми этими подлецами — и она злобно поглядѣла сквозь дверь — я не хочу дня оставаться дольше перваго... Ничего я не должна... Не нужно намъ подачекъ! Мы сами кого хотѣли, того и полюбили...

Она опять развалилась на стулѣ и хлопнула себя по тому мѣсту, гдѣ карманъ.

— Чортъ!.. Забыла... Память у меня куриная стала. У васъ папироски есть?

— Когда же я курила, Манюша?

— Пора бы... Ха, ха... Въ малолѣтствѣ находитесь. И наши-то всѣ на сценѣ... Этакое свинство!

Никакихъ вопросовъ уже не дѣлала, мысленно, Марья Трофимовна. Она видѣла теперь, что сталось изъ ея Маруси, въ какихъ-нибудь четыре мѣсяца. Женщина, узнавшая мужчину, сидѣла передъ ней. Было бы смѣшно даже заговорить съ ней въ тонѣ увѣщанія. И что-то особенное зашевелилось въ душѣ пріемной матери... Вѣдь эта "погибшая" дѣвушка все-таки живетъ въ своей волѣ, испытала страсть; бросили ее, озлобили; но она и теперь съ кѣмъ-то утѣшается... Жалко все это, позорно для хорошо-воспитанной дѣвицы; но развѣ ея-то собственная непорочность на что-нибудь нужна была? Она-то — развѣ не жалка тоже по своему?

— Хотите въ залу?— спросила Маруся и начала надѣвать шляпку.— Я могу контрмарку попросить...

— Зачѣмъ же?

— Экая важность!.. Вотъ и полюбуйтесь на перваго-то сюжета... На моего благодѣтеля... Онъ нынче своимъ надтреснутымъ горломъ рулады выводитъ...

— А ты?.. Со мной?— чуть слышно выговорила Евсѣева.

— Я приду... послѣ... Мнѣ нужно повидаться со знакомыми... Вечеръ еще великъ. Отошелъ актъ!

Она начала торопливо напяливать пальто и, одѣвшись, повела за собой Марью Трофимовну.

XV

Вечеръ былъ дѣйствительно великъ для ея пріемной матери. Марья Трофимовна высидѣла цѣлый актъ оперетки. Маруся прибѣжала къ ней на минутку, въ мѣста за креслами, и шепнула ей: кого играетъ ея "благодѣтель" и какъ его фамилія.

Когда онъ вышелъ и запѣлъ, драпируясь въ мантію, и сталъ помахивать правой рукой, а на публику глядѣлъ съ самоувѣренной усмѣшкой, она прильнула къ нему глазами... Да онъ изъ какихъ-нибудь инородцевъ... И произноситъ-то плохо, поетъ глухимъ голосомъ, немного по-цыгански, игры никакой нѣтъ; а публика его "принимаетъ".

Чѣмъ дольше она на него глядѣла, тѣмъ сильнѣе набиралась мужества: въ антрактѣ пойти за кулисы, такъ — прямо въ уборную и сказать ему, какъ онъ гнусно поступилъ съ Марусей. Не можетъ быть, чтобы у него ничего уже не было въ душѣ!.. Хоть крошечку совѣсти да осталось же. Бросилъ онъ ея дѣвочку... Пускай хоть не доводитъ ея до отчаянья, не толкаетъ ея въ пропасть. Онъ много значитъ въ труппѣ; можетъ поддержать...

Мысли начали путаться у Марьи Трофимовны въ концу акта; но рѣшимость пойти — говорить съ этимъ брюнетомъ въ шляпѣ съ перьями — не пропадала.

Актъ отошелъ. Маруся не показывалась. Это только пріободрило Марью Трофимовну. Она незамѣтно проскользнула за кулисы и дѣловымъ тономъ спросила у рабочаго:

— Гдѣ уборная господина Боброва?

Тотъ ее провелъ. Она стукнула въ дверь.

— Войдите!— крикнули извнутри.

Онъ былъ одинъ, стоялъ передъ зеркаломъ и пудрилъ себѣ лицо.

Фигура и туалетъ Евсѣевой, должно быть, удивили его. Довольно вѣжливо спросилъ онъ:

— Вамъ угодно?

Не дала она себѣ ни малѣйшей передышки и высказала все — откуда только слова брались. Слезъ не было; ни возгласовъ, ни жалобъ, ни угрозъ. Говорила она тихо, точно сама въ чемъ исповѣдывалась, но такъ говорила, что актеръ ни разу ея не прервалъ.

— Вы не должны ей передавать, что я къ вамъ обратилась... Сдѣлайте хоть что-нибудь для дѣвушки, которую вы выбросили на такую дорогу...

Тутъ она сѣла на табуретъ и сразу смолкла...

Первый сюжетъ говорить былъ не мастеръ. Онъ сначала все улыбался и поводилъ плечами, курилъ и поматывалъ головой, но когда она смолкла, онъ точно выпалилъ:

— Съ нея ничего не выйдетъ!

И онъ сталъ доказывать Марьѣ Трофимовнѣ, что у него было искреннее желаніе поставить Марусю на ноги; но она работать не хотѣла; а сразу мечтала быть на видныхъ роляхъ.

Вопросъ о томъ, что онъ ее покинулъ, увлекъ и бросилъ — онъ, разумѣется, обошелъ. Сказалъ только:

— Всякій порядочный человѣкъ знаетъ, что ему надо дѣлать.

Эта фраза заставила Марью Трофимовну сказать ему, безъ слезъ, медленно и сильно:

— Такъ стало:— можно дѣвушку... погубить, а потомъ — и ничего... ни передъ Богомъ, ни передъ людьми?

Губы перваго сюжета покривила усмѣшка. Онъ выговорилъ вполголоса, но очень внятно:

— А вы, мадамъ, думаете, что ваша пріемная дочь была... въ Петербургѣ... Вы меня понимаете? Такъ это совсѣмъ напрасно. Я въ отвѣтѣ не буду. Не то чтобы это похоже было съ вашей стороны... какъ бы сказать... на шантажъ. Я этого не говорю!— поспѣшилъ онъ прибавить и даже сдѣлалъ жестъ рукой, точно будто хотѣлъ осадить ее сверху внизъ.

Она закрыла глаза и чувствовала, что ея приходъ сюда — только новое униженіе за Марусю и совершенно напрасное.

— Васъ я понимаю не съ такой стороны,— продолжалъ актеръ.— Вы жалѣете... любите ее. Повѣрьте: не стоитъ эта дѣвочка... И васъ она проведетъ и выведетъ. Скандалистка. И здѣсь ее держать не будутъ. Съ перваго числа — и фью! Раза три я изъ-за нея попадалъ въ такія исторіи. Дралась съ товарками. Помилуй, Боже! Я сколько лѣтъ служу, а такой скандалистки еще не видалъ. Да кто же съ ней будетъ жить?— спросилъ онъ убѣжденно, и не предполагая, что слово "жить" ударитъ Евсѣеву, какъ ножемъ.

Она продолжала молчать.

— Вы пріѣхали сюда спасать ее?.. Позвольте вамъ самимъ... совѣтъ дать... Теперь ваша воспитанница связамшись съ однимъ... валетомъ.

— Съ кѣмъ?— спросила она, не сразу понявъ.

— Шантажистъ уже форменный. Безъ мѣста шатается. Съ этимъ она — мое почтенье — куда попадетъ. За рѣшетку навѣрно. Это ужъ я вамъ говорю... какъ честный человѣкъ. Такъ нѣшто... дѣвушка... съ понятьемъ и которая соблюдаетъ себя... свяжется съ такой сволочью?

Онъ даже сплюнулъ и затянулся папиросой.

У дверей раздался звонокъ и крикъ:

— На сцену!..

— Вы меня извините, мадамъ,— сказалъ онъ и отошелъ къ зеркалу.— Мнѣ еще надо вотъ... поправить. Досталась вамъ дочка... нечего сказать... Мое почтеніе.

Безъ словъ вышла она изъ уборной перваго сюжета и не знала, какъ ей поскорѣе попасть на воздухъ. Еслибы Маруся поймала ее, навѣрно вышла бы сцена. Да и въ самомъ дѣлѣ, чего она добилась?..

Приниженно сѣла она на ту же скамейку, гдѣ ожидала Марусю до спектакля.

Давно уже стемнѣло. Изъ нѣсколькихъ лампъ лился электрическій свѣтъ, и за его предѣломъ темнота выступала рѣзче. Съ эстрады слышалось хоровое пѣніе съ бубномъ. Густая толпа стояла спинами къ театру. Вдоль круга двигались пары и заходили въ сторону, къ темнѣющей площадкѣ гимнастовъ. Пары дѣлались все чаще. За столами, гдѣ свѣчи мелькали желтыми языками въ шандалахъ со стеклами, ѣли и пили; шумный разговоръ прорѣзывалъ то-и-дѣло женскій смѣхъ.

На все это глядѣла Марья Трофимовна, и ей казалось, что сюда она попала за тѣмъ, чтобы узнать, наконецъ: — какъ жизнь идетъ для тѣхъ, кто не знаетъ ея разныхъ сантиментальныхъ глупостей. Что-то совсѣмъ новое, торжествующее, безпощадное, тупое, въ своемъ безстыдствѣ обступало ее. И то, что пѣлось въ театрѣ, и здѣсь въ саду — блуждающія пары и повсюдный смотръ и выборъ женщинъ,— и такъ это просто, безъ всякаго покрова и стѣсненья. Гдѣ-же тутъ совѣсть ея, съ чувствами... старой дѣвы, наивной и смѣшной, безсильной и жалкой?..

Да, Маруся ея давно уже была предназначена для такой именно жизни, вотъ для такого сада, для перехода отъ одного мужчины къ другому. Какъ же она не догадалась объ этомъ? А еще захотѣла спасать, направлять!..

Вонъ идетъ пара... завертываетъ налѣво, за купу деревьевъ по узкой дорожкѣ. Свѣтъ только проводилъ ихъ въ тѣнь и не пошелъ дальше. Она смотритъ на эту пару какъ-будто съ намѣреніемъ, съ любопытствомъ. Мужчина — сухой, длинный, въ высокой шляпѣ и короткомъ пиджакѣ, почти курткѣ, и панталоны на немъ свѣтлыя. Его Марья Трофимовна видѣла. Онъ остановился. Женщина повернулась къ нему лицомъ и что-то говоритъ горячо, машетъ зонтикомъ... Онъ все пятится къ свѣту.

Да это Маруся! А длинноногій ея кавалеръ — навѣрно тотъ, съ которымъ она теперь "путается".

Мысленно Евсѣева выговорила это слово.

Вотъ они вышли и въ яркій свѣтъ. Ея зеленое пальто стало желтымъ. Лицо — и на такомъ разстояніи — бѣлое, а ротъ точно провалился: отъ яркой краски совсѣмъ черный.

Онъ уже не держитъ ея подъ руку; ему, видимо, хочется уйти. Она продолжаетъ говорить такъ же горячо, не пускаетъ его или дѣлаетъ упреки. Длинноногій все-таки идетъ къ одному изъ столовъ. И она за нимъ. За этимъ столомъ видна шляпка и двое мужчинъ.

Присѣли оба. Она сейчасъ же встала. Ее угощаютъ. Она наклонилась: вѣроятно, выпила стаканъ; но оставаться не хочетъ, еще что-то говоритъ на ухо ему и съ рѣзкимъ жестомъ отходитъ отъ стола, идетъ къ театру.

"Завтра уѣду"!— вскрикнула про себя Марья Трофимовна и вся выпрямилась на скамейкѣ.

Куда уѣдетъ? Въ Петербургъ? Но вѣдь она всѣ свой пожитки продала. Квартиру сдала. На что же она станетъ обзаводиться? У нея уже не будетъ и половины денегъ, когда она вернется. Да и какъ же это можно этакимъ манеромъ? Сейчасъ — малодушіе, жалкое безсиліе, бѣгство. Это гадко, бездушно... Развѣ такъ любятъ! Теперь-то и нужно дѣйствовать. Нельзя ее бросить. Она ухватится за несчастную дѣвочку, ляжетъ поперекъ дороги къ той пропасти, куда ее толкаетъ вотъ вся эта жизнь.

Маруся пошла въ театру сначала порывисто... Остановилась. Ее тянетъ туда, къ столу, гдѣ онъ... Секунды три-четыре была въ нерѣшительности, повернула опять въ театру...

Значить, есть же въ ней достоинство, хочетъ выдержать характеръ.

"Неужели онъ... шантажистъ"?

Марья Трофимовна прибавила:

"Изъ этихъ... изъ валетовъ"?

Да кто бы онъ ни былъ — надо ей узнать его. Она ничего не испугается,— хоть злодѣй, хоть бѣглый! Тѣмъ паче!..

Маруся идетъ скорѣе, голову опустила; видно, что кусаетъ губы; правая рука бьетъ зонтикомъ по бедру,— сердится. Чтожъ, это хорошо! Теперь-то и надо ковать желѣзо!..

Идетъ она за кулисы и никого уже не замѣчаетъ; электрическій свѣтъ слѣпитъ каждому глаза.

— Маруся!— остановила ее на ходу Марья Трофимовна такимъ-же почти звукомъ, какъ и въ первый разъ.

— Что это, какъ вы меня испугали!— откликнулась Маруся.

Она дѣйствительно вся вздрогнула отъ оклика.

— Присядь,— спокойно выговорила Марья Трофимовна.— Нагулялась.

— А вы что же не въ театрѣ? Что это, мамаша!.. Вы и здѣсь за мной надзоръ устроить хотите? Такъ вы это напрасно...

— Полно...

— Да ужъ нечего! Зачѣмъ вы тутъ на скамейкѣ сѣли?

Ея раздраженный, почти грубый тонъ уже не дѣйствовалъ на Евсѣеву. Что-то дальше будетъ.

— Если вы пріѣхали со мной повидаться, такъ, пожалуйста, не извольте слѣдить за мной! И безъ васъ тошно!..

Послѣднее слово вырвалось уже отъ сердца, но съ горечью обиды и... кажется, ревности.

— Присядь,— такъ же невозмутимо выговорила Марья Трофимовна.

— Есть ли что гаже на свѣтѣ мужчинъ!— вскрикнула Маруся и сѣла на скамейку.— Одинъ безстыжѣе другого!

"Вотъ это хорошо"!— подумала Евсѣева.

— Вы сейчасъ видѣли, что я тутъ съ однимъ человѣкомъ ходила. Я не скрываюсь... Чего мнѣ?.. Талантъ у него... комикъ. Вы не думайте, что это такъ чумичка какая-нибудь или на велосипедѣ по кругу ѣздитъ... Простакъ!

— Простой души?— спросила Марья Трофимовна, забывъ, что это — театральный терминъ.

— Ахъ, что вы!.. Простакъ — молодой комикъ значить. И голосокъ милый. А ужъ насчетъ мимики — ни у одного у насъ нѣтъ и капельки его игры.

"Онъ, онъ!.. Шантажистъ"!— рѣшила Марья Трофимовна.

— И вотъ извольте... Какая-то...— Маруся употребила ругательное слово, но выговорила его глухо.

— Ободранная кошка, бѣлила сыплются, точно штукатурка. Только извольте чувствовать — примадонной себя величаетъ!.. Ангажементъ въ Саратовѣ... Въ какомъ-то вокзалѣ будетъ пѣть.

Она задыхалась. Ее вдругъ всю подернуло. Оттуда, отъ стола, послышался смѣхъ.

— Ишь ржутъ!— вырвалось у нея...— Ну, хорошо же!

Въ этомъ возгласѣ и въ жестѣ еще проявилась дѣвочка.

— Не ходи,— тихо подсказала Евсѣева.

— Я пойду туда!?— гнѣвная и вся красная — пудра давно опала съ ея щекъ — крикнула она:— я пойду? Да Алешка у меня ноги лижи,— я и тогда...

Голосъ ея все поднимался... Глаза такъ и выдались... Марьѣ Трофимовнѣ стало за нее страшно. Она взяла Марусю за руку и шепнула ей:

— Уйдемъ отсюда... Ко мнѣ... Брось ихъ!

— Къ вамъ?.. Пойдемъ! Мамаша, я къ вамъ — ночевать? Можно?

— Еще-бы!

Марья Трофимовна чуть не захлебнулась отъ радости. Къ ней!.. Лягутъ въ одну постель... или она себѣ на полу постелетъ, а Марусю на кровать, какъ бывало въ Петербургѣ. Тутъ только она вспомнила и про то, что съ утра не ѣла. Вотъ онѣ поѣдятъ вмѣстѣ. Поди, и Маруся голодна.

— Мы поужинаемъ,— такъ же шепотомъ сказала она ей на ухо.— Хочешь?

— Кутнемъ!— со смѣхомъ подхватила Маруся.

— Только не здѣсь,— сказала торопливо Марья Трофимовна.

— Провались онѣ совсѣмъ, съ своей проклятой лавочкой!..

Маруся встала, окинула гнѣвнымъ взглядомъ весь садъ, и театръ, и кругъ со столами.

Поднялась и Марья Трофимовна. Ей казалось, въ ту минуту, что въ дѣтенышѣ ея произошелъ нравственный переворотъ, что-то такое въ родѣ наитія свыше,— ударъ, который человѣческую душу очищаетъ въ одно мгновеніе.

Она взяла опять Марусю за руку и держала ее крѣпко, крѣпко.

— Идемъ, Манечка, идемъ!..— сказала она вся радостная.

А Марусю все еще тянуло туда, къ столу, гдѣ долгоногій ея "простакъ" чокался съ примадонной и двумя бородатыми господами въ макферланахъ.

— Придешь,— точно про себя говорила Маруся,— придешь, знай, какъ щенокъ ползать будешь. Пожалуйста, голубчикъ, разлетись... и за извозчика заплатить нечѣмъ будетъ. А тебѣ — шлепсъ по носу... Поцѣлуй пробой да и ступай домой!

Все это слушала Марья Трофимовна, но плохо разумѣла смыслъ выходки. Она не соображала уже: значитъ, это возлюбленный Маруси? значитъ, онъ къ ней пріѣзжаетъ по ночамъ, въ ея номеръ?

Ни на чемъ этомъ уже не могла остановиться голова ея. Одно она знала, одно ее проникало:

"Вотъ сейчасъ возьму Марусю, посажу на пролетку и мигомъ очутимся мы у меня, на Срѣтенкѣ, и я ея не выпущу, я спасу ее"!

— Идемъ, идемъ,— повторяла она и даже потянула Марусю за собой.

— Куда вы... мамаша, да погодите... Я должна въ уборную. Забыла тамъ вчера ботинки и новый корсетъ. Еще четыре денька,— и ноги моей не будетъ въ этой чертовой перечницѣ!

Какъ бы она не скрылась изъ-за кулисъ, другимъ ходомъ! Пять минутъ жданья показались Марьѣ Трофимовнѣ тяжелыми. Она уже собралась-было кинуться за кулисы; но Маруся вышла съ узелкомъ въ рукахъ.

— Не хочу я мимо этихъ животныхъ проходить,— выговорила она злобно.— Возьмемте сюда вправо. Кругомъ обойдемъ.

Она бросила послѣднiй гнѣвный взглядъ въ сторону стола, гдѣ выше другихъ торчала цилиндрическая шляпа ея друга.

Не помнила себя Марья Трофимовна отъ почти безумной радости, когда проходила съ Марусей по дорожкамъ, гдѣ имъ попадались одиноко-бродившiя женщины. Вотъ и кругъ передъ выходомъ. Неужели въ самомъ дѣлѣ она увозитъ свою Марусю въ себѣ подъ крылышко изъ этого вертепа?

— Прощайте!— крикнула Маруся какому-то служащему, у контроля.— На будущей недѣлѣ избавлю васъ отъ своего лицезрѣнiя.

— Что такъ?— спросилъ ее молодой мужской голосъ.

Этотъ разговоръ дошелъ до ушей Марьи Трофимовны точно издалека.

— Вонъ изъ Москвы!.. Ангажементъ!..

— Что вы!..

— Чего вы удивляетесь? Неужели — думаете — на сорока-то рубляхъ прiятно каждый день горло драть? Прощенья просимъ...

Грубость словъ и выраженiй уже не дѣйствовали на Марью Трофимовну. Она опять схватила руку Маруси. На подъѣздѣ подвернулся все тотъ же усачъ. Онъ хотѣлъ крикнуть извозчика.

— Сами наймемъ,— отрѣзала Маруся.— Ты, пьянчуга, только хапать на водки горазд.

Онѣ спустились по переулку. Извозчики приставали къ нимъ. Маруся только все повторяла рѣзко и крикливо:

— Срѣтенка, четвертакъ!

Нашелся, наконецъ, охотникъ.

Въ пролеткѣ Марья Трофимовна почти истерически обняла Марусю.

XVI

Чистые-Пруды уже въ густой зелени. Прошла недѣля — теплой, почти жаркой погоды — съ той ночи, когда пролетка весело катила съ Божедомки въ номера, на Срѣтенку.

Въ сумерки двигалась Евсѣева по правой аллеѣ вдоль пруда, еще не покрытаго зеленой плѣсенью... Гуляющихъ посбыло; дѣтей увели; но молодежь — гимназисты, подростки-дѣвушки, воспитанники въ военныхъ шинеляхъ,— попадались по-трое, по-четверо.

Куда шла она? Марья Трофимовна сама не знала. Впервые у нея было чувство, когда васъ выгонятъ на улицу.

Да, у нея нѣтъ квартиры, нѣтъ пожитковъ, а денегъ всего полтинникъ, вотъ — въ карманѣ пальто. Хорошо еще, что отпустили въ пальто: могли и его задержать.

Опять, все равно, что въ Петербургѣ, когда Маруся скрутила свой отъѣздъ въ Москву — совершенно такъ же все случилось быстро, незамѣтно, безъ всякаго участія воли... Ей только было жаль, она только любила свою дѣвочку; она только довѣряла.

И что же вышло?.. Приласкалась къ ней Маруся, у нея въ номерахъ. Пробыла съ ней два дня; вмѣстѣ гуляли, ѣздили въ Сокольники, дѣлали планы, какъ онѣ заживутъ въ Москвѣ, зимой.

Маруся получила ангажементъ — такъ она увѣряла — въ Рыбинскъ, играть въ водевиляхъ и въ одноактныхъ опереткахъ. Призналась она еще разъ, что "приняла участіе" въ талантливомъ "простакѣ", томъ самомъ, что гулялъ съ ней въ саду, въ высокой шляпѣ. Она побурлила недолго. Ревность ея улеглась, какъ только она съѣздила къ себѣ. Они помирились.

Надо было признать фактъ: у Маруси была связь и, вѣроятно, не первая. Марья Трофимовна уже не заикалась ни о чемъ, только все твердила:

— Манечка, хорошій ли онъ человѣкъ?

А Маруся повторяла:

— Когда захочу, тогда и выйду за него. Онъ въ ногахъ валяется — я не хочу!.. Надъ нами не каплетъ.

Что же: въ актерскомъ быту — не такъ какъ на міру: надо признать нравы, какъ они есть. И Марья Трофимовна, точно дѣвочка, выслушивала отъ опытной молодой женщины, что разсчитывать все на партію — когда въ актрисы пошла — да "соблюдать себя" — чистая "утопія". Это слово "утопія" Маруся произносила особенно презрительно. Когда-нибудь попадетъ она въ "звѣзды", прогремитъ сначала въ провинціи, а потомъ здѣсь или въ петербургской "Аркадіи"... Тогда и партію сдѣлаетъ... Примѣры бывали — и не одинъ...

Въ два дня жизни по душѣ съ Марусей, Марья Трофимовна такъ себя не помнила отъ радости, что ей ея дѣвочка казалась и доброй, и откровенной, и желающей учиться, добиваться своей цѣли. Она почти негодовала на перваго сюжета: онъ оклеветалъ ее нарочно, чтобы только свалить съ себя вину. Съ трудомъ удерживалась она не пересказать Марусѣ разговора съ нимъ... Но о немъ сама Маруся ничего не упоминала: точно будто она съ нимъ никогда и знакома не была. Это тоже очень трогало Марью Трофимовну.

"Благородно"!— повторяла она про себя:— "зла не помнитъ".

На третій день Маруся прибѣжала — лица на ней нѣтъ. Истерика. Страшно напугала. Дѣло... Подозрѣніе падаетъ на ея возлюбленнаго... Надо сейчасъ хоть сорокъ рублей. Иначе все погибло...

Ни одной секунды не возражала она — дала эти деньги; осталась сама съ нѣсколькими рублями. Исчезла Маруся на цѣлыя сутки... Потомъ опять прибѣжала. Подошло первое число — надо ѣхать въ Рыбинскъ; а "задатокъ", выданный ей, ея "простакъ" давно прожилъ. Выѣхать не съ чѣмъ; и заказывать платье нельзя: "не голой же" играть, какъ она говорила въ отчаяніи, со слезами, поднимая кулаки, точно всѣ виноваты въ ея незадачѣ".

Послѣдніе рубли отдала Марья Трофимовна. Какъ же не отдать?.. Гдѣ же возьметъ Маруся? А лучше, какъ тамъ, въ Рыбинскѣ, пропуститъ срокъ и ступай пѣшкомъ, иди... торгуй собою... Разъ Маруся и крикнула:

— Разумѣется, въ камеліи пойдешь!..

Все уладилось. Можно ѣхать. Маруся, наканунѣ отъѣзда, была нѣжна, клала все ей голову на, плечо, ластилась, навь никогда.

— Мамаша,— сказала она вдругъ:— что же вамъ оставаться здѣсь? Поѣдемте съ нами, а пока переѣзжайте ко мнѣ... и вещи ваши перевезите.

Она такъ и сдѣлала: переѣхала въ Марусѣ и мечтала ѣхать съ ней на Волгу. Чего ей надо? Ну, она будетъ у нихъ экономкой, и бѣлье выстираетъ; можетъ, практика какая выпадетъ: городъ богатый, купеческій... Да и что она останется одна въ Москвѣ? На что будетъ жить? Съ чѣмъ вернется въ Питеръ?

Ее и трогало, и веселило это предложеніе Маруси... Значитъ, сердце есть, хочетъ хоть чѣмъ-нибудь отплатить за все, что въ нее вложено... Да и не нужно ничего, кромѣ любви и ласки...

Переѣхала. У Маруси были двѣ комнатки. Въ одной она и размѣстилась. На другой день Маруся — "простака" своего она ей не показывала — говоритъ ей:

— Свой багажъ я уже отправила съ товарнымъ поѣздомъ.

Просыпается Марья Трофимовна на третій день. Что-то тихо рядомъ.

Маруся уѣхала, тайкомъ; оставила записку:

"Мамаша, простите. Онъ не согласился взять васъ — говорить, намъ надо будетъ переѣзжать все лѣто. Это стѣснитъ. До свиданія, зимой".

И только.

Марьѣ Трофимовнѣ вступило въ голову. Она была больше сутокъ въ оцѣпенѣніи. Но этимъ не кончилось. Хозяинъ, когда она захотѣла съѣхать и взять гдѣ-нибудь уголъ — у нея не было и рубля въ карманѣ — задержалъ ея вещи. Онъ объявилъ ей, что потому только и отпустилъ госпожу Славскую — она ему была должна за мѣсяцъ,— что та представила ему свою "мамашу", какъ поручительницу, которая и займетъ ея помѣщеніе, и заплатитъ за нее.

Все это было сдѣлано за ея спиной; она, какъ малолѣтняя, ни о чемъ не догадывалась... Черезъ нѣсколько часовъ она очутилась на улицѣ... Идти жаловаться? Куда? Оставаться въ квартирѣ? Еще больше должать? Ѣхать въ Рыбинскъ? На что? Да и кто же знаетъ: туда ли поѣхала Маруся? А можетъ, въ Нижній, въ Саратовъ, въ Одессу?

Когда первое ошеломленіе прошло, Марьей Трофимовной овладѣла горечь, злость настоящая, такая, что у нея на языкѣ явилось ощущеніе желчи. Она вся потемнѣла... Нельзя хуже обойтись, какъ обошлась съ ней жизнь... Вотъ она нищая, на улицѣ, обманута своимъ дѣтищемъ, въ своихъ собственныхъ глазахъ; одурачена, ограблена до послѣдней почти копѣйки, до послѣдней нитки, кромѣ того, что у нея на плечахъ.

Она такъ и сказала хозяину:

— Извольте, берите мой багажъ, удерживайте. Мнѣ платить нечѣмъ...

И ушла. Ее сначала хотѣли задержать; но хозяинъ одумался. Ему выгоднѣе было удовольствоваться ея пожитками. А начнешь дѣло — еще, пожалуй, все ей присудятъ.

Она могла кинуться въ участокъ. Всякая охота, всякая энергія рухнула. Только одна неизмѣримая горечь затопляла ея душу.

Голодная, не замѣчая своего голода, двигалась она по бульварамъ — улица точно пугала ее — снизу вверхъ. Въ сумеркахъ попала она на Чистые-Пруды.

Опредѣленнаго вопроса: гдѣ она будетъ ночевать? что же теперь дѣлать ей, одной во всей Москвѣ?— она не задавала себѣ. Ей было буквально "все равно". Оборвалась какая-то нить. Любовь эта, куда она все положила, слишкомъ ее оскорбила, подсидѣла, обездолила. И то, что ей, впервые, пришло тамъ, въ Тупикѣ, въ садикѣ, подъ грушевымъ деревомъ, теперь встало передъ ней, какъ настоящая правда жизни.

"Да, все такъ, безъ цѣли, безъ добра и награды вертится на свѣтѣ... Ни правды, ни любви не нужно, и чѣмъ нелѣпѣе, глупѣе, безобразнѣе падаютъ карты въ этомъ ужасномъ гранпасьянсѣ, тѣмъ это вѣрнѣе дѣйствительности"...

Вотъ что выходило изъ отрывочныхъ мыслей, которыя, отъ времени до времени, встряхивали ея тяжесть, окаменѣлость всего ея существа.

Холодно ей стало, на особый ладъ, бездушно холодно. Люди по бульварамъ, дѣти — въ особенности барыни, студенты, военные, рабочіе съ котомками — плотники и каменщики — всѣ ей совсѣмъ сторонніе... Люди же... не стоятъ ни слезы, ни вздоха, ни куска хлѣба... Помогай, не помогай — все будетъ вертѣться тоже колесо... Все такъ же зря...

Прежде, бывало, каждому нищему она хоть копѣечку да подастъ. Знала она отлично, сколько между ними пьяницъ, обманщиковъ, воровъ, закоренѣлыхъ бродягъ, а все-таки подавала, не могла не подать...

Сегодня, нужды нѣтъ, что у нея осталось два двугривенныхъ и мѣдью сколько-то — будь у нея и нѣсколько красненькихъ — она ничего бы никому не подала. По дорогѣ сколько нищихъ останавливали ее; она и не знала, что ихъ столько въ Москвѣ... Всѣ они ей были чужды, даже противны; она сторонилась, завидя подозрительную фигуру...

Ну, и она нищая. А не протянетъ руки. Умретъ на улицѣ, а не протянетъ: такъ ей, по крайней мѣрѣ, тогда казалось. Зачѣмъ она станетъ поддерживать жизнь нищаго, даже если онъ и не обманщикъ?.. Чѣмъ больше ихъ умретъ, тѣмъ лучше... Право!..

Ноги начали подкашиваться; она сѣла на скамью, въ самокъ загибѣ пруда, туда къ Покровкѣ...

Голодъ только тутъ далъ ей себя почувствовать. Откуда-то сзади, точно нарочно, запахло калачами и теплымъ чернымъ хлѣбомъ. Что же, она купитъ себѣ сайку, яйцо, всего на пятакъ. О ночлегѣ она почему-то усиленно избѣгала думать.

— Позвольте васъ побезпокоить, сударыня... Благородный человѣкъ... Не откажите...

Она еще не поднимала головы, но уже знала, что это за звукъ. Глухой офицерскій голосъ... Вишь, зачѣмъ пошелъ!.. Извѣстно: поручикъ проситъ на бѣдность. Еще удивительно, какъ объ ранахъ изъ-подъ Севастополя не приплелъ...

— Сударыня... Вѣрьте слову... униженье...

Зло ее взяло. Она подняла голову и собралась крикнуть ему:

"Проходите!.. Очень мнѣ нужно"!..

Слова замерли.

Офицеръ стоялъ около скамейки, вбокъ, но очень близко. Отставной военный сюртукъ, фуражка съ краснымъ околышемъ, сапоги еще цѣлые, подпирается палкой.

Голосъ, длинный овалъ лица, родимыя пятна около носа, ростъ... Неужели — Амосовъ, Петруша, что былъ юнкеромъ въ гренадерской дивизіи, ея первая любовь, тотъ, что взялъ и первый поцѣлуй, въ садикѣ, подъ грушевымъ деревомъ? Она все это вспомнила, не торопясь, всматривалась въ него, говоря себѣ мысленно:

"Похожъ, только не онъ. Да вѣдь и тотъ — такой же! У меня попросилъ бы милостыни. И этотъ попроситъ и пропьетъ. Онъ уже клюкнулъ".

Слеза не прошибла ея; руки не задрожали; но что-то опять новое,— особенная, другая горечь прилилась въ той, теперь уже старой. Надъ могилой, около покойника, такъ, должно быть, чувствуешь. Плакать? Все уже выплакано. Пьяница и тотъ, побирушка, можетъ — и жуликъ... Чтожъ мудренаго?

Офицеръ ждалъ съ недоумѣніемъ.

— Смѣю спросить?— окликнулъ онъ и, кажется, смутился.

— Вы вѣдь не Амосовъ, Петръ Данилычъ, со Срѣтенки?

— Никакъ нѣтъ.

Офицеръ, какъ-будто, застыдился и, пожавшись, сказалъ:

— Позволите присѣсть?

— Садитесь,— выговорила она съ улыбкой.

— Не осудите — не осудимы будете... Однихъ вознесетъ, другихъ...

— Я и не осуждаю,— перебила она его и поглядѣла на него вбокъ.

— Вы въ достаткѣ... Не откажите...

— Вы у меня просите?— выговорила Марья Трофимовна.— Забавно. А, можетъ, я не богаче васъ... вы почемъ знаете?

— Помилуйте! Изволите шутитъ...

Онъ былъ совершенно пришибленъ своимъ нищенствомъ.

Она это поняла, но ей не стало, отъ его сходства съ Петрушей, жальче свою "первую любовь". И совѣстно ей не было за него.

"Оба мы бродяги",— подумала она, и захотѣлось ей узнать: есть ли у него квартира.

Тогда она показала бы этому побирушкѣ, что она еще болѣе нищая, чѣмъ онъ, если есть.

— Послушайте,— начала она веселѣе, почти задорно:— у насъ вѣдь навѣрно квартира хоть какая-нибудь имѣется?..

Онъ оглянулся, сдѣлалъ какое-то неуловимое движенiе своей длинной шеей и быстро выговорилъ:

— Никакъ нѣтъ!.. Вамъ я лгать не стану... Прошу понять...

И въ этотъ отвѣтъ онъ вложилъ все достоинство свое: по звуку она повѣрила; она была, въ ту минуту, уже не довѣрчивая, поглупѣвшая мать Маруси, а опытная, бывалая акушерка.

Ей опять захотѣлось выспросить у него, гдѣ же онъ ночуетъ, если нѣтъ постояннаго угла.

— Такъ вы,— продолжала она все еще полушутливо,— какъ птица небесная... гдѣ придется, тамъ и прикуряете?.. Чтожъ, теперь тепло... Можно и на вольномъ воздухѣ, всю ночь...

— Не скажите,— возразилъ онъ уже въ болѣе дѣловомъ тонѣ: — на бульварахъ не даютъ спать всю ночь хожалые; въ паркѣ развѣ... А ночь засвѣжѣетъ. До iюля мѣсяца еще очень свѣжо, иной разъ и въ родѣ морозца.

— Гдѣ же вы ночуете?— уже настойчивѣе спросила она его.

Онъ сдѣлалъ свой неуловимый жестъ шеей.

— Извѣстно гдѣ... На Хитровомъ...

— На Хитровомъ рынкѣ?— вспомнила она.

— Совершенно вѣрно-съ... Есть тамъ и даровое помѣщенiе...

— Ночлежный домъ?

— Да-съ, на иждивенiе двухъ первой гильдiи купцовъ. Въ просторѣчiи Ляпинка называется.

Два слова: "иждивенiе" и "просторѣчiе", напомнили ей слово извозчика: "ристанiе".

Она чуть не разсмѣялась.

— Даромъ?..

— Даромъ-съ... И даже сбитень... поутру... А ночлежниковъ не мало благороднаго званiя... впавшихъ въ несчастiе... вотъ какъ и я... Когда фортуна отвернетъ свое колесо, подняться невозможно...

Офицеръ вздохнулъ и всталъ въ просительную позу...

— Теперь еще легко попасть, и попозднѣе ежели придти, а зимой, сверхъ комплекта, иной разъ больше сотни принимаютъ... А опоздалъ,— какъ хочешь, коли нѣтъ пятачка.

— А пятачекъ за что платятъ?— спросила быстро Марья Трофимовна.

— За койку... Тамъ вездѣ кругомъ съемщицы... Не изволите знать?.. Извините... для васъ это все низкіе предметы... А вѣрьте... если благородный человѣкъ...

Онъ впадалъ опять въ тонъ просящаго офицера.

Тутъ у нея въ груди что-то заиграло, забилось, точно мотылекъ... Горечь стала менѣе острой; но обида всей жизни выступила передъ ней еще безпощаднѣй, въ лицѣ этого пьяненькаго побирушки, похожаго на ея первую любовь, на ея жениха, за котораго она приняла дѣвушкой столько срама и слезъ... Въ одинъ день, какое... Провидѣніе добивало ее, учило уму-разуму, казало въ самой близи, въ двухъ шагахъ отъ нея, нищенство, и того хуже... И она можетъ сдѣлаться пьянчужкой... Почемъ знать?.. Вѣдь говорила же недавно "тетенька", что ея офицеръ пошелъ въ мать: та испивала, и онъ началъ, когда лѣта пришли...

Сразу всякое чувство стыда, порядочности, достоинства показалось ей такимъ жалкимъ вздоромъ...

"Все равно, все равно"...— повторяла она мысленно. "И всѣ равны... во всѣхъ грязь и порокъ, всѣ могутъ быть лжецами, и душегубами, и пьяницами, и ворами, и съумасшедшими"...

А офицеръ все стоялъ въ просительной позѣ.

— ..И сегодня нечѣмъ будетъ заплатить за уголъ... Хозяйка не пуститъ даромъ... Придется въ Ляпинку... Честный человѣкъ...

"У меня проситъ"!— перевела она себѣ его бормотанье.— "А вѣдь я, и вправду, богаче его"...

Марья Трофимовна нащупала въ карманѣ мелочь, и ей точно захотѣлось поразить офицера своей щедростью — раздѣлить съ нимъ, что у нея тамъ лежало. Она вынула то, что захватила двумя пальцами. Это были два двугривенныхъ.

Молча подала она ихъ, встала и почти побѣжала отъ него, не слушая того, какъ онъ ее благодарилъ.

XVII

Ходила она еще часа два. Фонари давно уже горѣли, ѣзда стала рѣже... Сколько переулковъ, площадокъ, перекрестковъ миновала она. Только около десяти часовъ, когда была она неподалеку отъ земляного вала, всталъ передъ ней вопросъ:

— А гдѣ же ночевать?

И совершенно спокойно, съ тихой усмѣшкой, которую она сама почувствовала на губахъ, Марья Трофимовна отвѣтила: "въ этой... въ Ляпинкѣ". Ей сначала не пришло на умъ то, что было уже поздно; не испугалась она и того, что можетъ тамъ столкнуться съ своимъ знакомымъ, съ пьянчужкой офицеромъ. Она знала отлично, что онъ лгалъ безстыдно, какъ закоренѣлый пьяница, что ея два двугривенныхъ, послѣдніе, пошли сейчасъ же въ кабакъ или портерную; а ночевать онъ поплелся въ эту самую Ляпинку.

На какомъ-то проѣздѣ, гдѣ прошипѣлъ грузный вагонъ желѣзно-конной дороги, она спросила у городового твердымъ голосомъ:

— Какъ дойти до Хитрова рынка?

Тотъ объяснилъ ей вѣжливо и съ большими подробностями... Ошибиться было трудно. Тамъ помѣщалось при входѣ зданіе части.

— Спуститесь проулкомъ,— пояснилъ городовой, мимо ночлежнаго дома.

— Мимо Ляпинки?— подсказала она.

— Такъ точно...

Черезъ двадцать минутъ она дошла до этого самаго переулка. Вонъ и каланча части виднѣется. Зданіе тянется въ родѣ тюрьмы, или больницы; въ подъѣзду загородки идутъ... Это самое и есть.

Но переулокъ пустъ. Ни единой души около подъѣзда, ни на другомъ, узкомъ и крутомъ троттуарѣ, спускающемся вдоль низкаго каменнаго забора.

"Опоздала",— подумала Евсѣева тупо, безъ всякой даже досады.

Она не знала, какъ и гдѣ звонить; да и не отопрутъ ей одной. Ни минуты она не стала волноваться. Заперто, такъ заперто. Не все ли равно? Ноги, правда, ноютъ, почти отказываются. Ну, пойдетъ на бульваръ,— ихъ вѣдь много по Москвѣ,— сядетъ на скамейку, заснетъ, навѣрно заснетъ; разбудитъ "хожалый" (такъ вѣдь называлъ офицеръ),— она на другой бульваръ; оттуда тоже прогонятъ. Она прямо скажетъ, чтобы ее взяли, свезли въ участокъ, куда хотятъ... Есть такой "комитетъ",— она знаетъ. Пускай ее запишутъ въ нищіе... Не станетъ она работать, какъ прежде... Зачѣмъ? Для кого?

И ей представилось нахально смѣющееся лицо Маруси, съ красными губами и обнаженными деснами... То-то она со своимъ "простакомъ", гдѣ-нибудь на пароходѣ или въ бесѣдкѣ, на Волгѣ, въ ресторанѣ, потѣшаются надъ старой дурой, которую обвели и заставили лѣвть въ петлю за нихъ!.. А офицеръ, пьяный, издѣвается тоже надъ ней и съ прибаутками разсказываетъ сосѣду по ночлежному дому, какая ему встрѣча была сегодня.

— Скупа бестія!— навѣрно, выругался онъ:— только сорокъ копѣекъ отвалила!

Эти образы все ожесточаютъ ее и дѣлаютъ безчувственнѣе къ своему положенію. Она двигается машинально. Сошла внизъ по переулку... Площадь. Слѣва, гдѣ часть съ каланчой, на засоренной мостовой нѣтъ ничего; правѣе — всякая всячина, оставшаяся отъ денного торга. Съ трехъ сторонъ, стѣной въ родѣ ящика идутъ двухъэтажные дома, всѣ въ окнахъ. Освѣщеніе вездѣ, кромѣ одного темнаго мѣста. Она разглядѣла ворота и глубину двора; а на дворѣ тоже каменный домъ, весь освѣщенный.

Совсѣмъ не такъ, какъ она думала найти этотъ "рынокъ": она ждала чего-то гораздо зловѣщѣе, тѣснѣе, грязнѣе, страшнѣе... Трактиръ, кабакъ, съѣстная лавка, еще трактиръ... Окна растворены; видѣнъ народъ, рубахи мужчинъ, красные платки бабъ и дѣвокъ... гамъ, чаепитіе, водка, пиво, простоволосыя женщины. Она сейчасъ догадалась,— какія: какъ потому смѣются, перекрикиваются съ одного стола на другой... Играетъ органъ...

Обогнула она по троггуарамъ всю почти площадь; нашло на нее неизвѣданное еще озорство; вотъ тутъ же, на рынкѣ, прилечь у какой-нибудь кучи... Да кажется, копошатся человѣческія фигуры... Она бродяга, нищая. Почему же ей не растянуться прямо на мостовой? Она уже нс находила мысль ни безумной, ни унизительной... Какъ только станетъ потише, она выберетъ мѣстечко... Да она еще богачка; вѣдь на ней пальто. Оно не очень поношено. Тутъ же завтра дадутъ рублей пять.

Марья Трофимовна стада гладить его правой и лѣвой рукой. Сукно еще крѣпкое. Лѣвая рука прошлась по карману.

Да никакъ тамъ что-то есть?.. Неужели деньги?.. Она нащупала. Деньги. Осталось у нея два пятака и дзѣ копѣйки — "семишникъ", какъ навиваетъ народъ.

Она имъ не особенно обрадовалась; но все-таки сообразила: переночую въ ночлежномъ домѣ. Эта ночевка представлялась ей хуже, чѣмъ на воздухѣ, тутъ, на клочкѣ стоитанной, грязной соломы или подъ навѣсомъ палатки... Она помнила хорошо, въ какихъ она бывала въ Петербургѣ углахъ, въ какихъ подвалахъ, гдѣ тоже пускаютъ ночевать...

— Чтожъ?.. Ей лучше теперь нечего и желать. Она повернула назадъ, въ той сторонѣ площади, гдѣ самый шумный трактиръ и ворота съ темнымъ дворомъ. Почему-то она сообразила, что на дворѣ-то и должны быть ночлежныя квартиры.

Она не ошиблась. У воротъ кто-то ей указалъ:

— Идите въ любую дверь,— хоть въ тотъ домъ, хоть сюда, во флигеляхъ. Вездѣ примутъ.

— Плата пять копѣекъ?— спросила она безъ всякаго смущенія въ голосѣ.

— Обнаковенно.

На дворѣ не такъ темно, какъ казалось ей издали. Должно быть",— сообразила она,— "посрединѣ-то домъ барскій, даже былъ съ флигелями, а теперь — трущобы. Такъ тому и слѣдуетъ. Такова жизнь"...— добавила она, усмѣхаясь, въ полутемнотѣ и вглядываясь въ дорожку, которая вела прямо въ главной двери.

Вошла она въ сѣни. Ее удивило то, что такъ свѣтло. Лѣстница и корридоры, все это освѣщено ярче, чѣмъ въ иномъ хорошемъ домѣ, керосиномъ. Спускаться не нужно, а, напротивъ, подниматься. И внизу должны быть квартиры, да ее потянуло наверхъ. Ни удушливаго запаха, ни особенной нечистоты. Во многихъ домахъ въ Петербургѣ, да и въ томъ, гдѣ она выжила столько годовъ, задняя лѣстница и весной вдвое грязнѣй и вонючѣе.

Вѣрно, она попала въ дворянское отдѣленіе. Запросятъ больше пятака... У нея двѣнадцать копѣекъ. Можетъ и всѣ двѣнадцать заплатить; а завтра... Что завтра?.. Сказано: нищая и бродяга.

Въ корридорѣ нѣсколько дверей. Она дернула за первую налѣво и попала въ высокое помѣщеніе, гдѣ было такъ же свѣтло, какъ и на лѣстницѣ, жарко, полно народа, мужчинъ и женщинъ, довольно шумно, и стоялъ уже особый запахъ.

Направо отъ входа, въ отгороженной коморкѣ, съ высокой кроватью и множествомъ подушекъ, съ кіотомъ и двумя зажженными лампадками, жила съемщица, нестарая еще баба, въ ситцевомъ капотѣ, повязанная платкомъ. Она встрѣтила Марью Трофимовну привѣтливо, только лицо у нея было красное, въ пятнахъ, и нечистый ротъ, который она все складывала въ комочекъ.

— Вамъ съ постелькой?— спросила она низкимъ голосомъ.

— А цѣна?

— Гривенничекъ, матушка... Пожалуйте... Вонъ тамъ, въ углу, и занавѣсочка есть.

Вслѣдъ за хозяйкой она прошла чрезъ все помѣщеніе. По всѣмъ стѣнамъ нары шли въ два этажа. Лампа висѣла посрединѣ потолка, надъ столомъ. Вокругъ него, на скамьяхъ, сидѣло человѣкъ шесть, семь; двое, въ рубашкахъ, смахивали на рабочихъ; остальные въ рваномъ городскомъ платьѣ; двое совсѣмъ еще мальчишки. Они играли въ какую-то азартную игру. На столѣ штофъ уже подходилъ къ концу и валялись объѣдки чего-то съѣстного.

Играющіе покосились на вошедшую "барыню"; но играть не перестали и громко спорили, кидали бранныя слова; поднимались и взрывы смѣха.

По нарамъ, и вверху, и внизу, должно, не всѣ еще спали... Иные, мужики, разувались... Бродяги и нищіе лежали въ платьѣ; но ихъ было немного. Больше рабочіе, крестьяне. И запахъ стоялъ мужицкій, знакомый Марьѣ Трофимовнѣ по петербургскимъ угламъ. Бабы спали тоже въ платьяхъ... Спали и парами, за занавѣсками, и просто такъ. Парами лежали и въ нижнихъ нарахъ, прямо на полу, безъ всякой подстилки.

Съемщица разсчитывала, что барыня спроситъ чего-нибудь, чайку или бутылку пива, и устраивала ее съ оттѣнкомъ почтительнаго обхожденія. Она ей отдала уголокъ за занавѣской и принесла подушку. Черезъ окно стояла и настоящая постель съ двумя большими ситцевыми подушками и стеганнымъ розовымъ одѣяломъ.

— Это помѣсячно нанимаетъ,— пояснила хозяйка:— старичокъ приказнаго званія... Все у него свое... Придетъ попозднѣе... Безпокойства отъ него не будетъ...

Не только не дѣлалось Марьѣ Трофимовнѣ жутко, или совѣстно, или боязно, но она досадовала на себя: зачѣмъ пришла ночевать въ такое помѣщеніе, гдѣ не одни бродяги и побирушки, а и старики со своими постелями. Не того она ждала. Ей точно надо было пройти въ этотъ же вечеръ, въ эту же ночь, черезъ всѣ виды униженья, обмана, издѣвательства, "великой глупости", которую называютъ человѣческой жизнью.

— Ничего не требуется?— съ удареніемъ спросила съемщица.

Она поблагодарила ее и задернула занавѣску. Раздѣваться она не сразу стала. Что-то удерживало: старое, дѣвичье, опрятное и стыдливое... Но она и это нашла нелѣпымъ и раздѣлась; пальто и платье положила подъ подушку, ботинокъ не сняла. Она не боялась, что ее ограбятъ ночью, украдутъ и пальто, и платье. Паспорта у нея не было; хозяинъ меблированныхъ комнатъ оставилъ у себя. Приди полиція,—

она въ полной формѣ бродяга, не имѣющая вида... Одно уже къ одному!..

За столомъ продолжали играть. Потребовали было еще полуштофъ. Къ играющимъ подсѣла женщина въ красномъ сарафанѣ, изъ такихъ, что Марья Трофимовна видѣла въ окна трактира... Она запѣла какіе-то куплеты,— не пѣсню, а куплеты со срамными словами... Кажется, съемщица пристыдила ее... Направо отъ угла Марьи Трофимовны раздавался уже храпъ... Подъ нею тоже возились... Пьяный мужской голосъ и бабій, визгливый, хныкающій... Дерутся!..

— Пошла! Шкура!— крикнулъ мужчина, и изъ-подъ нары на полъ выскочила и растянулась на полу нищенка, простоволосая, вся въ болячкахъ, босая, ужасная!..

Но Марья Трофимовна глядѣла на нее, не ежилась, не содрогалась. Вѣдь это теперь ея товарки... Почемъ же она знаетъ, что "жизнь" не доведетъ и ея до того же самаго?

— Варваръ!..— хныкала нищенка.— Мало тебѣ, Ироду, двухъ сорокоушекъ... Прорва бездонная!.

Наискосокъ лежалъ молодой малый, мастеровой. Его лицо, худое и насмѣшливое, было видно изъ угла Марьи Трофимовны.

— Что котъ-то?.. Не свой братъ, тетенька?..— крикнулъ онъ нищенкѣ.

И обернулся въ сосѣду, рабочему мужику, съ разговоромъ. Слова его долетали до нея очень явственно, сквозь шумъ играющихъ за столомъ. Женщина въ красномъ сарафанѣ начала опять напѣвать.

Черезъ десять минутъ Марья Трофимовна уже знала, что такое "коты" на языкѣ Хитрова рынка. Нищенка, что лежала подъ нею, содержала своего "душеньку". Онъ цѣлый день лежалъ на койкѣ или сидѣлъ въ трактирѣ, а она на него работала "И такихъ котовъ, должно быть, сотни въ ночлежныхъ домахъ, здѣсь на Хитровомъ"?— спрашивала она себя, и это открытіе какъ нельзя больше подходило подъ то, что ей дала жизнь. "Любовь!.. А въ самомъ-то концѣ этого вѣчнаго обмана — "котъ" съ Хитрова рынка, живущій на счетъ нищенки... И нищенка его обожаетъ... Онъ-же ее топчетъ ногами, зная, что она приползетъ и добудетъ денегъ, и принесетъ ему сорокоушку! И такъ будетъ всегда, тысячи лѣтъ"!..

Она чуть-чуть не расхохоталась.

Вдругъ все притихло въ ночлежномъ помѣщеніи. Кто-то изъ двери шепнулъ какихъ-то два слова хозяйкѣ. Она выбѣжала изъ своей коморки и бросилась къ столу... Сейчасъ же исчезли карты и водка. Женщина въ красномъ куда-то точно провалилась, подъ нару. Изъ игравшихъ остались, однако, трое вокругъ стола въ непринужденныхъ, навычныхъ позахъ; остальные полѣзли на свои мѣста.

— Неужели облава?— шепнулъ кто-то около Евсѣевой.

Нищенка уже безъ спроса полѣзла къ своему коту.

Всѣ замолкли разомъ. Съемщица остановилась въ дверяхъ своеа коморки и ничего не говорила. Въ корридорѣ послышались шаги.

"Полиція"!— почти радостно подумала Евсѣева.

XVIII

Ей были видны изъ-за занавѣски вся средина комнаты и входная дверь, приходившаяся въ дальнемъ углу комнаты. Она даже привстала, взяла пальто изъ-подъ подушки и пріодѣлась имъ.

А вдругъ какъ, въ самомъ дѣлѣ, станутъ осматривать паспорты? Она раздѣта... Такъ, при всѣхъ, при городовомъ и приставѣ... И заставятъ идти ночевать въ часть...

Но она не схватилась за платье; только надѣла въ рукава пальто и прилегла, въ полусидячей позѣ...

Большой оторопи не произошло среди ночлежниковъ. Безпаспортныхъ было мало; она, когда входила, видѣла, что больше все мужики, настоящіе, деревенскіе...

Но испугались всѣ — одного появленія полиціи. Молчаніе, хоть и длилось не больше минуты, показалось и ей томительнымъ.

Дверь толкнули изъ корридора съ усиліемъ. И она, когда входила, не сразу ее отворила.

Всѣ у стола поднялись. И многіе привстали на койкахъ. Но одна баба, деревенская, въ темномъ сарафанѣ, пробиравшаяся спать подъ верхнюю нару, прямо противъ входа, такъ испугалась, что осталась на полу, на корточкахъ. Платокъ сбился у нея съ головы. Вся она сжалась въ комокъ и даже голову уткнула въ колѣни. Глядя на нее, Марья Трофимовна чуть опять громко не расхохоталась.

Она ждала свѣтлыхъ пуговицъ и фуражки съ кокардой.

Но первымъ вошелъ штатскій, среднихъ лѣтъ мужчина, въ длинномъ пальто, въ pince-nez, съ темной бородкой и въ мягкой поярковой шляпѣ. За нимъ, почти рядомъ, другой, уже пожилой, съ большой сѣдой бородой, толстый, въ очкахъ, подпирался сучковатой палкой.

"Сыщики"!— мелькнуло у нея въ головѣ, какъ навѣрно и у всѣхъ ночлежниковъ, бывалыхъ, недеревенскихъ.

За двумя штатскими влетѣлъ и заюлилъ передъ ними, какъ бы показывая имъ путь, шустрый, вертлявый околоточный, по всѣмъ признакамъ изъ еврейчиковъ, съ усиками на красивенькомъ лицѣ и тоже въ очкахъ. Онъ уже что-то такое имъ заговорилъ, въ видѣ поясненія.

Переступилъ за порогъ и приставъ, въ шинели и фуражкѣ. Изъ-подъ шинели видѣнъ былъ сюртукъ, а не мундиръ. Приставъ выступалъ медленно, не смотрѣлъ хмуро, а скорѣе улыбался, и его сѣдые, широкіе, казацкіе усы совсѣмъ не придавали ему строгости. Широкая, нѣсколько уже тучная фигура горбилась. Такія лица Марья Трофимовна видала у старыхъ малоросовъ. За нимъ, съ портфелемъ, вошелъ худой, франтоватый "поручикъ" (такъ въ ея дѣтствѣ звали въ Москвѣ квартальныхъ) съ длинными бакенбардами.

Первое, что увидалъ приставъ, была, разумѣется, баба на полу. Она наполовину успѣла уже залѣзть въ свою мурью.

— Эй, тетка!— окликнулъ ее приставъ:— ты въ ночевку туда?

Онъ говорилъ съ какимъ-то невеликорусскимъ акцентомъ.

— Въ ночевку, кормилецъ,— отвѣтила она и такъ забавно поглядѣла на него, что свита пристава разсмѣялась.

— Матушка,— обратился приставъ къ съемщицѣ, довольно мягко, въ нравоучительномъ тонѣ: — подъ нары пускать ночевать не дозволяется, по правиламъ...

— Слушаю, ваше высокоблагородіе,— выговорила хозяйка и отретировалась къ своей коморкѣ.

"Вотъ сейчасъ начнутъ",— подумала Евсѣева.

Но ни приставъ, ни его помощники, ни околоточный ничего такого не начинали, что похоже бы было на обыскъ или на осмотръ паспортовъ. Даже дверь осталась полуотворенной, и въ коридорѣ не видно было ни одной темной фигуры городового.

— На сколько мѣстъ?— тихо спросилъ одинъ изъ штатскихъ помоложе, обратившись больше въ сторону еврейчика.

— На сколько?— переспросилъ приставъ.

Хозяйка подалась впередъ.

— На сорокъ,— отвѣтилъ за нее околоточный.

Другой штатскій, сѣдой, отошелъ и оглядывать нары.

"Нѣтъ, это не сыщики",— рѣшила Евсѣева: "врядъ-ли будутъ допрашивать".

Ей это было непріятно. Она желала чего-нибудь сильнаго, рѣшительнаго, ночевки въ части или и того хуже...

"Кто же они"?— спросила она себя про штатскихъ. И ей почти тотчасъ-же пришелъ отвѣтъ:

"Это — газетчики, репортеры".

Она постоянно читала въ Петербургѣ дешевыя газеты, знала, что нынче, по доброй волѣ, сотрудники обходятъ разныя трущобы, и одни, и съ полиціей.

Когда она это сообразила, вся компанія собралась уже въ обратный путь. Прошло врядъ-ли больше трехъ-четырехъ минутъ.

— Смотри же, матушка,— подтвердилъ хозяйкѣ приставъ:— внизъ не пускать!.. Штрафъ взыщу!..

Околоточный что-то такое ему доложилъ, сбоку, шепотомъ.

— Угодно во флигель?— спросилъ штатскихъ приставъ...— Тамъ будетъ погрязнѣе; а здѣсь... изволите видѣть... еще сносно...

Сѣдой господинъ оглядѣлъ еще все помѣщеніе, вскинулъ глазами и на потолокъ, пожевалъ губами и замѣтилъ:

— Сравнительно... очень сносно... Такіе ли бываютъ углы!

Евсѣева, со своей койки, молча съ нимъ согласилась.

Тонъ сѣдого окончательно убѣдилъ ее въ томъ, что это сторонніе посѣтители, изучающіе московскую жизнь.

Когда она объ этомъ подумала, она надъ ними подсмѣялась.

"Изучаютъ тоже!.. А сами точно не могутъ угодить, вотъ такъ же, какъ и я, не хуже другихъ благородныхъ, на койку... а то и въ богадельню"?

Приставъ со свитой былъ уже у выхода.

— Такъ во флигель прикажете, ваше высокоблагородіе?— торопливо освѣдомился околоточный и забѣжалъ впередъ.

— Какъ господамъ угодно,— все такъ же невозмутимо добродушно сказалъ приставъ.

Сѣдой пожевалъ губами: должно быть, ему уже достаточно было хожденія; но черноватый быстро отвѣтилъ:

— Пойдемте, господа.

И всѣ ушли. Съемщица проводила ихъ въ корридоръ и, тотчасъ же вернувшись, шикнула на тѣхъ, что остались у стола и думали, кажется, продолжать кутежъ.

— Господа, а, господа! Довольно похороводили... Еще честь-честью сошло-то. Благодареніе Владычицѣ!.. Пора и на боковую...

— Тетенька, одну еще партійку!— запросилъ подгулявшій халатникъ, съ обстриженной головой, малый лѣтъ семнадцати, не больше.

— А у тебя, Гришутка, паспортъ-то гдѣ?— спросила его хозяйка.— Въ какой конторѣ его писали?

— У Яузскаго моста, какъ пойдешь по набережной, первая лѣстница съ фонаремъ,— съострилъ тотъ.

— То-то же. Страха на васъ нѣтъ, оглашенные!.. Огонь потушу...

— Права не имѣешь, тетка!— басомъ откликнулся кто-то изъ подъ нары.

Всѣ разсмѣялись, кто не спалъ.

Однако, увѣщаніе съемщицы подѣйствовало; игроки допили полуштофъ и разбрелись въ разные углы.

Больше никто не явился со двора. Черезъ нѣсколько секундъ всѣ уже спали... Хозяйка заперла дверь на задвижку, долго молилась передъ кіотомъ, раздѣлась и потушила одну лампаду, а дверь въ свою каморку тоже заперла на крючокъ.

Кто посапывалъ, кто бредилъ, кто храпѣлъ; иные лежали какъ мертвыя тѣла: навзничъ и съ открытыми глазами.

Сонъ быстро сталъ овладѣвать и Евсѣевой... Она прикрылась пальто и положила правую руку подъ подушку, какъ дѣлала всегда въ Петербургѣ.

Засыпала она съ болѣе тихимъ чувствомъ. Ею овладѣло полнѣйшее равнодушіе, нежеланіе ни думать о томъ, что будетъ завтра, ни перебирать свою судьбу, ни заниматься тѣмъ, что около нея дѣлается и гдѣ она. Эта душевная дремота была сильнѣе физической истомы, наступившей быстро отъ жары и духоту ночлежнаго помѣщенія. Никакого образа не выплыло передъ ней. Только одно сознаніе,— но такое ясное: "мнѣ все равно".

XIX

Ее разбудилъ шумъ. Раскрыла она глаза — свѣтъ, такой-же, какъ и давеча, когда она пришла на ночлегъ. Но не сразу она отдала себѣ отчетъ, гдѣ она.

Вправо отъ нея, вѣроятно, тоже въ углу, суетятся, раздаются глухіе стоны, женскіе стоны...

"Роженица"!— выскочило слово у нея въ головѣ. Сонъ отлетѣлъ. Все такъ стало просто и хорошо, попрежнему... Точно ее разбудили, у нея, на Лиговкѣ, ночью часу въ третьемъ — шелъ какъ разъ третій часъ и теперь,— и она въ пять минутъ соберется и бѣжитъ, въ снѣгъ, въ пургу, въ сильный морозъ, въ слякоть,— всегда безъ отказа.

Стоны все сильнѣе. Другой женскій голосъ что-то гуторитъ. Кто-то слѣзаетъ съ койки. Дверь въ коморку хозяйки скрипнула: видно, и та поднялась. Много народу проснулось и зѣваетъ...

Мигомъ надѣла на себя пальто Евсѣева, ловко соскочила за полъ, безъ ботинокъ — она ихъ сняла на ночь — и подбѣжала въ роженицѣ.

Она не ошиблась. Если не нищенка, то бездомная, уже совсѣмъ почти старуха въ затасканномъ капотишкѣ, вся черная, кажется, чахоточная... Сильно мучится...

— Экое дѣло!— бормочетъ надъ ней тоже ночлежница, помоложе, крестьянка, здоровая, но совершенно неумѣлая, можетъ быыть, не замужняя.

— Куда вы, сударыня?— остановила Евсѣеву съемщица.— Извините... Вотъ какая оказія... И не стыдно: такой вотъ суприз... Съ кѣмъ ее отправлять въ покой?.. Вамъ почивать помѣшали...

— Ничего,— отвѣтила Евсѣева скоро, весело, дѣловымъ тономъ и заворачивала уже рукава.

— Да вы, сударыня...

— Я — бабушка; это моихъ рукъ дѣло.

Она не договорила и устремилась къ женщинѣ. Везти ее — еслибы и было на чемъ и на что — нечего и думать. Долголѣтняя практика подсказала ей, что черезъ полчаса, много черезъ часъ, все будетъ кончено.

И она начала дѣйствовать. Все сегодняшнее вылетѣло изъ нея. Не сходила ли она временно съ ума? Что такое она думала, говорила про себя, какъ могла впасть въ такую отчаянность? Вотъ ея дѣло... Вотъ она судьба, вотъ назначеніе, все то же... И здѣсь, и въ ночлежной квартирѣ не ушла она отъ своей звѣзды...

И такая внезапная и могучая радость охватила ее, что она не испытывала ни малѣйшей робости, какъ всегда бывало въ своей практикѣ... Вернулись къ ней шутка, смѣхъ, простое, выносливое, пріятельское отношеніе къ народу, къ своей практикѣ.

— Господа кавалеры,— обратилась она полушепотомъ къ двумъ ночлежникамъ: — вы уступили бы немножко мѣстечка... дамѣ... Случай такой... Безъ него и насъ бы на свѣтѣ не было.

Оба "кавалера" поняли ея шутку и сошли внизъ, легли подъ нару... Нѣсколько женщинъ еще проснулись и стали спускаться.

— Вы, тетеньки, не утруждайтесь понапрасну. Мнѣ одной достаточно, да такой, чтобы не боялась...

По комнатѣ прошелъ уже одобрительный гулъ: вотъ барыня,— бабушка оказалась, сама, безъ зова. Только самые "отчаянные" ругались, что не даютъ имъ спать. Съемщица морщилась, но постоялки ея всѣ были добрѣе... Кто-то принесъ полотенце и еще какихъ-то тряпочекъ...

— Хозяюшка, теплой водицы-бы... Самоварчикъ развести,— попросила Марья Трофимовна.

— Гдѣ-же теперь, сударыня?.. И безъ того такая... пачкотня... для васъ...

— Въ лавкѣ въ чайной взять,— сказалъ кто-то,— на рынкѣ. Навѣрняка еще не заперли...

Ей еще кто-то пояснилъ, что на Хитровкѣ такія лавки есть, для горячей воды.

Но у роженицы не было ни полушки. Она ничего не могла и выговорить. Марья Трофимовна боялась — переживетъ ли?

И вдругъ она вспомнила, что вѣдь у нея должна остаться въ карманѣ пальто семитка... У нея было три мѣдныя монеты, а не двѣ, тѣ, что она отдала хозяйкѣ.

Сердце ёкнуло у нея, когда рука шарила въ карманѣ... Вдругъ какъ нѣтъ?

— Тутъ!

— Вотъ, хозяюшка, семитка!— захлебываясь отъ радостнаго чувства, вскричала она.

— Дайте, матушка, я сбѣгаю,— предложила себя баба.

— Смотри, совсѣмъ не пропади!— подозрительно замѣтила съемщица.

— Чтой-то ты! грѣхъ такой возьму я на душу?..

Баба на-скоро одѣлась. Другая ее заступила. Съемщица убралась въ себѣ. Но стоны дѣлались все продолжительнѣе... Еще много народу проснулось. Ворчанье, однако, стихало, когда просыпавшіеся видѣли, что приключилось.

Марья Трофимовна вся отдалась своему дѣлу. Только-бы благополучно! Только бы остались жить и мать, и ребенокъ! Большой будетъ... И навѣрно мальчикъ...

Ея собственная судьба и обидная доля представились ей какъ и быть слѣдовало. Чего же ей больше? Сколькимъ нужна ея помощь! А пропитаться — пропитается... Какой вздоръ! Здѣсь ли, въ Питерѣ, хоть въ деревнѣ... Да зачѣмъ?.. На одномъ тахонъ Хитровомъ рынкѣ — и напоятъ, и накормятъ, и пригрѣютъ.

Да, она цѣлый день, да и все время въ Москвѣ, и тогда, въ Тупикѣ, подъ грушевымъ деревомъ, была — внѣ себя... На нее "находило"...

Ушла Маруся, убѣжала, обманула, сбилась съ пути... Вернется, навѣрно вернется — больная, можетъ, зараженная. Кто ее пригрѣетъ? Найдется и для бѣглянки уголъ, пока есть у нея, у Марьи Трофимовны, голова и руки! Развѣ она разслабла? Вотъ какъ у нея все спорится. Хоть въ клиникѣ — лучше никто не приметъ.

Принесли воды. Она сбѣгала къ хозяйкѣ и добилась маслица.

Та даже удивилась.

— Что же это вамъ, матушка? Вѣдь она потаскушка... Охота!.. Все равно, родитъ...

Эти слова возмутили ее; но она себя сдержала — нельзя ссориться. Хозяйка — нужный человѣкъ для той, для роженицы.

Начинало чуть-чуть свѣтать, когда все благополучно кончилось.

Мальчикъ, да такой крупный — отъ этакой-то дохлой матери! Нашлось въ чемъ и повить его. Но куда дѣвать?

Мать его такъ ослабѣла, что Марья Трофимовна начала пугаться, стала упрашивать хозяйку — не гнать ея завтра, хоть сутки — другія, обѣщала ей заплатить и за постой, за ѣду.

И ни разу не спросила она себя: да чѣмъ же я заплачу? Ей казалось это такъ просто. Она непремѣнно добудетъ все, что нужно. И въ больницѣ мѣсто, воли на то пошло!.. Вѣдь найдется хоть одинъ добрый человѣкъ, ординаторъ. Да и не на улицѣ же умирать этой несчастной... Но закону слѣдуетъ.

Но мальчикъ ее особенно безпокоилъ и трогалъ. Въ воспитательный снесутъ. Въ первый разъ ей стало такъ жалко ребенка. Сколькихъ она и сама возила, и всегда жалѣла; а теперь, вотъ,— до слезъ жаль.

— Есть у нея паспортъ?— спросила она съемщицу.

— Есть, да давно просроченъ. Она — я вамъ докладывала — потаскушка...

— Мужъ есть?

— Какой мужъ!.. Съ ней и на Хитровомъ-то никто жить не станетъ... Такъ пригуляла...

Съемщица все больше возмущала ее; но она еще сильнѣе сдерживала себя.

— Куда же она ребенка?

— Извѣстно куда... подкинетъ... а то и до грѣха недолго...

И такая скверная усмѣшка прошлась по синеватому, скупому рту съемщицы, что у Марьи Трофимовны сдѣлалось что-то въ родѣ дрожи. Этого младенца, ею повитого и принятаго, ея, нѣкоторымъ родомъ, дѣтище, забросятъ на дровяной дворъ или въ помойную яму!.. И несчастненькую побирушку поймаютъ, судить будутъ, сошлютъ, а если и оправдаютъ, такъ не спасутъ ребенка... Вѣсъ-то одинъ въ немъ какой!.. И крикнулъ какъ славно!..

Она подумала — и, когда мать обернулась къ ней лицомъ, спросила ее:

— Ты, голубчикъ, въ воспитательный дитя-то свезти хочешь?

Та поглядѣла на нее посоловѣлыми глазами и простонала:

— Куды ище... Не знаю я...

— Да куда же имъ?— окликнула ее съемщица черезъ всю комнату.

— Я возьму!— вырвалось у Марьи Трофимовны звонко, радостно.

Всѣ такъ же притихли, какъ и предъ приходомъ полиціи, а это былъ часъ сборовъ.

— Да, да!— говорила Евсѣева, качая ребенка и дѣлая ему губами смѣшливую мину.— Выкормимъ тебя, бутузъ, кормилку возьмемъ!

И ее наполнила увѣренность, что все будетъ такъ, какъ она говоритъ; и вывернется она, напишетъ сейчасъ Переверзевой.

Какъ она объ ней не подумала! Та ее возьметъ въ себѣ въ помощницы и пришлетъ сюда бѣлую ассигнацію, заберетъ она этого "бутуза", подыщетъ кормилку и станетъ съ нимъ няньчиться еще сильнѣе, чѣмъ няньчилась съ Марусей... И Маруся прибѣжитъ... У нея тоже можетъ быть ребеночекъ, какъ и у этой побирушки... Она и его приметъ, и повивать будетъ, и выведетъ въ люди!..

Чего же ей? И такъ пойдетъ до самой смерти, до послѣдняго издыханія...

Утро заглянуло въ окно ночлежной и обволокло свѣтлой пеленой и бабушку-повитуху, и ея пріемнаго сына.

ПО ЧУЖИМЪ ЛЮДЯМЪ

(Разсказъ)

I

Больная проснулась и провела глазами по голымъ стѣнамъ больничной комнаты. Онѣ стояли полутемныя, высокія, холодящія. Свѣтъ ночника вздрагивалъ и производилъ мгновенную дрожь на одной изъ нихъ. Бѣлая кроватъ — одна во всей комнатѣ — уединенно и цѣломудренно занимала средину, узковатая, съ черною доской на желѣзномъ прутѣ. Въ углу, у широкой изразцовой печки, спала въ креслѣ сестра милосердія, свѣсила голову на плечо и звонко дышала.

Ее трудно было разглядѣть. Одинъ только бѣлый чепчикъ выступалъ съ густаго фона кожаной спинки кресла, да мерцалъ ободокъ креста на шеѣ.

Испуганно, почти дико озиралась больная. Она вышла изъ забытья. Въ первыя секунды она не смогла еще овладѣть сознаніемъ того, гдѣ она, давно ли такъ лежитъ, опасно ли больна? Но сознаніе выплывало въ ея отягченномъ мозгу довольно быстро.

Первое ея чувство былъ ужасъ. Она испугалась смерти, отчетливо, безповоротно.

Да, она больна: опасно, смертельно... И знаетъ это всѣмъ своимъ тѣломъ. Оно безпомощно лежитъ пластомъ, ноги отбиты, въ крестцѣ зловѣщій ознобъ, грудь сдавлена, голова въ тискахъ, слабость — неиспытанная, почти обморочная.

Съ усиліемъ подняла она правую руку и прошлась ею по лбу и щекамъ. На лбу — липкій потъ. На головѣ — гуттаперчевый пузырь со льдомъ.

Ходъ болѣзни вспомнился ей. Простуда, тупая головная боль, ознобъ, разстройство желудка, жаръ... Перевезли ее въ больницу.

"Въ больницу",— повторила она беззвучно спекшимими губами и ужасъ ея возросталъ. Она познала особую боязнь больницы, общую и простому народу, и господамъ.

Больница, вѣдь, это вѣрная смерть — нищенская, рядовая, безпривѣтная, съ ужасными операціями, съ грубымъ равнодушіемъ врачей, фельдшеровъ и сидѣлокъ, лежанье по мѣсяцамъ въ палатахъ, длинныхъ, уставленныхъ койками, пропитанныхъ запахомъ госпитальнаго смрада и карболки, гдѣ около васъ стонутъ, храпятъ, крикомъ кричатъ и дѣлаютъ все то, чѣмъ немощь человѣческая становится грязна и противна,— больница, гдѣ по утрамъ унтеръ обходитъ палаты и громко спрашиваетъ:

— Кому причащаться?

И смерть тамъ предметъ промысла, обычная статья мелкихъ доходовъ служителей, причта, гробовщиковъ.

Рука больной упала на фланелевое одѣяло, высоко поднятое до подмышекъ; голову она откинула немного на подушку. Страхъ ея не пропадалъ; она все яснѣе думала о близости смерти. И отвращеніе къ больницѣ также росло, хотя она лежала въ просторной комнатѣ, на чистѣйшемъ бѣльѣ, воздухъ провѣтривался, пахло чѣмъ-то ароматическимъ, къ ней приставлена "сестра" — и ночуетъ около нея уже не первую ночь... Она умретъ вотъ на той же кровати, одна или на рукахъ сестры, въ безпамятствѣ, можетъ быть, безъ большихъ страданій, какъ будто это не все равно... Не боли страшатъ ее, а самая смерть, переходъ въ ничто.

Будетъ лежать на той же кровати, а потомъ на столѣ, трупъ; ея трупъ! Онъ въ одинъ день разложится... отъ него пойдетъ невыносимый запахъ... Положатъ его въ гробъ и зароютъ въ мокрую яму,— теперь октябрь,— а тамъ ждутъ его черви, полное уничтоженіе.

Нервное вздрагиваніе потрясло больную до маковки.

Перейти въ ничто? Оборвалась жизнь?... Но она не хочетъ! Этого нельзя!... Она не свела своихъ счетовъ!... Развѣ она готова къ переходу туда?

"Куда?" — мысленно спросила она себя. Въ первый разъ въ жизни задала она себѣ этотъ вопросъ, рѣшительно въ первый.

Она не думала никогда, съ тѣхъ поръ, какъ помнила себя взрослой, про какіе-нибудь счеты съ тѣмъ, что будетъ "на томъ свѣтѣ". Повторяла она, вмѣстѣ съ другими, эти слова: "на томъ свѣтѣ", какъ говорятъ: "царство небесное" или "горняя обитель", но ничего они ей не представляли собою, никакой картины и не вызывали особаго чувства. Сколько великихъ постовъ прошло съ говѣньемъ, исповѣдью, причастіемъ... Она надѣвала бѣлое платье, повторяла за священникомъ, въ полголоса, торжественныя слова: "Вѣрую, Господи, и исповѣдую, яко ты еси"... На исповѣди все обходилось прилично и мягко, она признавалась въ своихъ грѣхахъ общими мѣстами, разъ навсегда затверженными... И когда священникъ спрашивалъ:

— Не имѣете ли еще какихъ особенныхъ прегрѣшеній?

Она неизмѣнно отвѣчала:

— Не припомню, батюшка.

И въ самомъ дѣлѣ, она не помнила, или ихъ и совсѣмъ не было, этихъ "особенныхъ прегрѣшеній", такихъ, за которыя служитель алтаря налагаетъ суровыя эпитеміи... Такъ прошло десять, двадцать, тридцать лѣтъ.

Ей сорокъ пять, минуло въ сентябрѣ, въ самый день четырехъ именинницъ: Вѣры, Надежды, Любви и Софіи. И, по крайней мѣрѣ, двадцать лѣтъ съ того времени, какъ она овдовѣла, тянулся одинъ большой и многообразный смертный грѣхъ: лжи, лицемѣрія, затаеннаго ехидства и человѣконенавистничества.

Она перейдетъ въ ничто, или въ "лучшій" міръ, послѣ двадцати лѣтъ, полныхъ этого первенствующаго грѣха. Вся ея жизнь мгновенно предстала ей, охваченной ужасомъ смерти, какъ безконечная ткань изъ двоедушныхъ словъ, поступковъ, минъ, жестовъ, съ неустанною работой обдумыванія, подготовки, актерской практики, точно заучиваніе цѣлой сотни ролей передъ зеркаломъ.

И она должна умереть, быть можетъ, сегодня или завтра, съ такимъ прошедшимъ? Лгать себѣ уже нельзя. Если Господь смилуется надъ нею и пошлетъ ей исцѣленіе,— а она была свѣжая, здоровая и сильная женщина,— она стряхнетъ съ себя свою оболочку, въѣвшуюся въ нее отъ ея положенія,— грѣхъ лицемѣрія, двоедушія и затаенной злобности.

Головѣ легче, почти совсѣмъ легко; боли она уже не чувствуетъ въ вискахъ и темени. Она приподнялась всѣмъ туловищемъ и прислонилась спиной къ тремъ подушкамъ.

Новый взглядъ въ уголъ, на кресло, гдѣ спала сестра милосердія, пріостановилъ ея страхъ.

Эта сестра ходитъ за нею по призванію, изъ жалости къ людямъ, не спала цѣлыя ночи напролетъ и всегда кротко обращалась съ нею, выносила ея нервничанье.

Въ болѣзни маска спала съ больной; сладкій звукъ голоса, усвоенный ею со всѣми, исчезъ, перешелъ въ хриплый, отрывистый и часто злобный. А сестра была неизмѣнно вынослива.

Вотъ и теперь стоитъ ей окликнуть эту, уже пожилую, дѣвушку, она проснется безъ всякаго жеста скуки и нетерпѣнія, безъ зѣвоты и потягиванія и тихо спроситъ:

— Что угодно?

Жажда мучитъ больную. Она, въ полутьмѣ, не найдетъ питья, да и руки не повинуются.

— Сестра!— окликнула она и ея голосъ раздался въ комнатѣ.

Голосъ былъ слабый, но одно это слово произнесла она слащаво, фальшиво.

— "Господи!— внутренно выговорила она со слезами на глазахъ,— опять эта комедія. Не избавиться мнѣ отъ нея никогда! И умереть-то я никогда не умру искренно и просто!"

Но почему же ей не обратиться къ сестрѣ мягкимъ голосомъ? Тутъ нѣтъ фальши: хоть къ своей сидѣлкѣ почувствовать искреннюю благодарность.

— Пить хочется,— прошептала она.

Ея голосъ тотчасъ упалъ. Она не могла уже мѣнять, по произволу, его звука.

Сестра подошла къ столику около кровати.

— Извольте,— чуть слышно выговорила она.

Жадно стала пить больная изъ кружки.

— Сразу много нельзя,— остановила ее сестра.

Громко вздохнула больная; питье еще больше освѣжило ее. Но мысль о смертной опасности опять начала овладѣвать ею.

— Позвольте температуру,— сказала сестра, взяла со стола термометръ и своими гибкими и привычными пальцами стала разстегивать кофту больной.

Та повиновалась, закрыла глаза и лежала такъ, недвижно, съ термометромъ подъ мышкой. Слышно было только ея неровное дыханіе. Сестра присѣла на табуретъ, въ ногахъ кровати.

— Сестра!— окликнула больная.

— Что угодно?

— Я умру?

— Господь съ вами!

— Что-жь скрывать?... Надо подготовиться. Я чувствую... смертельную слабость.

— Это ничего,— отвѣчала сестра, не мѣняя позы.

— Я была въ безпамятствѣ?

— Да.

— И долго?

— Съ перерывами — нѣсколько дней. Съ той среды.

— Что-жь докторъ сказалъ?

Сестра хотѣла было запретить больной говорить, но ей стало жаль. Отчего же не утѣшить, не дать надежды? Докторъ не отчаивается. Были признаки ослабленія болѣзни.

— Умру?— порывисто добавила больная.

— Что вы! Что вы! Богъ съ вами! Вчера температура не поднималась.

— Все равно!

Но, про себя, больная радостно повторяла: "температура не поднималась" — и что-то блеснуло у ней въ головѣ и отдалось въ груди... Можетъ, и встанетъ?

Сестра подошла къ ней, вынула термометръ, поднесла его къ ночнику и проговорила погромче:

— Вотъ видите. Вчера было сорокъ и пять десятыхъ, а сегодня сорокъ ровно. Падаетъ температура!— вырвалось у ней теплымъ звукомъ.

"Радуется!— подумала больная, — радуется вчужѣ; а что ей за дѣло до меня, до того, умру я или выздоровѣю?"

— Спасибо, голубушка,— вымолвила она внятно.

— Нельзя говорить!

Больная смолкла. Головѣ продолжаетъ быть легко, мысли ползутъ безъ усилія и она не можетъ ихъ остановить; только слабость мѣшаетъ выговаривать ихъ беззвучно губами, какъ она привыкла это дѣлать, когда была здорова.

— Подите... усните... въ кровати, сестра.

Она не могла не сказать этого. Ей ничего не нужно. Сестра заслужила сонъ въ кровати, а не сгорбившись въ креслѣ.

— Тсс!— остановила та ее и перешла къ креслу.— Не безпокойтесь. Мнѣ и такъ хорошо.

Свернулась калачикомъ, подложила подъ голову что-то такое,— больная не смогла разглядѣть, что именно,— и сейчасъ же опять заснула.

Ровное дыханіе сестры стало разноситься по засвѣжѣвшей комнатѣ. Больная прислушивалась къ нему, вдругъ успокоенная, почти увѣренная въ томъ, что смерть не ждетъ ея, въ концѣ ея болѣзни. Дыханіе говорило ей, что опасность не можетъ быть смертной; иначе бы эта добрая душа пришла въ волненіе, которое не сірьнось бы отъ умирающей. Сестра не будетъ лгать, не скажетъ: "сорокъ градусовъ ровно", когда температура показываетъ сорокъ одинъ и выше.

— "Кризисъ прошелъ",— произнесла больная мысленно.

Это слово "кризисъ" давно ей знакомо. Безъ него, вѣдь, не обходится ни одна тяжелая болѣзнь. Но отчего же сестра не сказала ей сейчасъ: "Кризисъ прошелъ благополучно"?

Стало быть, вся опасность еще не миновала? Или, бѣіть можетъ, ей просто не пришелъ этотъ терминъ? Или она, по скромности своей, не позволяла себѣ что-нибудь рѣшать отъ себя, прежде нежели не выскажетъ своего мнѣнія докторъ?

Доброе чувство къ сестрѣ смѣшалось теперь съ радостью надежды, почти увѣренности... Ей захотѣлось обласкать, про себя, эту добрую душу нѣсколькими нѣжными словами. Она начала ихъ произносить въ умѣ, и ей было это ново и непривычно-отрадно.

Кого же она такъ называла долгіе годы своей жизни по чужимъ людямъ — компаньонкой, кочевавшей изъ одного семейства въ другое, одно другаго ненавистнѣе и тошнѣе?... Даже собачки или кошки не успѣла она завести своей, приласкать ее, погладитъ, дать нѣжное прозвище.

Вѣдь, доброе чувство, да еще про себя, безъ всякаго наружнаго знака, мало того, что пріятно, но и отвлекаетъ отъ собственныхъ заботъ и страховъ, и обидъ, и грошовыхъ нуждъ. Обратилась она сердцемъ въ сестрѣ и сейчасъ же ей стало легче, и она не боится смерти, заглядываетъ въ будущее, хочетъ передать себя, обновиться, жить такъ, чтобы во второй разъ смерть уже не наводила такого ужаса.

Неужели всего четверть часа тому назадъ смерть дышала ей прямо въ лицо? Теперь только слабость, родъ дремы во всемъ тѣлѣ даетъ ей знать о томъ, что она все еще захвачена опасною болѣзнью. Но и эта слабость скорѣе пріятна. Боли нѣтъ уже ни въ пояснацѣ, ни въ ногахъ, ни въ груди, ни въ головѣ.

Почему же такому состоянію и не быть "кризисомъ"?

И это слово "кризисъ" уже не страшитъ ее. Кризисъ долинъ былъ явиться — онъ и пришелъ, нынче ночью; а страхъ охватилъ ее потому, что она еще не сознала хорошенько новыхъ признаковъ болѣзни. Испугалась за прежніе опасные дни и ночи, за свое безпамятство, за жаръ, за головную боль.

Начнется выздоровленіе. Она слыхала и сама видала, какъ хорошо выздоравливать отъ воспалительныхъ болѣзней. Поплывутъ дни растительной жизни, покойные, беззаботные, аппетитъ будетъ рости, голова ослабнетъ надолго; но это-то и прелестно... Многое забудется. Она не станетъ жалѣть о временной потерѣ памяти... Пускай и совсѣмъ забудетъ она про прежнее житье, про всю свою внутреннюю работу фальши, притворства и унизительной слащавости, про тайную злобу ко всѣмъ и ко всему. Богъ поможетъ ей! Не чуда проситъ она,— только того, что можетъ вырвать болѣзнь.

И тогда она наживетъ себѣ другую, новую душу.

Отрывочно, но не безсвязно проходили въ ея головѣ эти мысли. Дремота подкрадывалась въ ней тихо-тихо, слухъ доносилъ еще дыханіе сестры, но глаза уже слипались, потомъ и совсѣмъ смежились вѣки...

Больная уснула съ тихою усмѣшкой на полуоткрытыхъ губахъ.

II

Въ камерѣ свѣтло. Съ первымъ снѣгомъ зашло въ нее солнце. Оно играетъ на снѣжинкахъ оконъ, по свѣтлосѣрымъ стѣнамъ пробѣгаетъ змѣйками.

Вотъ уже вторая недѣля, какъ началось выздоровленіе. Слабость еще не позволяетъ ходить по комнатѣ, ни читать, ни писать... Сестра больше не ночуетъ, но часто заходитъ въ больной, подолгу сидитъ около нея и читаетъ ей по-русски.

Всѣ къ ней добры и внимательны. Докторъ приходитъ по два раза въ день.

Она теперь только разсмотрѣла его, когда головѣ стало полегче и глазамъ не больно глядѣть.

Докторъ — еще молодой человѣкъ, но съ большою лысиной и черною длинною бородой. Голова и лицо — крестьянскіе, красивые; хрящеватый, нервный носъ, красныя губы, глаза, быстрые, проницательные, темносѣрые, сидятъ глубоко подъ бровями; кожа матовая. Отъ всей его фигуры, довольно рослой и коренастой, вѣетъ нервною и мышечною силой; въ выраженіи лица — чувство своего превосходства. Говоритъ онъ съ мягкимъ московскимъ произношеніемъ и въ глазахъ мелькаютъ искорки... Человѣкъ тонкій и, должно быть, съ характеромъ, на ногу себѣ наступить не дастъ.

Такъ она его оцѣнила, про себя. Сестра его очень уважаетъ и, кажется, даже немножко влюблена въ него. Она съ особеннымъ выраженіемъ произноситъ его имя "Василій Ѳедоровичъ".

И сама больная чувствуетъ къ нему что-то похожее на нѣжность. Но куда же ей, почти старухѣ, влюбляться? Она ему благодарна за то, что онъ спасъ ее отъ смерти,— чего же еще?

Но каждый день, поутру, около девяти часовъ — часъ его обхода — она приходитъ въ пріятное волненіе, оправляетъ воротъ и рукавчики кофты и весь халатъ, въ которомъ она лежитъ уже не подъ одѣяломъ, и чепецъ, смотрится въ зеркальце, приглаживаетъ волосы и старается сдѣлать все это до прихода сестры, обыкновенно встрѣчающей доктора въ дверяхъ.

Вотъ и сегодня больная взяла зеркальце со столика,

посмотрѣлась въ него и поправила городокъ изъ темныхъ волосъ, выпущенный изъ-подъ чепца. Старитъ ее больничный чепецъ. А она, на видъ, еще моложава. И до болѣзни никто ей не давалъ больше тридцати семи-восьми...

Лицо похудѣло ужасно, но отъ этого самато стало еще моложавѣе. Оно было у ней, до болѣзни, пухлое, немного съ желтоватымъ отливомъ кожи, круглое; между припухлыхъ щекъ торчалъ короткій и приподнятый носъ, — онъ-то ее и моложавить больше всего. Зубы сохранились всѣ до единаго. Они бѣлые и мелкіе, и въ волосахъ сѣдинъ не было.

Больная приподняла, съ одного края, чепчикъ и начала всматриваться карими, немного близорукими глазами: пѣть ли бѣловатыхъ волосковъ?

Кажется, нѣтъ...

Она оправила завязушки чепчика, отряхнула носовымъ платкомъ грудь халата и вытянула изъ подъ рукавовъ рукавчики кофты.

Въ ея движеніяхъ замѣтна была женщина, любящая опрятность на себѣ и вокругъ себя. Губы у ней при этомъ складывались въ особую гримасу чистоплотной брезгливости.

Она успѣла и на этотъ разъ приготовиться къ визиту доктора до прихода сестры.

Дверь отворилась чуть слышно. Сестра вошла, осторожно, какъ всегда, ступала тонкими подошвами кожаныхъ башмаковъ и смотрѣла немножко вбокъ, съ головою, нагнутой въ лѣвому плечу.

Неизмѣнно выраженіе ея широкаго, добраго рта съ желтоватыми, большими зубами. Лицо — плоское, розовато-блѣдное, съ тысячью мелкихъ морщинокъ, двѣ пряди мягкихъ волосъ выцвѣли. И она также чистоплотна: чепецъ, перелинка, фартукъ такъ, и блестятъ.

— Какъ вы сегодня, Муза Прокофьевна?— спросила сестра, наклонившись къ ней, и подала ей руку.

Больная улыбнулась ей и безъ сладости выговорила:

— Благодарю васъ... Совсѣмъ хорошо.

Ей пріятно было слушать интонацію собственнаго голоса. Нѣтъ, она не фальшивитъ въ тонѣ, какъ до болѣзни. Да и какая ей надобность егозить передъ сестрой и даже передъ докторомъ? Развѣ имъ есть какой нибудь интересъ такъ хорошо съ ней обходиться? Они не такіе люди — особенно докторъ, чтобы съ ними нужно было прикрывать маской свои настоящія мысли и чувства.

Сестра произноситъ ея имя отчетливо и старательно, точно она нивѣсть какая особа.

Собственное имя "Муза" давно ей опротивѣло. Надъ нимъ подтрунивали вездѣ, во всѣхъ барскихъ домахъ, гдѣ она жила,— либо баринъ, либо сыновья нахалы, либо прислуга, а то и сама барыня.

Послѣдняя ея "госпожа" — развѣ компаньонка не та же прислуга?— звала ее просто "Муза"; никогда не прибавляя "Прокофьевна", окликала ее по сотнѣ разъ на дню, нараспѣвъ, и каждый разъ этотъ звукъ подергивалъ ее.

"Муза! подайте мнѣ книгу. Муза! я спустила петлю. Муза! поѣзжайте въ Голофтѣевскую галлерею за шерстью..."

А сестра выговариваетъ "Муза Прокофьевна" и точно масла прольетъ по сердцу больной.

— Позвольте температуру.

— Зачѣмъ?... Я, право, совсѣмъ здорова.

— Василій Ѳедоровичъ требуетъ.

Глаза сестры выразили такое преклоненіе передъ личностью Василія Ѳедоровича, что больная про себя подумала было:

"Втюрилась, матушка, втюрилась!"

Но этотъ злой возгласъ устыдилъ ее тотчасъ же; она даже слегка покраснѣла.

— Извольте,— поторопилась она выговорить, и сама поставила себѣ термометръ подъ мышку.

Въ это время сестра налила ей лѣкарства и поднесла бережно въ стаканчикѣ, замѣняющемъ столовую ложку.

Муза Прокофьевна проглотила безъ гримасы и сказала:

— Кисленькій лимонадецъ!...

Сестра тихо разсмѣялась.

На слова она была довольна скупа. Вся ея душевная жизнь ушла внутрь и проявлялась во взглядѣ ея уже тускнѣющихъ глазъ, улыбкахъ и тихомъ смѣхѣ.

— Походить мнѣ хочется,— сказала больная,— попрошусь у Василія Ѳедоровича.

— Вамъ такъ только кажется, Муза Прокофьевна, а попробуйте — ноги окажутся слабы. Посидѣть можно, я думаю...

Она не досказала и прислушалась.

— Василій Ѳедоровичъ идутъ!— торопливо выговорила сестра и пошла къ двери.

Больная еще разъ оправилась и прикрыла ноги въ некрасивыхъ туфляхъ платкомъ.

Вошелъ докторъ съ дежурною фельдшерицей.

Обѣ женщины, и больная, и сестра, обратили къ нему лица съ выжидательнымъ выраженіемъ.

— Ну, что, сегодня, кажется, молодцомъ?— спросилъ докторъ на ходу и кивнулъ ласково сестрѣ.— Какъ температура?

— Тридцать семь и восемь десятыхъ, Василій Ѳедоровичъ,— доложила сестра.

— Превосходно!... Позвольте языкъ.

Онъ уже сидѣлъ на краю кровати и взялъ ея руку. Солнце обливало свѣтомъ его бѣлый лобъ, переходившій въ такую же бѣлую лысину крутаго черепа. На немъ гладко сидѣлъ черный сюртукъ, до верху застегнутый. Отъ него пахло о-де-колономъ.

— Не дурно!... Не дурно!... Аппетитъ есть?

— Да, докторъ, очень даже большой, — шутливо отвѣтила больная.

— Не позволите ли на полную порцію?— спросила дѣловымъ тономъ сестра.

— Конечно! И вина... до двухъ рюмокъ. Вамъ нашъ портвейнъ по вкусу?— весело спросилъ онъ больную.

— По вкусу.

— Ну, и прекрасно!

Онъ взялъ со столика стклянку съ микстурой. Ея оставалось на донышкѣ.

— Мы вамъ другое пропишемъ.

Фельдшерица записала рецептъ и порцію подъ диктовку доктора.

Онъ все еще сидѣлъ на кровати и оглядывалъ больную.

— Еще недѣльку и можно будетъ выписаться... коли пожелаете.

— А читать можно?

— Не совѣтую... погодите еще денька три-четыре. Зачѣмъ мозги-то утруждать? Послѣ такой болѣзни...

— Привычка.

— Да, вы, вѣдь, были, кажется, чтицей?

Она ничего не отвѣтила, только кивнула головой.

Сестра и фельдшерица поняли, что докторъ хочетъ о чемъ-то съ больной переговорить, и тихо вышли изъ камеры.

— Выписаться всегда успѣете,— сказалъ докторъ и посмотрѣлъ на больную другимъ, болѣе серьезнымъ взглядомъ своихъ проницательныхъ и глубокихъ глазъ.— Вамъ здѣсь недурно?

— Очень хорошо.

— Вотъ видите. Поживите у насъ. Черезъ недѣльку будете ходить, работать можете.

— А меня не погонять?— спросила она вкрадчиво.

Это у ней вышло противъ ея воли.

"Сразу не отстанешь",— тотчасъ подумала она.

— Кто же смѣетъ? Отъ меня зависитъ,— сказалъ увѣренно докторъ, и повыше правой брови у него явилась складка человѣка, съ которымъ не такъ-то легко воевать.

Она его прекрасно понимала и ее влекло къ нему. Какая разница — онъ и она, хотя оба они трудовые, подневольные люди. Вѣдь, и лекарей нынче на Москвѣ, какъ песку морскаго!... Не поладилъ съ начальствомъ — и попросятъ вонъ, все равно, что ее всякая вздорная старуха или франтиха-барынька. А какая разница! Онъ знаетъ, что ему долженъ быть ходъ — не здѣсь, такъ въ другомъ мѣстѣ, не въ Москвѣ, такъ въ губерніи. Сестра уже говорила ей, что Василій Ѳедоровичъ напечаталъ "ученую книжку", и не просто медицинскую, а съ литературною отдѣлкой. Пожалуй, попадетъ и въ доценты, ученое имя себѣ сдѣлаетъ. И онъ — сынъ вольноотпущеннаго (это ей тоже сестра сообщила вчера), даромъ что у него такой красивый обликъ. Что-то крестьянское и до сихъ поръ чувствуется.

Какъ же ей ровнять себя съ нимъ? Какую ѣдкую зависть возымѣла бы она къ нему до своей болѣзни! Какъ бы она стала ему льстить въ глаза, а про себя честить его разночинцемъ, высіочкой, "лукавымъ мужиченкомъ", особливо еслибъ ея "барыня" сдѣлала его годовымъ докторомъ и стала за нимъ ухаживать. Онъ изъ "подлаго" сословія, а она — полковничья дочь!... Теперь зависти никакой нѣтъ. Она отъ всей души желаетъ ему блестящей карьеры и почти гордится тѣмъ, что она у него лечилась.

— Вы отсюда на прежнее мѣсто?— спросилъ докторъ, вынимая изъ кармана панталонъ узкую серебряную папиросницу.— Васъ одна папироса не обезпокоитъ?

— Пожалуйста, я очень люблю.

И она не лгала. Табачный дымъ она выносила; но ей пріятно въ особенности то, что она можетъ разрѣшить ему куренье, доставить ему хоть вздорное удовольствіе.

Докторъ закурилъ, сунувъ папиросу въ лѣвый уголъ рта и зажмуривъ на той же сторонѣ глазъ.

— Куда я отсюда?— переспросила она медленно.— Какъ придется!... Къ Марьѣ Филипповнѣ Грибановой, если мѣсто не занято.

— Она объ васъ похлопотала для помѣщенія сюда.

— Она. Что-то нѣтъ отъ нея никого. Вотъ буду посильнѣе — напишу.

— Можно и поручить кому-нибудь изъ нашихъ справиться.

Угодно, и я заѣхалъ бы. Гдѣ она живетъ? Кто это: важная барыня или коммерсантка изъ нынѣшнихъ, что въ тьерсъ эта лѣзутъ и въ бары?

Ротъ его повела усмѣшка.

— Пожилая дѣвица,— договорила больная и стала слѣдить за собою, чтобы не проскользнуло въ ея тонѣ никакихъ фальшивыхъ звуковъ,— барышня-дворянка, съ хорошимъ родствомъ.

— Старушенція?

— За пятьдесятъ.

— Свой домъ?

— Нѣтъ. Живетъ въ chambres garnies.

И она назвала улицу.

— Знаю! Бывалъ тамъ. Одинъ мой паціентъ прозвалъ эти номера: "Дворянское гнѣздо".

— Очень вѣрно!

Они оба разсмѣялись: онъ погромче, она посдержаннѣе. Собственный смѣхъ показался ей добродушнымъ. Она осталась имъ довольна.

— Мѣсто хорошее?— спросилъ докторъ тономъ человѣка, знающаго цѣну людямъ и работѣ у чужихъ людей.

— Какъ сказать?... Положеніе такое же, какъ и вездѣ... въ компаньонкахъ,— не безъ труда выговорила больная.— Двадцать рублей.

— На полномъ содержаніи?

— Да, и комнатка своя. Она занимаетъ цѣлое отдѣленіе.

— Капризная, небось, дѣва?

— Не особенно.

Ей рѣшительно не хотѣлось пробирать свою недавнюю "госпожу", хотя случай и представлялся прекрасный.

— Ну, такъ, торопиться особенно нечего,— и докторъ поднялся,— справиться — справьтесь, или мнѣ поручите, я въ тѣ мѣста часто ѣзжу; а пока — ѣшьте, пейте, мысли печальныя отгоняйте. Благо и солнце у васъ вонъ какъ играетъ!

Онъ пожалъ ей руку. Прикосновеніе его руки было пріятное: мягкая и теплая кожа совсѣмъ уже не отзывалась мужицкимъ родомъ.

— Благодарю васъ, Василій Өедоровичъ,— искреннею нотой проводила его она и, по уходѣ доктора, оставалась минуть десять съ закрытыми глазами. Все лицо ея выражало душевную кротость.

III

Швейцаръ, въ чуйкѣ, съ лиловымъ воротомъ рубашки, отворилъ наружную дверь и впустилъ даму, сошедшую съ дрожекъ.

— А, Муза Прокофьевна! Вотъ и вы пожаловали!

Она, уже на дрожкахъ (санный путь еще не насталь), почувствовала слабость, какъ только проѣхала всего одну улицу. Слишкомъ понадѣялась на себя. Правда, докторъ разрѣшилъ прокатиться. А ей надо же знать, куда она дѣнется послѣ шестинедѣльнаго лежанья въ больницѣ: найдетъ ли свободнымъ прежнее мѣсто, или должна будетъ взять комнату и начать рыскать по Москвѣ, отыскивать себѣ пропитаніе?

Ея "колотовка",— такъ она звала, до болѣзни, свою дѣвицу-барышню,— прислала ей разъ полфунта чаю, но на ея письмо ничего не отвѣтила. Ѣхала Муза Прокофьевна съ малою надеждой и старалась всю дорогу, подъ тряску извощичьей пролетки, не возмущаться безсердечіемъ своей старой дѣвы. Изъ больницы ее не тянуло. Если бы можно, она осталась бы тамъ подольше. Ея тамошняя жизнь, между докторомъ и сестрой, текла въ благодушномъ настроеніи. Выздоравливать, видѣть на себѣ заботу хорошихъ людей, оказалось пріятнѣе, чѣмъ ей говорили когда-то. Иными днями она себя не узнавала. Остался ея мягкій голосъ съ пѣвучимъ московскимъ произношеніемъ; но все, что она скажетъ вслухъ, то самое она и думаетъ, и ни разу не поймала она себя на чемъ-нибудь двоедушномъ и лукавомъ.

— Николаюшка, здравствуй!— сказала она швейцару, когда вошла въ переднюю и присѣла на диванъ, стоявшій у входа, противъ доски съ именами квартирантовъ.

И прежде звала она его такъ же ласково, но тогда это была маска. Всѣхъ людей въ номерахъ она ненавидѣла за ихъ дерзость или безцеремонность съ "мадамой", т.-е. съ ней, съ компаньонкой, и швейцара, и корридорнаго Евсѣя, и номерную Ѳеклушу, и собственную старую горничную своей госпожи Прасковью.

— Марья Филипповна у себя?— спросила она, переводя дыханіе.

— Никакъ нѣтъ-съ... Ушли гулять на Тверской бульваръ.

— Однѣ ушли?

— Никакъ нѣтъ-съ, съ барышней.

— Съ какой барышней?

— Къ нимъ ходятъ, по утрамъ... читаютъ имъ.

— Чтица, стало быть?

— Такъ точно.

— Изъ какихъ?

— Не могу знать навѣрное. Изъ пріютскихъ никакъ.

"Мѣста лишилась",— проговорила про себя Муза Прокофьевна, но не разсердилась, не начала мысленно честить "колотовку" Москва велика и не было никакой особенной сладости жить у старухи и выносить ея нравъ. Можетъ, это и къ лучшему.

— Кто же тамъ, въ помѣщеніи?

— Прасковья Дементьевна.

Прасковья! Невыносимая Прасковья! Съ ней она жила въ одной комнатѣ, должна была уступить ей мѣсто за досчатою загородкой, гдѣ та спала, и выносить ея сапъ, храпъ и воркотню подъ носъ, а по утрамъ шлепанье стоптанными башмаками, безпрестанную безсмысленную ходьбу въ корридоръ и назадъ и возню съ вареніемъ кофею "для барышни". Она только и умѣла угодить кофеемъ Марьѣ Филипповнѣ. Прасковья выросла вмѣстѣ съ барышней, такая же, какъ и та, старая дѣва, рабски привязанная къ ней, тупоголовая, обидчивая и спѣсивая. Сколькихъ неимовѣрныхъ усилій стоило Музѣ Прокофьевнѣ постоянно держаться съ ней ласковаго, иногда искательнаго тона!... И такъ каждый день, почти два года, зимой и лѣтомъ, въ Москвѣ и въ деревнѣ, гдѣ Прасковья помѣщалась тоже рядомъ съ нею, за перегородкой, сапѣла, и храпѣла, и бормотала себѣ подъ носъ, и хлопала дверью, и шлепала башмаками ежеминутно.

— Хорошо,— сказала Муза Прокофьевна и должна была сдѣлать надъ собой усиліе, чтобы ничего не прибавить.

Меньше говорить — вотъ вѣрное средство не лгать и не фальшивить. За мысли нельзя ручаться. Онѣ приходятъ или не приходятъ — не въ нашей волѣ, но говорить и не говорить — этимъ мы можемъ управлять.

Она встала и начала подниматься по лѣстницѣ потихоньку, придерживаясь рукой за перила, и дышала тяжелѣе, чѣмъ до болѣзни.

На первой площадкѣ ей поклонился, свѣсивъ голову на крахмальную грудь рубашки, корридорный Евсѣй, бритый, представительный лакей, во фракѣ и бѣломъ галстукѣ, правая рука управляющаго. И передъ нимъ она не разъ лебезила. Онъ бывалъ съ нею вѣжливъ, но совсѣмъ не такъ, какъ съ Марьей Филипповной. Ту всѣ побаивались, и даже звали ее иногда "генеральшей", хотя она только генеральская дочь.

— Евсѣй, здравствуй!— отвѣтила она ему на поклонъ и не назвала "Евсѣюшка", какъ прежде.

Надо было подняться еще цѣлымъ этажомъ выше. Марья Филипповна, по скупости, жила высоко, чтобы за отдѣленіе въ три комнаты, такое же, какъ въ бельэтажѣ, платить двадцатью рублями дешевле. И, все-таки, одной такой "старушенціи",— Муза Прокофьевна вспомнила веселое слово доктора;— надо цѣлое помѣщеніе съ гостиной, и спальней, и комнатой "pour mes gens", какъ она называла своимъ знакомымъ; а въ числѣ этихъ "gens" значилась и компаньонка. Считая лакея и горничную при номерахъ, полотеровъ, кубовщика и швейцара, за ней ухаживало семь человѣкъ.

Муза Прокофьевна задержала ходъ этихъ мыслей, окликнувъ на верхней площадкѣ номерную Ѳеклушу.

Ѳеклуша — добрая дѣвушка и хорошенькая. Ея глазки, вродѣ мышинымъ, ласково и смѣшливо мигаютъ. Носикъ пуговкой немножко сталъ краснѣть, свѣтлое ситцевое платье сидитъ на ней ловко и бѣлый фартукъ — къ лицу.

Съ Музой Прокофьевной она всегда была привѣтлива и ни отъ какой услуги не отговаривалась недосугомъ. Но и ее компаньонка не любила, по цѣлымъ недѣлямъ внутренно придиралась къ ней, подозрѣвала ее въ шашняхъ съ корридорнымъ, наконецъ, просто не могла равнодушно смотрѣть на ея молодость, на свѣжее личико, на пышную грудь и слышать ея звонкій, ласкающій голосокъ. Постоянная веселость и выносливость Ѳеклуши возмущали ее.

"Этакая идіотка!— часто говорила она про себя, проходя по корридору, гдѣ Ѳеклуша летала изъ одного номера въ другой.— Этакая идіотка! Чего она рада?... Цѣлый день мечется по комнатамъ, прибираетъ, выноситъ, чиститъ, сбѣжитъ разъ сорокъ на кухню и поднимется пятьдесятъ ступенекъ, живетъ въ конуркѣ, безъ окна, ѣстъ урывками и — довольна, улыбается... Щеки у ней точно два масляныхъ блина..."

Этого она не могла простить Ѳеклушѣ. Житье номерной во много разъ тяжелѣе ея службы. Она это сознавала и еще больше раздражалась; кончила даже тѣмъ, что стала находить положеніе Ѳеклуши гораздо лучше своего, считать, сколько отъ каждаго жильца она получитъ въ мѣсяцъ, и безпрестанно повторяла про себя, что номерная горничная ни у кого въ услуженіи не находится, а только исполняетъ свою должность, между тѣмъ какъ она — Муза Прокофьевна Петина, дочь полковника и вдова чиновника восьмаго класса — живетъ въ услуженіи у старой колотовки, за которой ходятъ семь человѣкъ прислуги.

— Муза Прокофьевна... матушка!...

Сердечный возгласъ Ѳеклуши отдался въ душѣ Петиной. Дѣвушка бросилась къ ней, помогла ей добраться до послѣдней ступеньки и усадила на стулъ, стоявшій на верхней площадкѣ.

— Совсѣмъ задохнулась...— выговорила она.

— Полегчало вамъ, матушка?— спрашивала заботливо Ѳеклуша.

— Вотъ видишь, Ѳеклуша, брожу.

— Все еще тамъ лежите?

Ѳеклуша не захотѣла произнести слово "больница", но ея пухлый лобъ наморщился на особый ладъ.

— Тамъ еще... скоро выду... У васъ какъ здѣсь все... по старому?— спокойно спрашивала Петина и осталась довольна собою.

Ѳеклуша ей положительно нравилась и она подумала даже, что если ей придется опять здѣсь жить, у Грибановой, Ѳеклуша будетъ скрашивать ея жизнь.

— По-старому,— отвѣтила дѣвушка и ротъ ея широко улыбнулся.— Только Малинины съѣхали. Антуфьева барышня замужъ выходятъ, младшая, изъ тридцатаго номера.

— За кого?

— За офицера. Говорятъ, богатый офицеръ, драгунъ, съ синими лацканами.

— Ну, а тебѣ какъ, Ѳеклуша? Все такая же тяжелая служба? На подмогу никого не берутъ?

— Нѣтъ-съ... справляюсь!

— Ты неутомима!

Она встала и потрепала Ѳеклушу по плечу. Прежде она этого бы не сдѣлала, хоть и смазывала медомъ свои слова, когда ей нужно было что-нибудь спѣшное отъ этой дѣвушки.

— Марья Филипповна гулять ушли,— доложила на ходу Ѳеклуша.

— Знаю. У ней новая чтица?— спросила Петина, не мѣняя спокойнаго тона.

— Новая-съ,— отвѣтила Ѳеклуша въ полголоса.

Ей непріятно было огорчать прежнюю компаньонку Грибановой.

— Живетъ здѣсь?

— Нѣтъ-съ, приходитъ на цѣлый день.

— Молодая?

— Совсѣмъ молоденькая,— радостно отвѣтила горничная.

Чуть было не выбранила ее Петина про себя "идіоткой".

Добродушіе Ѳеклуши еще возросло въ эти шесть недѣль.

— Изъ барышень?

Вопросъ Петина задала еще тише, чѣмъ ей говорила Ѳеклуша въ трехъ шагахъ отъ двери въ ея бывшую комнату.

— Въ школѣ какой-то училась, какъ вродѣ пріюта. Хорошенькая, волосы чудесные.

— По-французски читаетъ?

— Не слыхала-съ. Кажется, она не умѣетъ по-французски.

"Не умѣетъ",— повторила мысленно Петина и, взявшись за ручку двери, сказала:

— Большое спасибо тебѣ, Ѳеклуша, за добрую память обо мнѣ.

— А вы, Муза Прокофьевна, нешто опять не къ намъ? Вѣдь, я думала, та чтица вамъ въ замѣну, пока вы нездоровы были?

— Не знаю, милая, не знаю.

— Къ намъ пожалуйте... У насъ житье покойное... и ко всѣмъ вы привыкли.

Ѳеклуша разсмѣялась и убѣжала. По корридору уже трещалъ, около ея коморки, электрическій звонокъ.,

Муза Прокофьевна постучалась и, не дожидаясь оклика изъ комнаты, вошла туда.

Опять охватилъ тотъ ее запахъ, что шелъ отъ загородки, гдѣ жила Просковья,— смѣсь кофе съ коровьимъ масломъ, которымъ она смазывала себѣ волосы, и какой-то травы въ ея сундукѣ, стоявшемъ подъ кроватью, и лампаднаго масла.

— Прасковья Дементьевна! не узнали меня?

Старая горничная, въ шелковой кацавейкѣ и въ сѣткѣ на темыхъ, еще не сѣдыхъ волосахъ, безъ бровей, что-то готовила на окнѣ, гдѣ стоялъ кофейникъ на спиртовой лампочкѣ и всякія корзинки, стклянки и баночки.

— Ахъ, сударыня!... И въ самомъ дѣлѣ не признала сразу! Долго жить будете!... Вонъ вы ужь какъ — оправились совсѣмъ. Позвольте я салопъ-то съ васъ сыму.

Прасковья какъ будто обрадовалась бывшей компаньонкѣ своей барышни. Ея хмуро-тупое лицо стало яснѣе. Она помогла Музѣ Прокофьевнѣ снять съ себя лисью шубку съ котиковымъ воротникомъ, приличную, но очень уже подержанную.

— Кофейку не угодно ли? Я духомъ заварю.

Петиной захотѣлось вѣрить, что старуха не фальшивитъ передъ нею. И ей самой теперь она не такъ противна. Дворовая, какъ дворовая,— пожалуй, лучше очень многихъ: предана безкорыстно, честна, не пьетъ, многое умѣетъ уладить, заштопать, солить, варить и — все это безъ очковъ.

— Благодарю васъ, Прасковья Дементьевна, не хочется.

Она сѣла на кушетку, служившую ей постелью. Прасковья перестала возиться около окна и присѣла на кончикъ стула. Ей, видимо, хотѣлось отвести душу, потолковать съ компаньонкой.

— Вы къ намъ опять?— начала она прямо.

— Да у васъ другая чтица?

— Что-жь, что другая?... Барышня такъ ее взяли... на время. Просто дѣвчонка, изъ пріютскихъ. Одна княгиня-благотворительница подсудобила.

Это деревенское слово "подсудобила" показывало достаточно, что Прасковьѣ новая чтица не нравится.

— Молодая?

— Дѣвчонка гладкая... Прости, Господи... блохи не уколупнешь. Все прихорашивается цѣлый день, да коклисы свои приглаживаетъ.

— И по-русски, и по-французски читаетъ?— спросила Муза Прокофьевна.

— По-французски?— повторила Прасковья и повела ртомъ.— Кто ее выучилъ?... И по-русски-то ровно дьячокъ бормочетъ — аляваля!

— Какъ же Марья Филипповна обходится безъ французскихъ книжекъ?

— Такъ и обходится. Вотъ я и говорю вамъ, сударыня, гдѣ же ей васъ заступить! Вы какъ отчеканивали! И я, бывало, отсюда все слышу и разумѣю. Такимъ же образомъ и по-французски.

"Неужели,— подумала Муза Прокофьевна,— Прасковья была мнѣ предана? А я что-то не замѣчала".

Она оглядѣла дряблое лицо горничной и сказала про себя: "Нѣтъ, это изъ-за непріязни къ новой чтицѣ".

— Вотъ, кажется, наша пріютская. Слышите, на весь корридоръ каблуками стучитъ и мурлычетъ... ровно здѣсь, съ позволенія сказать, скверное мѣсто какое!...

Прасковья встала и плюнула.

IV

Шумно отворилась дверь и вошла новая чтица. Суконное пальто съ барашковымъ воротникомъ и такая же шапочка подъ бѣлымъ шелковымъ платкомъ, румяныя щеки, высокая грудь, густыя брови, молодые зубы, блескъ глазъ, даже родинка на правой щекѣ,— все это въ одинъ мигъ оглядѣла Муза Прокофьевна.

— Прасковья!— окликнула дѣвушка мягкимъ, низковатымъ, голосомъ.— Марья Филипповна приказали заварить поскорѣе чаю. Вотъ варенья я принесла и сухариковъ. Марья Филипповна гостей приведетъ. Въ бельэтажѣ новые жильцы... Антуфьевы: мать и двѣ барышни.

Она это говорила, снимая съ себя платокъ и потомъ шубу и шапочку. Дыханіе у ней, отъ ходьбы, перехватило. Грудь ея колыхалась подъ кофточкой цвѣта бордо, перехваченной желтымъ. кожанымъ кушакомъ. Она положила покупки на коммодъ и тотчасъ же обратилась къ чужой дамѣ:

— Вамъ Марью Филипповну? Онѣ сейчасъ будутъ.

Голосъ ея нравился Петиной, да и вся она. Молодостью пышило отъ нея и замолаживало невольно сорокапятилѣтнюю женщину, на которую только что глядѣла смерть во всѣ глаза.

"Ее оставитъ колотовка",— подумала она и не ощутила злости къ чтицѣ.

Ей стало жалко эту свѣжую, красивую и веселую дѣвушку. Она видѣла, какъ пройдетъ ея жизнь въ меблированныхъ комнатахъ около старой дѣвы, съ ея замашками и тономъ, въ однообразнѣйшей обстановкѣ, и такъ цѣлые годы, пока не приглянется въ жены какому-нибудь телеграфисту или конторщику, или не сбѣжитъ къ студенту, на Патріаршіе пруды.

— Я подожду,— сказала она тихо, безъ приторной сладости, которую навѣрное бы пустила прежде.

— Да, онѣ свой человѣкъ,— съ удареніемъ выговорила Прасковья,— это Петина, Муза Прокофьевна, у насъ жили... вотъ въ этой комнатѣ.

— А!... Вы мадамъ Петина?

У чтицы въ этомъ возгласѣ заслышалось смущеніе. Она сейчасъ же испугалась. Могутъ прогнать. Но молодость и безпечная натура взяли верхъ.

— Пожалуйте въ гостиную,— ласково пригласила она Петину и тотчасъ же, передъ зеркальцемъ на коммодѣ, поправила прическу.

Двѣ густыя черныя косы падали у ней по спинѣ, связанныя внизу.

— Онѣ знаютъ...— не удержалась, осадила ее Прасковья и прибавила:— Пожалуйте, сударыня, тамъ книжки французскія давно васъ дожидаются.

Эти слова чтица прекрасно разслышала. Она все еще поправляла прическу передъ зеркальцемъ.

Прасковья перешла съ Петиной въ слѣдующую комнату, отдѣланную гостиной, свѣтлую, но узкую и невеселую, съ репсовою мебелью вдоль стѣнъ и большимъ столомъ передъ диваномъ. Стѣны стояли голыя, безъ малѣйшей картинки. Разнокалиберное зеркало торчало на другой стѣнѣ, въ оправѣ краснаго дерева. Дверь вела въ третью комнату — спальную. Всѣ три были подрядъ.

— Барышнѣ-то безъ французскаго по вечерамъ скучненько.... продолжала Прасковья, не понижая голоса.

Петиной стало почти непріятно за эти намеки.

— Кто эти Антуфьевы?— спросила она, чтобы перемѣнить разговоръ, и подошла къ столу, гдѣ лежало нѣсколько книжекъ.

— Генеральша... давнишняя пріятельница барышни и по деревнямъ сосѣди были. При покойникѣ жили широко. Теперь обѣдняли. Вотъ пріѣхали вывозить барышень... А сама-то хворая.... Не знаю, какъ и выѣзжать будутъ. Дѣвки матерыя, горластыя,— прибавила Прасковья своимъ особымъ "непочтительнымъ тономъ", хорошо знакомымъ Петиной.

На столѣ лежало два французскихъ романа и старая книжка Revue des Deux Mondes, какъ разъ тотъ номеръ, который она читала Грибановой передъ своею болѣзнью. Стало, съ тѣхъ поръ, старухѣ по-французски никто не читалъ. Она своими глазами не работала, кромѣ чтенія писемъ, да и то съ трудомъ. Близорукость, перешла у ней въ слабость зрѣнія, особенно на одинъ глазъ.

Въ эту минуту Петина не могла рѣшить, какіе у ней шансы сохранить прежнее мѣсто. Безъ французскихъ книгъ старухѣ, скучно; она привыкла къ слушанію романовъ и статей, непремѣнно по-французски. Она и говорила почти всегда на этомъ языкѣ, многосложно, съ претензіей, съ московскими барскими оборотами, любила важничать знаніемъ языка и безпрестанно поправляла Петину; принимала визиты барынь и разныхъ "хрычей", отъ двухъ до пяти каждый день, и заводила тогда нескончаемый монологъ: или про тѣ мѣста, гдѣ живала за границей, или про знатное родство, или про то, какъ дворянство обижено и упало.

Остаться безъ мѣста, искать его сейчасъ, еще ослабѣвшей отъ болѣзни, пугало ее; но и состоять при Грибановой послѣ житья въ больницѣ, на свободѣ, въ тишинѣ, при уходѣ, лучше котораго трудно и придумать, не привлекало ее нисколько.

Неожиданно отворила и тотчасъ стремительно захлопнула дверь, маленькая старушка въ черномъ.

Петина ждала, какъ "барышня", по своей разсѣянности, думая, что она вошла въ спальную, а не въ гостиную, сейчасъ же повернетъ ключъ въ двери.

На этотъ разъ она этого не сдѣлала.

— Кто тутъ?— окликнула она, еще не оборачиваясь совсѣмъ.

— Мы, сударыня, и съ Музой Прокофьевной,— отвѣтила Прасковья громко и возбужденнѣе обыкновеннаго.

— Муза! Это вы?

Старуха прищурила на нее свои подслѣповатые глаза и подошла къ ней короткими шажками, съ нервнымъ покачиваніемъ сухаго, широкаго, согнутаго туловища.

— Déjà... rétablie?— спросила она, не дожидаясь отвѣта, въ носъ нараспѣвъ и низкимъ голосомъ — и опять такъ еще недавно ненавистный звукъ прошелся по душѣ компаньонки.

Фраза "déjà rétablie?" отозвалась въ ней, особенно это "déjà" значило другими словами: "ты, матушка, живуча, какъ кошка, прилетѣла изъ больницы; а я думала, что ты или отправишься въ Елисейскія поля, или, по крайней мѣрѣ, проваляешься мѣсяца три".

Все ей противно: манера говорить московской дворянки и старой дѣвы, самый звукъ голоса, гдѣ сидѣлъ оттѣнокъ увѣренности въ себѣ, сознаніе какого-то и надъ чѣмъ-то своего превосходства, безцеремонное отношеніе ко всему тому, что: "n'est pas de son bord", при наружности, туалетѣ и даже жестахъ, которые Муза Прокофьевна давно считала старомодными, смѣшными и невоспитанными.

— Поздравляю... со скорымъ выздоровленіемъ,— продолжала Грибанова свой монологъ и, обратившись въ сторону Прасковьи, приказала:— поскорѣе чай. Каля тебѣ говорила. Пожалуйста только не копайся!...

Ни одного слова отъ сердца, ни одного звука сочувствія своей компаньонкѣ, бывшей при смерти и прожившей съ ней полтора года, хоть въ благодарность за то, что выносила свою подневольность, ухаживала за ней разъ пять въ эти полтора года, и въ деревнѣ, и въ Москвѣ, во время припадковъ ревматизма и болей въ ногахъ, когда старуха дѣлалась невыносима своею раздражительностью.

"И эти московки,— подумала она,— обитательницы меблированныхъ комнатъ, и барыни въ собственныхъ домахъ воображаютъ, что онѣ добры, гостепріимны, привѣтливы, судачать про иностранцевъ, про заграничные народы, находять, что нѣмки, француженки, англичанки — всѣ безъ сердца, всѣ сухи, плохо воспитаны, эгоистки... Да ни въ какой семьѣ самыхъ закорузлыхъ буржуа или бюргеровъ не встрѣтили бы меня такъ, какъ эта колотовка!"

Мысль быстро промелькнула въ головѣ Петиной, когда старуха повернулась на низкихъ каблукахъ своихъ прюнелевыхъ отрытыхъ башмаковъ. Она заглянула въ дверь и кликнула:

— Каля! ты приготовила все къ чаю?

"Что это за имя"?— спросила себя Петина, стоя у окна въ неловкой позѣ.

Грибанова не сказала ей даже: "сядьте".

Она разсудила сама сѣсть и выговорила кротко, но безъ прежней слащавости:

— Извините, Марья Филипповна, я присяду... еще слаба на ногахъ.

— Сдѣлайте одолженіе.

Старуха кинула эти слова, не оборочиваясь къ ней лицомъ, и прошла въ спальню, повернулась еще на каблукѣ и продолжала говорить все на тотъ же тонъ.

— Поторопилась! Надо бы вылежать!... Vous savez... эта болѣзнь... elle peut revenir... возвратная, можетъ быть.

"Типунъ тебѣ на языкъ!" — выбранилась Петина, не вытерпѣвъ. Старуха возмутила ее этимъ бездушнымъ умничаньемъ.

Изъ спальной, гдѣ Грибанова начала мыть руки и душить себя ненавистными Петиной духами пачули, она все говорила:

— Oui, ma chère, поторопились. Вы развѣ совсѣмъ вышли?

— Нѣтъ еще,— громче отвѣтила Петина изъ гостиной.— Но въ концѣ недѣли выписываюсь. Надо освободить камеру.

Въ гостиной Грибанова, вернувшись, не сейчасъ усѣлась, а все ходила отъ зеркала къ столу, отъ стола къ окну: то книжку возьметъ, то переставитъ горшокъ цвѣтовъ, то поправитъ абажуръ, и все своею сорочьею походкой, съ подпрыгиваніемъ и поворотами на каблукахъ, скоро-скоро, точно будто комната — огромная зала.

"Неужели я не найду ничего лучше,— думала Петина,— а должна буду опять запираться въ этихъ номерахъ на всю зиму?"

Ее пронизала даже нервная дрожь. Лучше разомъ выяснить вопросъ.

— У васъ чтица?— сказала она совсѣмъ не сладко, но безъ недовольства въ голосѣ.

— Каля!

— Какъ вы ее зовете?

— Каля!... Калерія!... Нельзя мнѣ было оставаться безъ никого!

— Я не къ тому, Марья Филипповна. Конечно, вамъ нужна была чтица... Я не хочу ни у кого отбивать мѣста. Если вы довольны этою дѣвушкой — и прекрасно. Я постараюсь найти другое мѣсто.

Ей было удивительно то, какъ это она сказала спокойно, безъ тайной злобы, безъ ужимокъ. Должно быть, оттого, что, въ самомъ дѣлѣ, она рада будетъ оставаться безъ мѣста, только не идти опять къ Грибановой.

— La petite,— начала старуха (она была еще все на ногахъ),— est gentile. Видѣли вы ее?

— Видѣла.

— Сирота, изъ пріюта; меня княгиня Полоцкая,— Грибанова произнесла по-московски: кнэиня",— просила. Elle lit... comme èa... не то, чтобы ахти какъ! Да и не нужно этого. Вы, моя милая, очень ужь старались. Меня это тоже утомляетъ... Seulement, elle ne sait que le russe.

Петина почти пожалѣла, про себя, что эта чернобровая и грудастая "Уаля" обучена только по-русски.

— Какъ же вы теперь?...— начала она неувѣренно.

— Ecoutez donc!— властно перебила ее Грибанова и тутъ только сѣла въ большое кресло и въ позѣ, въ какой она принимала у себя и могла сидѣть такъ по цѣлымъ часамъ сряду.— Ecoutez donc!— повторила она еще властнѣе.— Я обдумала все въ вашемъ интересѣ, Муза. Лучше вы сами бы ничего не пріискали. Я вамъ, Муза, разыскала прекрасную кондицію. И здѣсь, въ нашемъ гарни.

— Здѣсь?— переспросила Петина и внутренно совсѣмъ не обрадовалась.

— Ecoutez donc! Внизу, въ бельэтажѣ, поселилось семейство Антуфьевыхъ, une bonne connaissance à moi. Мать est une Кривоусова, de maison мы вмѣстѣ выѣзжали. Une famille comme il faut. Были богаты! Теперь... должны вотъ, какъ и я же, жить по комнатамъ, въ гарни.

"Слышала",— хотѣла было замѣтить Петина, но воздержалась.

— Двѣ барышни... невѣсты, très bien de leurs personnes. Сама un peu maladive. Имъ нужна компаньонка, чтобы выѣхать, проводить и вообще tenir compagnie. Вотъ я и разсудила: помѣстить васъ къ нимъ. По вечерамъ вы будете свободны...

очень часто. И ко мнѣ милости просимъ, по-французски почитать. Я буду вамъ платить, положу по пяти рублей... Да онѣ дадутъ рублей... пятнадцать, на всемъ готовомъ, какъ у меня, больше не дадутъ.

— Комната?— прервала Петина.

— Кровать отдѣльно... за перегородкой. Assez proprette. Барышни спятъ въ другомъ отдѣленіи...

— Тутъ же?

— Ахъ, матушка!— вдругъ подняла тонъ старуха,— нельзя же требовать салоновъ. Скажите спасибо и за это, по нынѣшнемъ временамъ. Elles vont venir a l'instant même... Понравитесь вы имъ — можете въѣзжать хоть завтра, благо вашъ сундукъ здѣсь же стоитъ, вонъ тамъ, въ корридорѣ,— все сохранно.

Петина промолчала. Въ корридорѣ раздались звонкіе голоса, прерываемые смѣхомъ. Дверь отворилась. Въ гостиную вошли двѣ барышни и ихъ мать. Она ихъ осмотрѣла и у ней вырвались мысленно слова:

"Все лучше, чѣмъ цѣлый день со старухой!"

V

— Какъ ты смѣешь это говорить?!

— Смѣю!

— Мама, запрети ей... Это Богъ знаетъ на что похоже!

— Лида!... ты вмѣшиваешься не въ свое дѣло!...

— Но, вѣдь, я права? C'est une affaire d'argent! C'est ignoble! Epouser sans amour!

— Лида! je te défends...

— Гадкая!

Салфетка летитъ почти прямо въ лицо барышнѣ, круглой, хорошенькой брюнеткѣ, съ насмѣшливымъ лицомъ... Бросила салфетку меньшая съ волосами цвѣта кудели, худая, прозрачная кожей, голубоглазая. Обѣ одѣты въ одинаковыя платья, съ иголочки, клѣтчатыя, цвѣтныя и очень модныя.

Завтракать только что начали. Подали котлеты съ картофелемъ, непривлекательную номерную ѣду. Сестры сидѣли одна противъ другой, на диванѣ — мать, съ просѣдью, сухощавая, длинная дама, поблекшая, съ привычнымъ выраженіемъ чопорнаго, неумнаго лица, въ сѣромъ платьѣ.

Противъ нея помѣщалась новая компаньонка, Муза Прокофьевна.

Младшая, Мэри, вскочила изъ-за стола, бросилась на кресло около окна и заплакала, съ истерическими всхлипываніями. Старшая, Лида, продолжала ѣсть и ея глаза, гдѣ блестятъ задоръ и язвительность, обращены тоже къ окну; но она не смотритъ на сестру, а черезъ ея высокій шиньонъ въ окно, на крышу, покрытую ярко сіяющимъ снѣгомъ.

Петина потупила глаза и деликатно доѣдала кусочки картофеля. На ея лицѣ застыло прилично-кроткое выраженіе, въ которомъ разобрать ничего нельзя.

Про себя, она говоритъ: "Хорошо, нечего сказать! Бранятся, какъ судомойки, только въ перемежку съ французскими фразами! Старшая завидуетъ жениху младшей и напускаетъ на себя благородныя чувства, возмущается бракомъ по разсчету; а сама была бы рада-радехонька выскочить за того же богатенькаго дурочка, драгунскаго подпоручика!"

Она уже не можетъ остановить ходъ этихъ мыслей и воздержаться отъ прежней своей компаньонской мины — кротко-слащавой и непроницаемой.

Мать встала поспѣшно и подошла къ младшей дочери; ее она больше любитъ, но побаивается старшей,— та съ характеромъ, зла, дерзка и настойчива. Злится теперь еще сильнѣе отъ замужства младшей; знаетъ, что она хорошенькая, и лучше сложена, и бойка на языкъ, а вотъ сидитъ "въ дѣвкахъ" который ужь мясоѣдъ.

— Полно, Мэри, je t'en prie?

— Non! Non!— всхлипываетъ блондинка, уткнувъ голову въ спинку кресла.

Съ самаго утра онѣ бранились и кричали разомъ и въ ушахъ Петиной стоитъ звонъ отъ ихъ голосовъ — высокихъ, пѣвучихъ и крикливыхъ,— и стоитъ онъ третью недѣлю, съ тѣхъ поръ, какъ она поступила къ Антуфьевымъ.

Да и что же ей дѣлать, какъ не сохранять приличную, сладковатую мину? Развѣ онѣ — эта захудалая барыня и эти двѣ невѣсты-безприданницы — смотрятъ на нее, какъ на равную, или хоть на компаньонку, но заслуживающую довѣрія, способную дать хорошій совѣтъ, войти въ ихъ интересы?

Онѣ торговались съ ней, "какъ жиды", упирались нѣсколько дней на двѣнадцати рубляхъ въ мѣсяцъ, да еще съ ея сахаромъ, насилу-насилу додали ей еще три рубля, помѣстили ее въ такую же "закуту", въ какой Прасковья живетъ наверху, надъ ними. Тамъ она принуждена каждую ночь слушать болтовню или перебранку дѣвицъ до невозможныхъ часовъ — до трехъ, до четырехъ, даже и въ тѣ дни, когда онѣ не выѣзжаютъ; а ей сонъ нуженъ, она еще чувствуетъ приступы слабости послѣ тифа. Пробовала мягко и осторожно вставлять свое слово и, разумѣется, умнѣе того, что здѣсь говорится,— мать дѣлаетъ гримаски, точно она прислуга, не смѣющая вставлять слова въ разговоръ господъ. Меньшая дочь ничего не слушаетъ и не понимаетъ, кромѣ тряпокъ, офицеровъ, собранья, коньковъ и сплетень про барышень; старшая — непремѣнно отзовется какою-нибудь дерзкою фразой.

Стало быть, маска нужна, опять та же, еще такъ недавно ненавистная, съ которой она испугалась умирать въ больницѣ.

— Ну, полно, ну, полно!— успокоивала мать.— Лида, надѣюсь, пойметъ, какъ она дурно поступаетъ.

Лида продолжала смотрѣть черезъ голову сестры, прищуриваясь, на снѣгъ, лежавшій на крышѣ, и ея свѣжія, полныя губы слегка вздрагивали. Все лицо выражало: "я права и буду еще настаивать на томъ же".

Вошелъ корридорный Евсѣй съ блюдомъ. При немъ надо было сохранить приличіе.

Мэри встала, громко высморкалась и какъ ни въ чемъ не бывало сѣла на свое мѣсто и сказала сестрѣ:

— Ma serviette, s'il vous plait!

У старшей мелькнуло желаніе бросить ей салфетку обратна въ лицо, но при "человѣкѣ" этого нельзя.

Евсѣй сейчасъ догадался, что вышла семейная сцена. Но на его бритомъ, кругломъ лицѣ дрессированнаго лакея все оставалось безстрастнымъ и приличнымъ.

Компаньонка вбокъ взглянула на него и сейчасъ же подумала: "Вотъ съ кого должно брать примѣръ! Развѣ Евсѣй станетъ имъ показывать свои настоящія мысли и чувства? Зачѣмъ? Чтобъ онѣ его оборвали? Онъ ихъ презираетъ и справляетъ свою должность. У каждаго своя маска, иначе совсѣмъ пропадешь!..."

— Что это?— брезгливо спросила корридорнаго барыня, наклонившись къ блюду.

— Рагу-съ.

— Что?— переспросила насмѣшливо старшая.

— Рагу,— доложила особенно кротко и отчетливо компаньонка.

— Да это что же,— спрашивала мать корридорнаго,— изъ какого мяса?... Вѣдь, это, кажется, баранина.

— Фи! баранина!— почти взвизгнула Мэри и во весь ротъ сгримасничала.

— И лукъ тутъ! Лукомъ пахнетъ... Quelle horreur!— отозвалась Лида и сдѣлала тоже гримасу.

Всѣ разомъ заговорили — какой гадостью ихъ кормятъ. Развѣ онѣ не объявляли разъ навсегда управителю, что онѣ ни баранины, ни луку, ни шпинату, ни зразъ съ кашей, ни лапши, ни ножекъ не ѣдятъ. И вдругъ имъ даютъ баранину, и въ соусѣ лукъ!

Евсѣй, еще ставя блюдо на столъ, доложилъ степенно и значительно:

— Барашекъ... молодой... Самый свѣжій. Многіе одобряютъ...

— Но мы не ѣдимъ, мой милый,— остановила его мать, говорившая съ прислугой въ тонѣ покровительства.

— Другаго блюда нѣтъ-съ. Какъ вамъ будетъ угодно.

Онѣ знали, что съ Евсѣемъ шутить было неудобно: онъ способенъ сказать повару, чтобы имъ другаго ничего, заново, не готовили, а то такъ заставитъ ихъ прождать цѣлыхъ два часа.

Евсѣй преспокойно поставилъ блюдо съ бараньимъ рагу и сталъ перемѣнять тарелки.

Съ гримасами и восклицаніями начали барышни и ихъ мать выбирать кусочки, отряхая отъ соуса и лука. Его запахъ пріятно защекоталъ въ ноздряхъ компаньонки. Она любила и ягнятину еще съ дѣтства.

— Вамъ положить?— съ пріятною улыбкой предложила Петина младшей.— Я вамъ выберу кусочки.

— Пожалуйста!

"Нечего,— говорила про себя компаньонка,— и баранину слопаете, потому что голодны и только завтраками и держитесь; на четырехъ берете всего два обѣда. Не можете ѣсть баранины и луку, а сами торговались изъ-за этого завтрака и каждый день кричите, что васъ грабятъ, берутъ за два блюда на четырехъ персонъ тридцать пять рублей!"

Эти "привередничества" при тайномъ безденежьѣ и "сквалыжничествѣ" — самыя безцеремонныя слова такъ и скакали у ней въ головѣ — становились ей все противнѣе. При этихъ барскихъ требованіяхъ копѣечничать на каждомъ шагу, а за квартиру платить полтораста рублей въ мѣсяцъ, и часто брать карету, и должать во всѣхъ пассажахъ и всѣмъ портнихамъ.

Ея жалованья въ концѣ мѣсяца ей не заплатятъ, она видитъ это уже и теперь, впередъ...

Петина вдругъ сдержала свои мысли, испугалась и пристыдила себя.

"Что это?... Опять прежняя Муза Прокофьевна? Озлобленная, ненавистница, льстивая, съ притворною улыбкой и медоточивыми словами странницы-богомолки?"

Ей сдѣлалось почти физически тошно. Еслибъ передъ ней сидѣли другіе люди, она покаялась бы сейчасъ же; но одинъ новый взглядъ на нихъ — и ей такой порывъ показался дикимъ.

"Развѣ онѣ поймутъ и оцѣнятъ? Никогда! Это будетъ только предлогъ къ гримасамъ или безцеремоннымъ выходкамъ". Она не мѣняла своей притворной улыбки и спросила барыню:

— Кофей прикажете заварить?

— Разумѣется!— отвѣтила за мать старшая дочь.

Обѣ барышни доѣдали баранье рагу. Дома ѣли онѣ очень неопрятно и невоспитанно: наваливались грудью, оба локтя клали на столъ, чмокали, ѣли съ ножа, крошили хлѣбъ, не рѣзали, а дергали мясо или теребили его вилкой. Муза Прокофьевна привыкла, живя по такимъ семьямъ, къ дурной манерѣ ѣсть; но сегодня ей какъ-то особенно противно, и она рада была уйти въ спальню барышень, гдѣ на окнѣ, какъ Прасковья — Грибановой, она заваривала кофе.

Разговоръ возобновился у стола, все о томъ же, о замужствѣ младшей барышни. Старшая не сдавалась. Она начала говорить больше матери, чѣмъ сестрѣ, что этотъ бракъ почти скандальный. Какой-то заѣзжій офицерикъ, армейскій драгунъ, глуповатый, правда, смазливый, — "даже по-французски не говоритъ!" — вставила она въ число своихъ доводовъ, никто его въ московскихъ хорошихъ домахъ не знаетъ. Стоитъ онъ съ полкомъ Богъ знаетъ гдѣ, въ жидовскомъ мѣстечкѣ, въ Польшѣ... Лида вскочила и ушла въ комнату матери, но оттуда она прислушивалась къ словамъ сестры, говорившей такъ громко, что въ корридорѣ все было какъ пролито, и Ѳеклуша давно уже знала, что у Антуфьевыхъ идетъ "драная грамота" изъ за-жениха и барышни "ругаются". Эта вѣсть обошла всѣ этажи и объ ней уже говорили на кухнѣ и даже въ отдѣленіи, гдѣ живутъ кубовщикъ и полотеры.

Слушала и Петина, улаживая спиртовую лампочку подъ жестянымъ кофейникомъ.

Доводы старшей дочери еще не скоро истощились. Она почти настаивала на томъ, чтобы мать написала сыну,— онъ служилъ въ Петербургѣ,— и навела черезъ него справки объ этомъ "офицерикѣ",— не говоря уже о томъ,— добавила Мэри, все поднимая голосъ,— какъ "дико" отдавать руку и сердце послѣ трехъ котильоновъ и гдѣ?— въ дворянскомъ клубѣ, на вечерахъ, по средамъ, гдѣ бываетъ "всякій сбродъ" — и зубные врачи, и прикащики, и мелкіе адвокаты изъ жидковъ.

Мать сказала:

— Tu as raison, Mary,— и крикнула:— Лида, не извольте капризничать! Объ этомъ надо подумать.

Лида притихла; но когда компаньонка подала кофей,— надо было три раза сходить за чашками въ корридоръ,— она наскоро проглотила свой кофей, вскочила и крикнула:

— Муза! мы идемъ на бульваръ!

Петина вопросительно взглянула на барыню.

— Конечно!— закричала Лида, готовая заплакать,— мы съ Мэри обѣщали вчера!... Нельзя же обманывать.

— Кому обѣщали? Ему?— спросила мать.

— Mais oui!

Лида повернулась лицомъ къ сестрѣ и еще громче крикнула:

— Идти за него или нейти, но нельзя же такъ оборвать!... C'est ignoble! Гулять, все-таки, мы пойдемъ.

— Прикажете одѣться?— спросила Муза Прокофьевна барыню съ особенно пріятнымъ выраженіемъ лица.

— Коли вамъ говорятъ!— нестерпимо грубо кинула ей Лида.

Компаньонка молча и съ граціознымъ наклоненіемъ головы прошла въ свою "закуту".

Все у ней внутри дрожало отъ обиды и отвращенія. А руки терпѣливо приглаживали передъ зеркальцемъ, въ темнотѣ убогой и тѣсной загородки, волосы на лбу и надѣвали шапочку, и увязывала шею платкомъ.

Какъ она ихъ ненавидѣла! И прежде, до своего душевнаго "переворота", она не припоминала этакой злобы, какъ въ эту минуту. Даже руки у ней дрожали и на языкѣ, на самомъ кончикѣ, явился вкусъ горечи, точно отъ желчи.

И надо надѣвать шубку поскорѣе, а то Лида крикнетъ на весь корридоръ:

— Муза! что вы копаетесь? Это ни на что не похоже!...

Она должна идти съ ними гулять, а у ней теплые ботинки съ протоптанною подошвой и некогда ей было отдать ихъ починить... Надѣть калоши?— одна изъ барышень непремѣнно крикнетъ: "Это невозможно, Муза! Съ вами идти нельзя. Извольте снять ваши бахилы!"

И однимъ бульваромъ дѣло не ограничится. Женихъ-драгунъ пригласитъ ихъ, навѣрное, кататься на конькахъ. Коньки надо будетъ нести ей же, если не всю дорогу, то назадъ непремѣнно, и тамъ, на пруду Ѳомина, сидѣть на вѣтру и морозѣ, зябнуть, пока барышни съ офицеромъ, взявшись за руки, будутъ выдѣлывать вензеля.

— Муза! вы готовы?— раздался голосъ Лиды.

— Готова, Лидія Борисовна.

— Слава Богу!... Съ вами это рѣдко случается.

Возгласъ барышни вызвалъ въ ней цѣлый потокъ затаенной брани; она поспѣшила въ гостиную съ улыбкой на губахъ, дрожавшихъ отъ обиды и злобы.

VI

Лампа горитъ тускло и пахнетъ керосиномъ. Корридорный не вытираетъ ее какъ слѣдуетъ. Петина наклонилась надъ книгой и читаетъ. Старуха Грибанова, вся сгорбившись, сидитъ въ темномъ углу въ креслѣ, съ зеленымъ зонтикомъ на глазахъ.

— Ахъ, Муза,— прервала она чтеніе,— comme vous prononcez mal aujourd'hui!

Петина поднимаетъ глаза въ сторону старухи и кротко ждетъ замѣчанія.

— Вы, милая, совсѣмъ разучились... Кто это произноситъ: ше-зёсъ, à ёсъ... Dieu sait quoi!

— Не буду, Марья Филипповна.

— И опять слово horrible... У васъ выходитъ горрибль. Сколько лѣтъ читаете — и все ошибки!

Старуха завозилась на креслѣ и зачмокала губами — признакъ того, что она будетъ и дальше ворчать и придираться.

У Музы Прокофьевны звонитъ въ ухѣ, голова тяжелая, въ глазахъ — точно песокъ насыпанъ. Она бы прилегла; но развѣ это возможно?!

Сегодня она здѣсь будетъ читать до девяти. У ея господъ вечеръ, четвергъ, станутъ собираться черезъ полчаса; она должна разливать чай и хлопотать о закускѣ, бѣгать безпрестанно въ корридоръ и даже спуститься не разъ на кухню.

— Ecoutez donc!— прервала чтеніе старуха,— нынче опять у васъ базаръ?

— Да, нынче четвергъ.

— Вотъ вы оттого такъ ужасно и читаете, что туда торопитесь.

— До девяти я свободна. Вамъ извѣстно, Марья Филиповна. Я предупредила.

— Знаю, матушка, знаю. Вы хоть бы вашимъ дѣвицамъ сказали, что такъ нельзя кричать, какъ онѣ кричать, когда у нихъ гости, да и днемъ, когда онѣ между собою болтаютъ. Черезъ потолокъ проходитъ все. Я спать не могу по ихъ четвергамъ. Хохочутъ, мебель передвигаютъ... И все это подъ моею спальней.

— Какъ же я могу дѣлать имъ замѣчанія? У нихъ мать.

— Такъ можете отъ моего имени. Не хотите для меня ничего сдѣлать, вотъ вы что лучше скажите.

Возражать Петина не рѣшалась, да и охоты не имѣла. Вялость во всемъ тѣлѣ приковывала ее въ стулу и наполняла особою усталостью, голова дѣлалась все тяжелѣе.

— И что это у нихъ за манера?— продолжала Грибанова.— Какъ только кто-нибудь войдетъ съ визитомъ ли, вечеромъ ли, онѣ подымутъ крикъ и хохотъ.

— Манера такая!

— Воспитанія нѣтъ. Какъ же матери-то не стыдно? Вѣдь, она хорошаго рода. Еще институтки... Институтки онѣ, что ли?

— Кажется, Марья Филлиповна.

— Кажется!— передразнила старуха.— Что это вы ничего не знаете? Живете у нихъ нѣсколько недѣль, а не слыхали даже, институтки онѣ или нѣтъ.

— Институтки. Я вспомнила.

Петиной было уже настолько не по себѣ, что она даже ничего не чувствовала противъ старухи за ея ворчанье и грубость.

— Мнѣ съ ними не дѣтей крестить... Но все это подъ моими головами, подъ моею спальней. Вы должны это поставить на видъ мадамъ Антуфьевой, и сегодня же, безпремѣнно.

"Меня поправляетъ по-французски, — подумала компаньонка,— а сама говоритъ: безпремѣнно".

Въ дверь постучали.

Старуха завела этотъ иностранный порядокъ и не мало доставалось отъ нея прислугѣ за то, что входятъ, не постучавшись.

— Войдите!— крикнула она сердито.

Ѳеклуша выставила въ полуотворенную дверь свое круглое, хорошенькое личико.

— Музу Прокофьевну просятъ,— пролепетала она.

— Что это за манера?— осадила ее тотчасъ Грибанова.— Войди порядкомъ и затвори дверь! А то сквознякъ! Тамъ у васъ въ корридорѣ хоть таракановъ морозь.

Дѣвушка вошла, затворила плотно дверь и встала въ амбразурѣ.

— Музу Прокофьевну просятъ внизъ,— повторила она.

— Слышали. Больше ничего?— спросила Грибанова.

— Больше ничего-съ.

— Ну, ступай.

Ѳеклуша быстро повернулась и захлопнула за собою дверь.

— Какое же тутъ возможно чтеніе?

Старуха сердито повернулась въ креслѣ, спиной къ своей чтицѣ.

— Извините, Марья Филипповна... Я бы съ удовольствіемъ.

Голосъ Петиной упалъ. Она сама удивилась этому.

"Неужели слягу опять?" — подумала она довольно равнодушно.

Ей вспомнились безцеремонныя слова Грибановой насчетъ того, что она слишкомъ рано выписалась изъ больницы, что ея болѣзнь можетъ вернуться.

Вдругъ представилась ей камера, гдѣ она вылежала шесть недѣль, сестра милосердія, докторъ Василій Ѳедоровичъ... Какъ ей тамъ было хорошо выздоравливать! Какъ за ней ходили!... Опять бы туда отъ этого ненавистнаго "бабья", отъ этихъ барынь и барышень меблированныхъ комнатъ, отъ ихъ бездушія, грубости, воркотни, суетности, жадности, отъ непрерывныхъ и все болѣе и болѣе горькихъ и горькихъ обидъ.

Она приподнялась съ книгой въ рукѣ.

— Идите, идите!... Только, пожалуйста, извольте сказать m-me Антуфьевой, что я не могу выносить такого содома! Не уймутся ея барышни — я буду управляющему жаловаться.

— Хорошо-съ. Покойной ночи, Марья Филипповна.

— Хороша покойная ночь! Я знаю, что до пѣтуховъ не засну. Да развѣ онѣ ужинъ даютъ?

— Холодную закуску.

— Скажите, пожалуйста! Деньжонокъ нѣтъ, а туда же — разносолы!... И то сказать, deux demoiselles à marier! За кого просватана меньшая?

— За офицера.

— Да, мнѣ Каля сказывала, что сестры совсѣмъ перебранились изъ-за него. Старшая не позволяетъ.

Муза Прокофьевна только пожала плечами и улыбнулась, скосивъ ротъ.

— Завтра я вся къ вашимъ услугамъ,— сказала она и ея фальшивый тонъ уже не коробилъ ее нисколько.

Въ гостиной, у Антуфьевыхъ, шумный и крикливый разговоръ дѣвицъ стоялъ стономъ.

Сидѣло двое молодыхъ людей: студентъ въ золотыхъ очкахъ и съ челкой на лбу и штатскій — изъ "архивныхъ" чиновниковъ. Драгуна жениха не было. Ему написали утромъ письмо, что Лида слишкомъ молода, дала ему слово необдуманно и назначили ему, не отказываясь наотрѣзъ, годовой срокъ.

Лида утромъ плакала, а теперь, съ возбужденнымъ лицомъ, говорила громче сестры, безпрестанно смѣялась раскатистымъ дѣвичьимъ смѣхомъ и перебивала то сестру, то молодыхъ людей.

— Муза! Venez donc!— встрѣтила ее мать.— Le thé vous attend.

Самоваръ приготовленъ былъ у окна, съ печеньями, купленными у Филиппова, подешевле... Петина сейчасъ же стала разливать чай. Самоваръ немного пахнулъ и дымилъ. Голова у ней все сильнѣе разбаливалась. Она часто страдала мигренями; но это былъ не мигрень, а другая, болѣе тупая боль. Но она помогала ей почти ничего не думать, кромѣ того, кому какъ налить чай: послаще или покрѣпче, и кому предложить какого печенья.

Гости прибывали. Пріѣхали барыни сестры, обѣ вдовы, съ Плющихи, гдѣ жили въ собственномъ особнякѣ. Въ углу молодежи тоже прибыло: три дѣвицы и вольноопредѣляющійся. Онъ внесъ съ собою запахъ сапогъ и закурилъ крѣпчайшую папиросу. То и другое волнами ударило въ виски компаньонки, сидѣвшей за чайнымъ столомъ, вблизи этого юнкера.

Около дамъ помѣстился одинъ баринъ, ихъ общій пріятель, старый холостякъ, съ звучною дворянскою фамиліей, разскащикъ анекдотовъ и любитель-актеръ, считавшійся въ Москвѣ талантомъ-самородкомъ.

Въ который разъ въ ея жизни доносились до Петиной обрывки все того же, то тягучаго и липкаго, какъ пастила, то тараторящаго разговора объ однихъ и тѣхъ же именахъ московскихъ баръ.

— Vous savez... Marie Paul vient d'arriver.

— Pas possible!

— Le prince Alexandre Michel a eu un coup d'appopléxie foudroyante.

Это значило по-русски: "Марія Павловна" и "Александръ Михайловичъ". Давно извѣстны ей эти московскія вольности французскаго барскаго разговора; она надъ этимъ всегда потѣшалась тайно, а теперь ей не до потѣхи. Она должна думать только о томъ, чтобы не пропустить кого-нибудь изъ гостей, не оставить ихъ безъ чаю. Въ кружкѣ молодежи русскій разговоръ господствуетъ. Всѣ они хуже учены по-французски своихъ отцовъ и матерей, особенно молодые люди.

— А-а!...— разомъ встрѣтили дѣвицы Антуфьевы входящаго офицера.

И перекрестная болтовня съ раскатами смѣха поднимается съ новою силой. Входящій офицеръ осыпанъ градомъ дѣвичьихъ вопросовъ, отвѣчаетъ больше звуками, чѣмъ словами, самъ порывисто смѣется. Мэри овладѣваетъ разговоромъ, Лида перебиваетъ ее, остальныя барышни взвизгиваютъ.

"Господи!— почти стонетъ про себя компаньонка,— Грибанова сердится наверху. Я должна сказать сегодня же Антуфьевой насчетъ крика".

Но это ни къ чему не приведетъ, только вызоветъ непріятность,— все обрушится на нее же, за то, что она "суетъ носъ не въ свое дѣло".

А посмотрѣть, какъ эти самыя барышни Антуфьевы проходятъ по корридору гуськомъ, когда идутъ гулять, или, въ однихъ платьяхъ, поднимаются въ верхній корридоръ къ знакомымъ... Воды не замутятъ! Онѣ идутъ мелкими шажками, скорѣе плывутъ, чѣмъ идутъ, вытянутыя въ струнку, съ своими длинными косами по спинамъ, смотрятъ впередъ, точно у нихъ шея схвачена тисками, ни разу не взглянутъ въ сторону... Помилуйте! Развѣ это можно "pour des demoiselles de distinction"?

Это была послѣдняя злобная мысль компаньонки. Она съ милою усмѣшкой поднесла послѣднюю чашку чаю старику-холостяку и только что сѣла опять къ самовару, какъ ее начала пронимать дрожь вдоль спины, хотя въ комнатѣ температура поднялась до двадцати градусовъ.

Въ глазахъ прошлось облако и на лбу выступилъ холодноватый потъ.

Она улучила минуту, подошла къ Антуфьевой и шеннула ей:

— Простите... ужасная головная боль. За ужиномъ я не нужна... позвольте мнѣ удалиться къ себѣ.

И сдѣлала при этомъ, съ большимъ усиліемъ, просительно-пріятное лицо.

Барыня поморщилась и протянула:

— Comme vous voudrez.

Это значило: "вамъ слѣдуетъ быть при дѣлѣ, бѣгать за посудой, звать корридорнаго, предлагать гостямъ кушать".

Большая капля горечи капнула на ея душу. Ее всю передернуло и она безъ всякихъ ужимокъ и извиненій прошла въ другую комнату, освѣщенную одною свѣчей подъ абажуромъ, взяла эту свѣчу и, придя въ свою загородку, бросилась на постланную на ночь постель.

Дрожь не прекращалась. Въ комнатѣ было очень свѣжо; она и не замѣтила, что форточка стояла отворенной и черезъ нее морозный воздухъ входилъ широкою струей и прямо противъ занавѣски, прикрывавшей отверстіе ея загородки.

Голова начинала горѣть и клонило ко сну. Она забылась, но ее пробудилъ гамъ разговоровъ и стукъ ножей о тарелки.

Ужинали.

Петина съ трудомъ подняла голову и стала прислушиваться.

Все та же дѣвичья болтовня, смѣхъ, перебиранье слуховъ о "Marie Paul" и "prince Alexandre Michel".

О, какъ онѣ ей ненавистны! Она начала кусать подушку и биться объ нее головой... Ей захотѣлось, чтобы сейчасъ же загорѣлся домъ и всѣ онѣ погибли съ ихъ смѣшными замашками, мелкими душонками, съ ихъ житьемъ на чужой счетъ или на проценты, или въ долгъ, съ ихъ поскуднымъ равнодушіемъ ко всему, что не онѣ, и отсутствіемъ простой жалости къ такимъ, какъ она, которую онѣ третируютъ хуже, чѣмъ корридорнаго Евсѣя, потому что тотъ имъ сгрубитъ или сдѣлаетъ гадость, какъ довѣренный лакей управителя.

Ее била лихорадка вѣчной, безысходной обиды вмѣстѣ съ какимъ-то зловѣщимъ недугомъ, который опять подползалъ къ ней.

Послѣ припадка она ослабла, безпомощно опустилась на подушку, навзничь, и опять забылась...

Снова разбудилъ ее громкій шепотъ двухъ сестеръ, рядомъ, въ спальнѣ. Онѣ лежали въ темнотѣ,— свою свѣчу онѣ потушили,— у себя, лежали лицомъ къ Музѣ, на двухъ кроватяхъ, стоявшихъ параллельно, и въ запуски болтали о мужчинахъ.

Лида успѣла помириться съ Мэри и офицеръ-драгунъ уже не тревожилъ ее. Архивный молодой человѣкъ понравился ей сегодня, любезничалъ съ ней особенно. Мэри не ревновала: она занята другимъ — штатскимъ, помѣщикомъ изъ Коломны, "très distingué", два раза бывшимъ за границей; у него конный заводъ и еще какая-то фабрика...

Шушуканье дѣвицъ затягивалось. Навѣрное, шелъ уже четвертый часъ ночи. Петина взялась за голову: въ темнотѣ, кажется, не такъ болитъ, и ознобъ прошелъ.

"Можетъ, просто, нервы",— успокоила она себя. Но шушуканье дѣвицъ мѣшало заснуть. Какъ бы она прикрикнула на нихъ, еслибъ посмѣла!

— Лида!... Мэри!— вдругъ донеслось изъ спальни матери.— Mon Dieu... Venez donc!... Разбудите Музу.

— Что такое?

Она встала. Разумѣется, за нее же возьмутся.

— Муза, Муза! вставайте,— крикнула ей Мэри,— съ maman что-то сдѣлалось...

Одѣтая, она зажгла свѣчу и вышла изъ-за занавѣски. Дѣвицы поднялись, въ рубашкахъ и кофтахъ, и заметались.

Барыню схватили колики. Она стонала и каталась по кровати.

— Доктора!

За докторомъ слали компаньонку.

Чуть было не стала она возражать: ей самой нездоровится, какъ же она побѣжитъ, ночью, въ морозъ?

Но она не посмѣла. Голова болитъ, въ ногахъ слабость. Съ трудомъ надѣла она на себя шубку; разбудила швейцара, справилась, гдѣ тутъ по близости докторъ. Ближе Никитской аптеки нѣтъ съ ночнымъ дежурствомъ врачей.

На улицѣ снѣгъ хлеснулъ ей въ лицо и вызвалъ дрожь. "Проклятыя! проклятыя!" — шептали ея горячія губы. И ни одного извощика.

VII

Больничная камера тонетъ въ полутьмѣ, освѣщенная одною висячею лампой.

Бѣлѣютъ койки. Ихъ до десяти въ этой палатѣ тифознаго женскаго отдѣленія. Есть тяжелыя; двѣ-три выздоравливаютъ. Сидѣлка прикурнула въ углу. По камерѣ ходитъ ритмическій звукъ дыханія больныхъ. Нѣкоторыя дышатъ съ усиліемъ.

Петина проснулась и пришла въ себя. Что-то придавливаетъ ее и сковываетъ ей члены. Она лежитъ третью недѣлю. У ней "возвратный". Попала она не туда, не въ ту лечебницу, гдѣ ей было такъ хорошо, а въ простую больницу, старую, пропитанную госпитальнымъ запахомъ, на дворянскую половину. Положили ее вмѣстѣ со всѣми. При ней уже двѣ женщины умерли. Тогда она еще не впадала въ забытье. Она видѣла, какъ одна изъ нихъ умирала рядомъ, черезъ проходъ. Ихъ раздѣлялъ ночной столикъ.

Умирала молодая женщина, вдова офицера. Ее причащали уже въ полу безпамятствѣ. Повторяла она безсмысленно разныя слова. Имя "Витя" безпрестанно соскакивало съ ея языка. Пѣла она пѣсни и куплеты изъ оперетокъ, но жалобнымъ голоскомъ, отъ котораго у Петиной холодѣло подъ ложечкой и ужасъ смерти не переставалъ мутить ей остатокъ сознанія.

Хуже ничего она въ жизни не испытывала. Вотъ и ея очередь пришла. На этотъ разъ она знаетъ и чувствуетъ: это настоящая смерть. Ее не отвратишь и ничѣмъ не умилостивишь ее.

Доктора не церемонятся здѣсь. Младшій ординаторъ прибѣжитъ и пробормочетъ себѣ подъ носъ, о чемъ-нибудь спроситъ вяло и спѣшна и сдѣлаетъ кислую гримасу.

Она его возненавидѣла и почти не отвѣчала ему, жаловалась на все старшему доктору и бранила всѣхъ докторовъ и ихъ "кухню".

Старшій докторъ — изъ семинаристовъ, съ балагурнымъ тономъ, здоровенный, возмущавшій ее своимъ самоувѣреннымъ видомъ, всею своею повадкой человѣка, хапающаго большія деньги на частной практикѣ.

Раза два онъ на нее прикрикнулъ, когда она чего-то не хотѣла дѣлать, и съ тѣхъ поръ сталъ ей еще противнѣе ординатора. Сидѣлки — лѣнивыя, жадныя, бездушныя — догадались сейчасъ, что она бѣдная и "наводокъ" отъ нея не будетъ. Ѣда — отвращеніе. Посуда — оловянная: кружки и тарелки.

И каждый день одно въ головѣ, сердцѣ, кругомъ; въ этой палатѣ, во всѣхъ остальныхъ — смерть, которая придетъ не сразу. Ее надо ждать, точно въ передней ждутъ очереди у доктора, или адвоката, или сановника — просители.

Такъ протянулась первая недѣля. Въ концѣ ея Петиной стало гораздо хуже. Сознаніе подолгу смѣнялось бредомъ. Температура поднялась до крайняго предѣла.

Больною въ послѣдній разъ овладѣлъ ужасъ, уже знакомый ей по первому лежанью въ лечебницѣ, когда болѣзнь пощадила ее на время — до своего возврата.

"Возвратная!" — повторяла она, хватаясь за это слово, безсильная думать послѣдовательно и, въ то же время, потрясенная смѣсью ощущеній отчаянія и злобы.

Она испугалась всей своей прежней жизни, когда смерть дохнула на нее впервые: лжи, притворства, постыдной маски, испугалась отвѣта за такую жизнь, расплаты "на томъ свѣтѣ", жадно хотѣла жить, чтобы "стряхнуть" съ себя свою "личину".

И она была тогда чистосердечна. Она повѣрила, что можно измѣнить себя, стоитъ только искренно пожелать этого, познать истину, покаяться...

Какое безуміе!... Исправитъ одна могилка.

"Могилка!" — стала она повторять новое слово. Ее завтра выроютъ на дешевомъ мѣстѣ кладбища, въ мерзлой землѣ... А, можетъ, свалятъ и въ общую яму.

Кто позаботится о ней? Кто похоронитъ честно и благородно, какъ прилично дворянкѣ, дочери полковника, вдовѣ чиновника восьмаго класса?

Ужь не "колотовка", не Грибанова ли? Или тѣ мерзкія, бездушныя, прогорѣлыя Антуфьевы, аристократки изъ меблированныхъ комнатъ? Онѣ ее морили. Для барыни, объѣвшейся холодной осетрины съ хрѣномъ, должна она была бѣжать, ночью, въ вьюгу, за докторомъ и до утра прикладывать барынѣ припарки, когда она сама еле держалась на ногахъ.

А потомъ нѣсколько дней провалялась она. Имъ — скареднымъ и транжиркамъ на себя, въ долгъ — не пришла даже и мысль послать за докторомъ.

"Муза капризничаетъ, Муза валяется на постели, Богъ знаетъ что!"

Вотъ какіе возгласы слышала она изъ своей закуты въ то время, какъ у ней пылали щеки и голова была охвачена жаромъ. Тифозную перевезли ее въ больницу. Сосѣдка по корридору сжалилась и прислала своего доктора. Тотъ сказалъ:

— Тифъ. Возвратный.

И какъ эти барышни, съ ангельскими лицами и косами во всю спину, шарахнулись отъ нея, отъ зачумленной!

— Mon Dieu?... C'est une horreur! Она насъ заразитъ!...

Заперлись всѣ три въ дальней комнатѣ, въ спальни матери, и не выходили оттуда до тѣхъ поръ, пока ее не вынесли изъ квартиры два полотера.

Ни разу не прислали онѣ узнать, жива или уже свезли на погостъ, фунтика сахару не прислали, банки варенья.

Старуха Грибанова, для очистки совѣсти, чтобы потомъ разсказывать своимъ "кнэинямъ", прислала чтицу справиться въ контору. Навѣрное, строго-на-строго наказывала ей въ палату къ больной — Боже упаси!— не заглядывать.

Да, она лгала, хитрила, улыбалась, говорила медоточивыя

слова, поддѣлывалась. Какъ же иначе можно было поступать, чтобы прожить, не очутиться на улицѣ или попрошайкой, или щвеей съ заработкомъ въ пятьдесятъ копѣекъ въ день, на своихъ харчахъ и на своей квартирѣ?

"Такъ и слѣдовало",— повторила она, цѣпляясь за. готовыя мысли.

Вся обида жизни, двадцати-пяти лѣтъ, проведенныхъ компаньонкой и чтицей, обступила ее въ образахъ, мелькавшихъ одинъ за другимъ и вмѣстѣ... Вотъ она дѣвушкой институткой у бѣдныхъ, скупыхъ родственниковъ не то приживалкой, не то племянницей... Тетка пилитъ, жилецъ офицеръ, любовникъ тетки, пристаетъ въ углахъ съ пошлостями; дядя пьетъ и говоритъ сальности... Выдали за тихаго чиновника... Она его хоронитъ... Въ конторѣ осталось отъ похоронъ два рубля, да и еще при пособіи отъ начальства. Вдовой началось хожденіе по чужимъ людямъ. Они мигаютъ ей, растягиваются вдоль или вкось, всѣ эти рожи барынь, мужей ихъ, барышень, кадетовъ, прислуги, особенно одинокихъ барынь, не желающихъ старѣться, съ румянами на щекахъ, дѣлаютъ ей гримасы, поводятъ носами, кричатъ:

— Mais écoutez donc!... Муза... Vous radotez, ma chère.

И съ житья у родныхъ, сиротой и чтицей, она пріучилась говорить сладко, слѣдя за собою, выбирая слова, упражнялась, про себя, въ пѣвучихъ московскихъ звукахъ, точно диктовала дѣтямъ изъ хорошей книжки. И лицо свое налаживала она на тотъ же тонъ: дѣлала ротъ калачикомъ, улыбалась имъ на всякіе лады, умѣла улыбаться и глазами, опускать ихъ, поднимать — искательно, съ уваженіемъ, кротко, жантильно,— всячески... Умѣла ходить, нагнувъ голову къ лѣвому или къ правому плечу, корпусомъ немного впередъ, на цыпочкахъ или маленькими шажками, чуть слышно.

Всегда и вездѣ изображала она собою молодую вдову тонкаго воспитанія, принужденную жить "въ людяхъ".

Но какъ же могла она быть иною?

Этотъ вопросъ возвращался послѣ все новыхъ и новыхъ приступовъ полубреда, сквозь которые прощаніе съ жизнью дергало ее несмолкаемымъ ужасомъ, отчаянною и безсильною яростью.

Проклятій она уже не въ силахъ была произносить, даже про себя, но она ихъ чувствовала. Слова замѣнялись движеніями души. Она различала ихъ. Символы выскакивали въ мозгу; только не могла она овладѣвать ими тотчасъ и докладывать сознанію.

Изъ всей этой муки конечнаго разсчета съ жизнью выплыло одно чувство, покрывшее остальное: безполезность всякаго усилія, порыва, надежды на то, что станешь другой: стоитъ только захотѣть — и стряхнешь съ себя свой исконный грѣхъ... Все идетъ неизбѣжною чередой, безъ остановки, неизвѣстно зачѣмъ и куда, и забираетъ тебя вѣчно вертящимся колесомъ; а ты бьешься, лукавишь, злобствуешь, ненавидишь людей, видишь отъ нихъ новыя и новыя обиды... И все изъ-за чего?

Изъ-за куска хлѣба, изъ-за платьишка съ барскаго плеча, изъ-за того, чтобы тебя считали самоё барыней, а не судомойкой, чтобы около тебя слышался французскій языкъ и за столомъ лакей подавалъ тебѣ послѣдней то, что осталось отъ твоихъ господъ.

Умирающая вдругъ поднялась въ кровати съ усиліемъ и нѣсколько секундъ сидѣла, упираясь изнемогающими кистями рукъ въ матрацъ... Глаза ея блуждали по полутемной палатѣ. Она слышала дыханіе больныхъ и храпъ сидѣлки.

"Нешто умру?" — спросила она себя по-русски, простонароднымъ оборотомъ, и застыла въ смутномъ ощущеніи.

Страшиться смерти или нѣтъ? Чего же страшиться?... Вѣдь, это конецъ всему,— вѣдь, дальше будетъ то же, что было до сихъ поръ... Еще хуже! Придетъ старость... отъ двухъ тифовъ можетъ быть новая тяжкая болѣзнь, цѣлыми годами, отекъ легкихъ, водяная. И пока не положатъ въ больницу или не помѣстятъ въ богадѣльню, надо будетъ переходить отъ одной "колотовки" къ другой, жалованье будутъ убавлять, станутъ просто держать изъ милости, какъ, приживалку. А если будетъ слѣпнуть... Вѣдь, слѣпота вторая смерть!...

Лучше нырнуть и тамъ...

"Гдѣ тамъ?— удалось ей беззвучно выговорить губами.— Гдѣ?"

Она не знала. Ее не влекло туда. Она не боится "того свѣта", но и не тянетъ ее къ нему, какъ къ послѣднему убѣжищу мира и тишины.

Слезы умиленнаго страха передъ тайной разставанья съ жизнью не дрожали на ея отягченныхъ вѣкахъ.

На одной изъ коекъ больная завозилась, привстала и окликнула:

— Сидѣлка!

Умирающая обратила къ ней глаза и въ головѣ у ней зеленою полосой промелькнула мысль:

"Эта скоро выпишется".

Она вспомнила: больная тоже страдала возвратнымъ тифомъ, старуха-чиновница, какъ она, гораздо ея старше, за шестьдесятъ лѣтъ.

И она выпишется завтра, послѣ завтра, надняхъ, испытаетъ радость выхода на улицу, чистаго воздуха, высокое наслажденіе сознавать, что смерть позади, что живешь, какъ и другіе, молодые, здоровые и безпечные.

Сидѣлка, кряхтя, подошла къ больной, звавшей ее.

— Испить,— прошептала та.

"Испить",— повторила Муза Прокофьевна, заметалась на постели и начала вслухъ бредить.

На разсвѣтѣ она пришла на нѣсколько минутъ въ полусознаніе.

Надъ ней наклонилось широкое и потное лицо сидѣлки.

— Батюшку... не желаете?— говорила она ей громко, почти въ самое ухо.

— Что?

— Батюшку... Плохи вы, сударыня, не ровенъ часъ, чего Боже сохрани!...

Муза Прокофьевна ничего не отвѣтила и только правою рукой стала что-то спихивать.

Сидѣлка приняла это за знакъ согласія и ушла сказать старшему фельдшеру.

Глаза умиравшей остановились на койкѣ въ углу, на койкѣ старухи-чиновницы.

Та уже сидѣла на постели, жевала кренделекъ, запивая его чайкомъ.

По лицу Музы Прокофьевны проползла змѣйкой гримаса ядовитой усмѣшки, точно говорившей:

"Чаекъ попиваешь, старушенція, довольна, что завтра тебя выпустятъ и ты отправишься къ какимъ-нибудь кумушкамъ на Божедомку судачить про всѣхъ и про меня! Довольна, подлая, что ты, старая старуха, осилила "возвратную", а я умираю и мой трупъ будутъ выносить въ ту самую минуту, какъ ты станешь спускаться съ лѣстницы и унтеръ понесетъ твои пожитки!"

Въ головѣ, какъ въ густомъ туманѣ, съ красно огненнымъ освѣщеніемъ, мерцали фигуры, цвѣта, слова, смѣнялись полнымъ мракомъ и опять выскакивали.

Но надъ всѣмъ этимъ... тамъ гдѣ-то, въ тѣлѣ, въ душѣ, въ груди или въ мозгу... кипѣла, какъ расплавленная смола, и вырывалась горечь и злоба всей жизни, со скрежетомъ безсилія противъ того, что тянуло вонъ изъ этой самой постылой жизни, изъ этой жалкой и постыдной тины...

Грудь поднималась порывисто, пальцы то и дѣло выползали изъ-подъ байковаго одѣяла... Бормочущія, запекшіяся губы шептали безъ конца.

Смерть спускалась къ изголовью тяжело, поводя чернымъ крыломъ, и медлила нанести послѣдній, все искупляющій ударъ.

У ПЛИТЫ

I

В довольно просторной, но низкой кухне — жарко и полно всяких испарений. На плите несколько кастрюль и "балафонов". В духовом шкафу "доходят" пирожки. Борщок через полчаса будет совсем "во вкусе". Цыплята в кастрюльке шипят. От них идет самый сильный запах — сухарями, жареными в сливочном масле. На чистом столе приготовлено блюдо с затейливым перебором из теста, для овощей. Их четыре сорта: горошек, цветная капуста, фасоль, каштаны. Господа любят, чтобы подавалось по-старинному, покрасивее, с укладкой.

Часу с третьего Устинья без перерыва переходит от стола к плите, от плиты к крану, от крана к духовому шкафу. Чад и пыль от плиты все сильнее распирают ей голову. Краснота щек почти багровая. Пот лоснится по всему лицу и стоит крупными каплями на лбу. Она носит чепчик — приучили ее немцы, где она долго жила "на Острову". В просторной ситцевой кофте, подпоясанная фартуком, с засученными белыми, пухлыми руками — она двигается быстро, несмотря на свою полноту. Да и лет ей довольно: с осени пошел сорок четвертый. Из-под чепчика выбиваются, немного уже седеющие, курчавые темно-каштановые волосы. На один глаз — глаза у нее светло-серые — Устинья слегка косит. Вследствие постоянного отворачивания головы и лица от раскаленной плиты у нее напряжены все мышцы, брови сердито сдвинуты, у носовых крыльев складки толстой кожи пошли буграми. На правой щеке большая родинка с тремя волосками — то опустится, то поднимется. Устинья часто, при усилии, когда снимает тяжелую кастрюлю или что-нибудь толчет, раскрывает рот с одного бока и показывает два белых зуба.

То и дело обтирается она фартуком, хотя и знает, что это не очень чистоплотно. К жару она до сих пор, вот уже больше двадцати лет, не может привыкнуть настолько, чтобы совсем его не чувствовать, как другие кухарки. Она — "сырая"; зато голове ее легче бывает от постоянной испарины.

Устинья заглянула еще раз в глиняную кастрюлю, где пузырился борщок, и в эмалированную, где шипели цыплята. И то, и другое почти что "в доходе", а господа наверно не сядут вовремя, непременно опоздают, потом будут недовольны. Она все у немцев же, на Острову, приучилась готовить по часам. Вот и теперь посмотрела она на стенные часики с розаном на циферблате и бережно поставила блюдо под овощи в шкаф, чтоб переборка из теста пропеклась и зарумянилась. Ее господа не едят; но Устинья делает тесто как следует, и после сама его ест, с остатками овощей, если день скоромный. Постов она довольно строго держится; но в среды и пятницы разрешает и на скоромное, да иначе и нельзя, из-за остальной прислуги. Горничные — модницы, и даже в великий пост, со второй недели, "жрут мясище".

Немцам на Острову Устинья многим обязана, и помнит это до сих пор — кое-когда навещает их, в большие праздники. Первым делом они ее грамоте выучили. Она было упиралась, да сама скоро сообразила, что грамота и счет, хоть сложение и вычитание — куда не бесполезны. И самое не обочтут, да удобнее и концы с концами хоронить на провизии. В первое время немка-барыня сама часто ходила по близости на рынок, к Андреевскому собору; а потом перестала, начала прихварывать. Устинья без стыда и совести никогда не воровала; но в лавках процент ей платили, да на мелочах урывала, так копеек по пяти с рубля. Она на это смотрела как на законную статью дохода. Кухарочное ремесло считала она самым тяжелым, не столько от ходьбы и усталости работы, сколько от плиты. Без головных болей она не бывала ни одной недели, и весь ее характер портился единственно от жара и чада. В девках, дома, в деревне, она была мягкая, как тесто, ласковая, тихая и словоохотливая; с тех пор, как в кухарки попала, стала хмуриться, больше все молчать; а внутри у нее, к тому часу, когда плита в полном разгаре — так и сверлит, так и сверлит. Тут не подвертывайся ей: пожалуй, из чумички и кипятком ошпарит.

К немцам Устинья поступила еще полумужичкой, кое-что умела стряпать, что успела подсмотреть у настоящего повара, когда жила в судомойках, в русском трактире, куда и чиновники ходили есть шестигривенные обеды. Заглавия она легко запоминала и "препорцию". Но все-таки была она так себе, "кухарец", как называл ее один сиделец овощной, рублей на пять жалованья. Барыня немка по-русски чисто говорила; любила зайти в кухню и даже подолгу в ней побыть; стала, вместе с грамотой, показывать Устинье, как готовить разные немецкие закуски, форшмаки, картофельные салаты, с селедкой, и всякого рода "хлебенное", к чему Устинья, еще в деревне, имела пристрастие, когда пекла там пироги, ватрушки, "конурки". На Острову она научилась даже делать "штрудель" из раскатанного теста с сухарями, корицей и яблоками, какого ни один и дорогой повар не умеет.

Грамотность повела и к чтению поваренных книг. Сначала она плохо схватывала самый язык этих книг и туго запоминала вес и количество "по печатному". У немки было несколько книг: Авдеева, Малаховец и еще тоненькая книжечка, где все больше польские блюда. Барыня ела мало; но семейство было большое и хлебосольное, совершенно на русский лад. Доходы начались порядочные, как только барыня перестала сама ходить на рынок; практика для Устиньи разнообразная, и привычку она себе выработала готовить по часам. Потом, когда барыня сделалась совсем болезненной, расходы по столу уменьшились; зато надо было готовить и легкие вещи для слабого желудка, детям, старухе-теще особенно, а барину с приятелями — непременно такие же сытные и пряные блюда.

Незаметно, в три-четыре года, из "Устиньи Наумовны" вышла кухарка "за повара". Она видела, что ей цена — не пять и даже не семь рублей. А дела было все-таки много. Устинья этим воспользовалась без истории, прямо подыскала место на двенадцать рублей, объявила это господам; они такой цены не дали, и она отошла; но сохранила с этим семейством связь; не иначе поминала, как добрым словом немку-барыню.

После того, ни к одним господам не чувствовала она ничего подобного. Плита держала ее в постоянном глухом раздражении. Она себя "сокращала", редко когда грубила, водки не пила; иногда бутылку пива. Ходьба на рынок только и освежала ее по утрам. Без рынка она бы совсем задохнулась. Рынок же доставлял ей доход, на который она теперь смотрела уже как на главную статью, а на жалованье — как на придаток. Не могла она подолгу оставаться на одном месте. Кухня, какая бы она ни была, начинала давить ее теснотой, однообразием своей обстановки, чадом, жарой и запахом. К делу она не имела настоящей любви, и готовила хорошо, действительно "за повара", потому что это ей далось и вошло в ее достоинство, в амбицию. Всяким замечанием она внутренно оскорблялась, и на русских барынь смотрела как на капризных детей, ничего несмыслящих, неспособных даже рассказать толковым языком, как изжарить бифштекс.

При поступлении к новым господам, Устинья прямо спрашивала: есть ли прием гостей и как велико семейство, и не скрывала того, что процент с зеленщиков и мясников для нее "первая статья". Если семейство маленькое и приема нет — она не соглашалась идти и на пятнадцать рублей, даже и на двадцать с кофеем, чаем, сахаром и разными другими "пустыми приманками", по ее выражению.

И ее брали: она не воровала без меры, не пила, была довольно чиста "вокруг себя", чрезвычайно аккуратна насчет часов и умела готовить решительно все, что входит и в домашний, и в званый обед, с придачей разных немецких, польских и даже коренных итальянских блюд; она им выучилась, живя у старого профессора пения, родом из Милана.

II

Без судомойки или "мужика" Устинья, в последние пять-шесть лет, не желала нигде жить. Она сурово отстаивала свое поварское достоинство, ни под каким предлогом не соглашалась чистить ножи и мыть посуду. В иных местах ходили дневальные бабы, в других нанимались младшие дворники или держали особенных "кухонных" мужиков.

Судомойку недавно разочли. Сама Устинья просила об этом. Выдалась "несуразная", да вдобавок еще неопрятная бабенка и начала пошаливать: то форма пропадет, то фунта масла не досчитаешься. Да и работы нет такой, как у мужчины: копаются, нечистоплотны, с посудой обращаться непривычны, над ножами только потеют, а чистка — "горе".

Вчера старший дворник докладывал барыне, что у него есть на примете парень, самый подходящий. Устинья еще не видела его; он должен был явиться перед обедом. Барыня сказала ей сегодня утром:

— Я в это входить не буду. Вам с ним иметь дело... Заставьте его поработать. И если он годится — переговорите насчет цены. Мы больше восьми рублей не дадим, с нашей едой, и за угол будем платить — в дворницкой; а в квартире ему ночевать места, вы сами знаете, нет.

Устинью барыня вообще "уважает". До сих пор не было еще между ними никаких историй; а живет она у этих господ уже около года. В первое время, барыня, просматривая счеты, находила не раз, что на провизию идет больше, чем шло прежде. Устинья слегка обиделась и предложила платить ей по стольку-то на день, по числу "персон", и на гостей полагать особенно. Господа на это не пошли — и дело обмялось. Выбор судомоек и кухонных мужиков везде предоставляли ей.

Обед совсем готов, кроме соуса к рыбе. Судак уже достаточно проварился в длинной жестяной кастрюле. За него Устинья поставит рубль семьдесят копеек; но заплатила она за него полтора целковых. Она с рыбы сама взимает процент, потому что не в ладах с содержателем того садка, где до сих пор брала рыбу; а временно покупает — где придется; стало, и настоящего процента еще не имеет. Рыбу, чтобы она не переварилась, Устинья отставила; но еще надо приготовить соус.

С этим соусом следует отличиться — и с первого же раза. Барыня сама в кухне почти что ничего не смыслит; но барин любит тонко поесть, и кое-когда, вдруг, что-нибудь такое выдумает, позовет ее и начнет растолковывать на свой лад — как составить особенную приправу к рыбе или к зелени. Получает он французскую газету, и там печатают, изо дня в день, обеденное меню; а что помудренее — там же объясняется.

Вот он третьего дня и передал Устинье, уже через барыню — соус делать к разварной рыбе вроде того, как к мотлёту полагается: на красном вине и бульоне, с лучком и вареным, мелко накрошенным картофелем. Барыня принесла газету, по-русски перевела Устинье, да маловразумительно; однако они столковались. Мудреного тут нет ничего; только пропорция показана маленькая, человека на три; а здесь садится, каждый день, без гостей, семь человек. Устинья должна была сообразить. Случилось слово: "литр", — насчет пропорции красного вина. Барыня не сумела ей объяснить, больше ли это бутылки, или меньше, — справиться не у кого было — барин уехал со двора. Сообразила она и тут, что больше полутора стакана не следует вина, коли человек на семь — на восемь.

Только что Устинья стала приготовлять все, что нужно для этой новой поливки из французской газеты, как кухонную дверь с задней лестницы тихонько приотворили и просунулась белокурая мужская голова.

— Чего надо? — окликнула она строгим голосом.

— Это я, матушка, мужик кухольный.

Вошел несмело и дверь оставил приотворенной мужичок лет двадцати пяти-шести, в синей сибирке, чисто одетый, в больших сапогах и на шее желтый платок; росту среднего, немного сутуло держится, с узкими плечами, лица приятного, волосы светло-русые, тонкий нос и серые большие глаза; бородка маленькая, клинушком.

Устинья быстро его оглядела. Он ей показался подходящим. Лицо его ей понравилось.

— В кухольные? — переспросила она.

— Точно так, матушка.

— Положение знаешь?

И этот вопрос был задан таким тоном, чтобы он сразу почувствовал, что она в кухне командир, и от нее он будет зависеть вполне.

— Знаю, матушка.

Произносил он высоким тенором, и выговор его она сейчас же признала за свой, природный, волжский "верховой", от которого она в Петербурге почти что отучилась. Он говорил на "он" — и очень мягко.

— Положение такое, — повторила она, — жалованья семь рублей.

— Влас Иваныч... — заикнулся парень, — сказывали: на восемь рублёв.

— Семь, — повторила Устинья.

Лучше выторговать рубль, и после, если окажется старателен, прибавить еще рубль, как будто в награду за усердие и по своей протекции.

— Маловато... поштенная!

И слово "поштенная" напомнило ей деревню.

— Больше не дадут; харчи хорошие, чай будешь пить, за угол — в дворницкой — плата хозяйская. Чего тебе еще? — спросила она уже помягче.

Парень почесал в затылке, но тотчас же наклонил голову и, глянув на нее вбок своими выразительными серыми глазами, выговорил:

— Пущай-ин так будет, матушка.

Это слово "матушка" он произносил особенно мягко, точно он с барыней разговаривает.

— Да ты где живешь-то?

— Я-то? Здесь, по близости, в Спасском переулке, на Сенной.

— Мне ведь сёдни нужно к обеду.

Устинья из своих прежних, крестьянских слов удержала "сёдни", хотя при господах его не употребляла.

— Мы с полным удовольствием. Я останусь. А переберусь к вечеру — если так.

— Вот я еще посмотрю, — сказала Устинья, разводя в горшочке дичинный бульон, — как ты со службой своей справляться будешь.

— Известное дело, матушка.

Парень был подпоясан пестрым кушаком так, как подпоясываются разносчики. Он шапку положил на лавку и стал распоясываться. Под сибиркой у него оказались: жилет и розовая рубаха, навыпуск. Устинья и на одёжу его поглядела вбок, продолжая мастерить соус.

— Сейчас-то еще нет настоящей работы: а вот вынеси-ко там корзинку с мусором да подмети здесь.

— Слушаю.

Он снял сибирку, засучил рукава и собрался брать корзину.

— Тебя как звать?

— Епифаном.

— Откуда ты? Паспорт, небось, при тебе?

— При мне, матушка. Я — мижегородской, по казанскому тракту.

Епифаново "мижегородской" — с буквой "м" — пришлось по душе Устинье.

— Так мы земляки? — откликнулась она. — Про Горки село слыхал?

— Как не слыхать, матушка!.. Я — гробиловский. Шелеметевская вотчина была до воли.

Он даже и фамилию Шереметевых произносил с буквой "л" как истый нижегородец.

— А я из Горок, — сказала Устинья и в первый раз улыбнулась.

III

Около месяца живет Епифан в кухонных мужиках. С Устиньей он ладил с каждым днем все больше и больше. Держал он себя все так же смиренно, истово, головы никогда высоко не поднимал, говорил мягко и тихо, так что горничные — их две — первые дни и голоса его не слыхали; начали даже подшучивать над ним по этому поводу.

Устинья взяла его под защиту и все повторяла им:

— Нетто все такие халды, как вы — охтенская команда?

Из них только Варя была действительно с Малой Охты; да Устинья уже заодно дала им такое прозвище.

Варя — ужасная франтиха, и что ни праздник — сейчас же отпросится в театр, и после, в кухне, за перегородкой, утюжит мелкие барынины вещи и мурлычет без перерыву. Даже Устинья вчуже выучила, слушая ее:

Какой обед нам подавали!

Каким вином нас угощали!..

И Варя, и Оля, за обедом, продолжали подзадоривать

Епифана. Он ест медленно, по-крестьянски, часто кладет ложку на стол и степенно прожевывает хлеб. Варя ему непременно скажет:

— На долгих отправились, Епифан Сидорыч...

И обе враз прыснут.

И тут опять Устинья должна их вразумить. Они никогда не ели по-божески, как добрые люди едят, в строгих семьях, а так, урывками, "по-собачьи". Одно слово — питерские мещанки, с детства отбившиеся от дому.

Епифан никогда не начинал есть мяса из чашки, и дожидался, чтобы сказали:

— Можно таскать!

Спросил он чуть слышно насчет "тасканья" — и опять обе горничные подняли его на смех за это "мужицкое слово".

— Таскать! Таскать!.. — повторяли они. — Что — таскать? Платки носовые из карманов? Ха, ха, ха!..

Он даже покраснел и посмотрел на свою защитницу. Устинья, на этот раз, не в шутку рассердилась на "охтенских халд", и отделала их так, что они прикусили языки; но, на особый лад, переглянулись между собой.

И это заметила Устинья. Переглянулись они: "Кухарка, мол, подыскала себе тихонького дружка и держит его у себя под юбкой".

Такое подозрение сильно ее взорвало; она вся побурела, но браниться с ними больше не стала; только целую неделю плохо кормила и барских остатков не давала ни той, ни другой.

Как могли они — "халды!" — думать срамно о ней и о Епифане, когда у нее даже и в помышлении ничего не было?! Она если не совсем старуха, так уж в летах женщина, а он молодой паренек, и в сыновья ей годится.

После этой выходки девушек за обедом, Устинья часто что-то возвращалась мыслью в кухонному мужику. Точно будто они, своим переглядыванием и смехом, что-то такое у нее на душе разбудили.

В первые еще дни после того, как Епифан поступил в ней, Устинья, угощая его чайком в кухне (никого кроме них не было), в сумерки, полегоньку, между передышками питья вприкуску, осведомилась о его семье, женат или холост, велика ли родня, и как ему насчет солдатчины предстоит?

На все это Епифан толково, почти шепотом и с еще большими расстановками в похлебывании чая с блюдечка, отвечал ей, сидя на лавке, у стола, в одной уже рубахе. И он, и она, выпили по четыре чашки.

Он был младший сын солдатки, вдовы, жребий взял

хороший и в солдаты угодит разве только в ополчение, да и льготу имеет, как грамотей — он прошел все классы училища. Семья — бедная; братья разделились — их трое; он женат.

Известие, что Епифан женат, как-то ей не показалось. Однако, она не пустилась его расспрашивать: какова жена, собой красива ли, из какой семьи, есть ли дети, женился по согласию с нею или так, из расчету, по крестьянской необходимости взять бабу, для работы и хозяйственного обихода.

Но Епифан ничего, по-видимому, не утаил. Женили его по девятнадцатому году, когда только один старший брат жил отдельно. Земли, по уставной грамоте, приходилось, пожалуй, по три десятины, да земля — тощая; а деревня, хоть и близко к городу, но доходным промыслом не "займается", была прежде всегда оброчной при господах и промышляли кое-чем, извозом и бурлачеством и на ярмарке всякой работой; которые и огородишком кормились; бабы в город все тащили, по воскресеньям пряжу, грибы, ягоды, а теперь и носить-то нечего. Мать ослабла совсем, и после выдела двоих старших братьев — второй в солдаты попал — еле перебивалась. Он при ней остался, в старой избе. Коровенка одна, пара овец — и то, по нынешнему времени, в редкость.

Жениться ему не хотелось. Мать упросила. В соседней деревне, Утечино, посватали девку, старше его года на четыре, старообразную с лица, не очень бойкую ни на разговор, ни в работе; только они с матерью поверили слуху, что за ней денег "отвалят", и приданое — четыре больших короба. Ходили слухи, что она "согрешила", оттого и за бесчестье можно получить прибавку. Однако, никакого "богачества" не оказалось. Короб один всего приданого дали кое с чем, да свадьбу сыграли на шестьдесят рублей, да сорок рублей в дом она принесла — вот и все.

Устинья слушала рассказ Епифана и про себя хвалила его истовость, то, что он не жаловался, не срамил жены насчет ее греха, и не начал ей расписывать про постылую женатую жизнь; он дал только понять, что с первых же недель жена ему стала неподходяща. Она забеременела, родила девочку — должно быть, "заморыша" — и после родов здоровьем начала перепадать; девочка не дожила и до году. Ему в семье делалось "не по себе" — так он и выразился. Он и взял паспорт, сначала у Макарья на ярмарке служил, тоже кухонным мужиком в армянской харчевне. Случай вышел ему с купцами ехать в Москву и до Питера добраться.

Так правдиво и обстоятельно поговорил о себе Епифан, что

и Устинья ему кое-что рассказала про свое деревенское житье бытье. Сначала так, вкратце, а потом и вспоминать полюбила про разные разности из девичьей своей жизни. Она из той же почти "округи", только на арзамасском тракте. И они были крепостные, она еще помнила все отлично, ее тогда уже замуж отдавали. И она, как Епифан же, шла по-старинному, попала за хорошего парня; но лоб ему в скором времени забрили, перед самым объявлением воли. Солдаткой она рано из деревни ушла и рано овдовела, муж на службе, в горах, помер, где-то на китайской границе, она никогда не могла выговорить, в каком месте.

Епифан слушал Устинью, за таким вечерним питьем чая, с особенным выражением лица и поклонами головы, как почтительный сын слушает родную мать; это ей очень льстило. Она бы ему охотно рассказала про разные соблазны, через какие прошла в Питере солдаткой, да еще вдовой и приятного вида; но сразу она не хотела очень-то его баловать — того гляди, зазнается и начнет запанибратствовать. Он парень неглупый, и мог легко понять из ее слов, что она себя — "не в пример прочи-им" — соблюдала довольно строго. Сходилась ли она, нет ли, с кем-нибудь, когда еще была молодой бабенкой — на это Устинья никакого намека не сделала; но всеми своими речами давала ему почувствовать, что с нею и следует обходиться почтительно.

IV

Точно "шайтан", вселился потихоньку Епифан в сердце Устиньи. Так и она называла его по-деревенски "шайтаном", уже после того, как он ее всю к себе притянул...

Снаружи все было по-прежнему, даже горничные-задиры, и те ничего особенного не замечали; кухонного мужика они оставили в покое, за обедом над ним не смеялись, совсем как будто и нет его тут. А он все такой же, каким был и при поступлении: больше помалчивает, ест медленно, и первый ни к какой еде не приступает; всегда ждет, чтобы другие начали.

Да и приблизив его к себе, Устинья, в первые дни, смотрела на него, как на сироту. Что-то материнское к нему чувствовала. Ей делалось совестно самой себя за то, что она "старуха", и вдруг пользуется таким молодым человеком; а его она жалела и не ставила ему в вину того, что он ее подбил на грех, на запоздалую страсть.

Винить его она не могла. Нельзя ей было говорить, что он ее подбил, одурачил, опоил каким-нибудь дурманом. Это случилось — она и сама не понимает, как. Жалко ей стало его чрезвычайно, — она его, как паренька по двенадцатому году, приласкала... И только позднее она стала испытывать на себе его силу. Говорит он ей тихо, полушепотом, смиренно; но каждое его слово входит ей внутрь, и взгляд его серых глаз, немножко исподлобья, пронизывает ее. Вид у нее такой, точно будто она хозяйка, а он — ее батрак; на деле же совсем по-другому становилось. Она еще дивилась тому, как он не догадывается о своей власти над нею, не начинает мудрить, не вытягивает из нее всех жил...

Не может он не смекать, что у такой кухарки, как она, должны быть деньги. По его тихим, проницательным взглядам она замечала, что он отлично соображает, какой доход приносит ей, каждую неделю, одна провизия. Он грамотный и видит, что она за цены становит в записной книжке, которую показывает барыне. Цены ему отлично известны. Живя по трактирам, он запоминал их, да и теперь не пропустит случая осведомиться. Устинья не скрыла от него, что она "благородно" пользуется процентами в лавках. Считать он умел скорее ее, и давно привел в известность, какой может быть ее месячный доход. Но вот они уже больше месяца в связи, а Епифан ни разу не заикнулся даже насчет ее сбережений, ничего не попросил, на выпивку или в деревню послать лишний рубль. К вину он склонности не имеет, и его трезвость была не наружная только, а настоящая.

Устинья в двадцать лет житья на местах отложила несколько сот рублей. Сначала она носила по мелочам в сберегательную кассу, потом купила билет с выигрышем, другой, третий... Два раза в год она их страховала, мечтала о кушах в десять тысяч — дальше она не шла в своем воображении, — упорно продолжала верить, что не первого марта, так первого сентября она непременно выиграет. Кроме билетов, были у нее и наличными, в разных мешочках, затыканных в белье и платье ее кованного сундука, стоявшего под кроватью. Билеты она держала у себя, хоть и сильно боялась пожаров. Слышала она про то, что всего лучше положить билеты в банк на хранение; но она на это не решалась... Надо было исписывать много листов, да и узнается, да и как бы не вышло затруднения при обратном получении денег. Купонов она не отрезала; знала, что выигрышные билеты дают проценты очень малые; но все-таки держалась их исключительно.

Не один уже раз, глядя со слезами нежности в глазах на своего Епифашу, она готова была ввести его в денежные тайны, даже похвалиться немного своим капиталом, посулить ему что-нибудь на разживу... Но она все ждала, что он первый начнет говорить ей про свои нужды.

Но Епифан не просил у нее денег. Про деревню ему приводилось говорить, про то, что оттуда все требуют помощи, что он "по силе возможности" посылает; но жалованье его известно, а доходы — какие же?..

Вот эти "доходы" и повели к объяснению. И тут он поступил так, что она его, про себя, великой умницей назвала.

Сидят они вдвоем, за чаем, разговор идет о кухарках, о жизни у господ, о тягостях кухонной службы, о плите, о частых головных болях Устиньи. Ее медовый месяц с другом делал ей кухню и плиту еще постылее. Бросила бы она все это и обзавелась бы своим домом, да еще при такой умнице, как ее любезный.

Епифан, как бы про себя, выговорил:

— Жалованья своего вы, чай, не проживете!

Он все еще продолжал говорить ей "вы", Устинья Наумовна.

— Известное дело, — ответила она и поглядела на него вкось.

— А процент (он произносил с ударением на "про") превосходит жалованье.

И это он сказал не тоном вопроса, а как вещь несомненную.

— Ты спрашиваешь, больше ли процент супротив жалованья?

Вопрос Устиньи звучал уже совсем задушевно. Тайны она перед Епифаном не хотела иметь.

— Так точно, — чуть слышно вымолвил он и посмотрел на нее продолжительно.

В его взгляде Устинья увидела, до чего он ее довести желал.

"Ты, мол, доходом пользуешься безвозбранно; но все-таки ты из господского кармана не одну сотню в год вынешь этаким манером. Я — твой помощник по кухне, несу на своих плечах всю черную работу, знаю очень хорошо, чем ты пользуешься, и молчу... Так не лучше ли будет нам делиться, по-честному, без всяких лишних разговоров?"

Все это она нашла во взгляде его серых, тихо пронизывающих глаз, и на другой же день сама первая объявила ему, что он от нее каждый месяц будет получать то, "что ему следует".

— У меня жалованье, у тебя — другое, — вразумительно

говорила она. — Ты не меньше моего трудишься. С моего доходу и тебе должна идти доля.

Доля эта была третья, и он стал ее получать на руки. И так он был растроган этим "неоставлением" Устиньи, что только, без всяких слов, много раз на дню прижмет ее тихонько к своей груди и глазами обласкает.

Никаких у них историй из-за денег, ни попрошайства, ни вытягиванья. И ничего она для него из провизии не утаивает. Он не лакомка. Когда-когда оставит ему кусок послаще, и не спрашивает его, куда у него идут ее деньги, домой ли отсылает, или на что тратит. Подозрений насчет гулянок с женским полом, на стороне, у нее нет. Епифан любит хорошую одёжу и купил себе пиджак и толковую жилетку; но видит она, что у него к транжирству никакой нет склонности. Хмельным ни разу не приходил. Все им в доме довольны — и старший, и остальные дворники. Устинья сообразила, что он их чем-нибудь ублажает.

"Халды" — горничные тоже стали с ним заговаривать, и "Варька" куда не прочь была бы "хвостом вильнуть", да он с ними все так же себя держит, как и внове. Полегоньку и они перед ним спасовали, даром что он кухонный мужик.

И сама не может уже распознать Устинья, как она любит своего Епифашу... Всячески любит: и жалеет его, и боится его, и льнет к нему...

И все тошнее ей делается стряпня, — целый день возиться и сдерживать себя на людях... Точно она — прикована к этой плите, а ее возлюбленный — вольный человек: сегодня тут, — завтра взял паспорт, да и утек. Не век же он будет оставаться кухонным мужиком. А года-то идут... Она через пять лет совсем старуха; он — еще кровь с молоком, только в возраст вступит настоящий, к тридцати годам подойдет.

И жар кидался ей в голову от всех этих дум, не меньше, чем от плиты.

V

О том, что у Епифана есть жена, Устинья одно время точно забывала... Ведь он ей сказывал, что жена старше его, женился он на ней, не любя ее, считает "ледащей" бабенкой, к ней его нимало не тянет. Будет ей посылать отсюда когда — денег, когда — немудрый гостинец, с "аказией".

Но чем глубже забиралась в душу Устиньи страсть к Епифану, тем ей ненавистнее делалась самая мысль, что, как-никак, он все-таки женат, у него баба есть, и эта баба его законная "супруга". Может ведь и сюда пожаловать, особливо, когда старуха помрет. Детей у них нет. Что ж она там одна будет оставаться?.. Земли малость, пахать некому... Она возьмет да и явится.

И потом, какова бы она там ни была, все-таки она молодая баба. Ведь он никогда не говорил, что она уродина, а только — старообразна. Кто ее знает, — может, теперь раздобрела. Ей житье не плохое: Епифан помогает семье.

Ходит Устинья вокруг плиты и точно под ложечкой у нее что сверлит. Надо ей делать бешамель к телятине, а она никак тревоги из себя не может вытравить. Вот сейчас совсем забыла прибавить в заправке сахару, как барин любит. Прежде у нее всякий соус или подливка в голове так и выскочит: все, до последней малости, и что после чего положить, и сколько минут подержать на огне, и в какой пропорции; а тут, на таком пустяке, как бешамель, и чуть не сбилась!

Постоянное присутствие Епифана волнует ее. Он никуда почти не отлучается и так ловко и скоро справляет свою черную работу, что успевает и ей, по поварской части, помогать. Кое-что он знал и прежде, а теперь мог бы уже простой, незатейливый обед и весь сготовить. Если б ему подручным в большую кухню, к хорошему, ученому повару, из него бы и теперь еще вышел неплохой кухарь. Но в нем нет настоящей охоты в этому делу, как и в самой Устинье. Он также не любит плиты, постоянного жара и чада... И он так рассуждает, что за поварскую и кухарочную службу — "всякие деньги дешевы". Слыхал он, что в отелях и ресторанах французам, а случается и русским, главным поварам, до трех тысяч платят. Вряд ли бы он польстился и на такое жалованье!

Епифана совсем не туда тянет. У него склонность к промыслу, к торговле, к толковому обхождению с деньгами. И не так, что в "ламбар" положил, да и отрезывай "купончики", а так, чтоб своей собственной головой из одной копейки сделать пять и десять в один год.

Устинья, при всей его сдержанности, поняла это, и в ее голове стали роиться мысли все вокруг того, как бы Епифана привязать к городу окончательно. Деревенские порядки ей были довольно известны. До тех пор, пока ты в крестьянском обществе числишься — ты закрепощен. Захочет общество, и откажет тебе в высылке вида, и могут тебя туда по этапу прогнать. Надо Епифана совсем освободить, чтоб ни староста, ни волостной писарь, ни старшина, ни мать, ни — главное — жена, не могли держать его в зависимости от деревни.

Спрашивает она его в тот самый день, когда она на бешамеле чуть было не запнулась:

— Епифаша, а коли бы у тебя теперь в кармане до тысячи рублев было, ты нетто остался бы в крестьянстве?

Он на нее сначала поглядел, по-своему, снизу, из-под длинных ресниц:

— И в деревне можно, по нынешнему времени, многим займаться, — уклончиво ответил он.

— Однако ты городской, по всему. Ежели б, например, к мещанскому сословию приписаться?

— Даром никто не выпустит. Что ж о пустом говорить!

Слово "пустое" ее даже обидело. Епифан как будто не мог сдержать досады: "И зачем-мол ты меня только дразнишь, а серьезного ничего в моем положении не изменишь!"

Это задело ее. И захотелось ей сейчас же доказать ему, что она не на ветер говорит, а если б он не ёжился и прямо ей свои все сокровенные желания выложил, она бы освободила его от деревни, от мира, от жены постылой.

С жены Устинья и начала.

— Ведь я, до сих пор, не знаю, Епифан, — заговорила она, степенным, почти суровым голосом, — в каких ты чувствах к своей фамилии? Может, ты так только говоришь, а между прочим для тебя твоя баба — большая привязка, и ты от нее и по доброй воле не отойдешь.

— Куда же я отойду? Да и зачем? Пока по городам буду жить, кто же меня станет тревожить?.. Там ведь тоже деньга-то нужна, а от меня идет хорошая благостыня.

— Однако баба твоя — на ногах. Детей у вас нет. Мать умрет, она и пожалует самолично, под тем предлогом, что ей хозяйничать не над чем, а здесь она хоша в стряпухи на извозчичий двор пойдет.

— Без моего разрешения этого не будет, — спокойно заметил Епифан.

— Все-таки! Вот видишь, Епифаша, — она продолжала ужо гораздо мягче, — твою судьбу я бы с великой радостью устроила. Только надо, чтоб уж никто тебя из деревни не беспокоил.

И они начали разговаривать по душе тихо-тихо. Кстати и в доме-то никого не было, кроме детей с гувернанткой, да больной их тетки, а горничные шили в комнатке, около передней. Устинья прямо его допросила, сколько это будет стоить, если б, в самом деле, выйти из крестьянского сословия.

Он начал соображать и сказал ей приблизительно сумму. Надо будет землицей своей почти что совсем пожертвовать. Это бы еще не Бог весть какая потеря, но, по его рассуждению, выходило, что не стоит это делать. Были бы только "настоящие" деньги — кто ему мешает, чем хочет, заниматься в Питере: в артель поступить, торговлю открыть, даже и в гильдию записаться?

Устинья опять упомянула о жене.

— Это даже смеху подобно! — возразил Епифан, и засмеялся немного в нос. — Чего же ее бояться? Окажусь я исправен насчет денежных пособий — и она будет сидеть там, в Грабилове. Совсем она не такого характера, чтоб ее в столицу тянуло... Как есть самая простая баба, нрава угрюмого, и опять же привычна к своему хозяйству — и в услужение, без крайней надобности, не пойдет.

Такие доводы все еще не вполне успокоили Устинью.

— Опять же и то взять, — более спокойно говорил ей Епифан, — ежели я к мещанству припишусь, она должна, по мне, к тому же сословию отойти. Таким манером она скорее теперешнего угодит в Питер. В те поры у нее не будет уже никакой задержки: избы, хозяйства или землицы. Ко всему этому она приставлена и отчетом передо мною обязана. Тогда она за мной, как раз, увяжется. В крестьянстве ли, в мещанстве ли — от нее окончательно не отвяжешься; она не сапог! — добавил он, и так улыбнулся, что Устинье, в первый раз, сделалось не по себе — столько было в усмешке его несколько бледного рта тихой "язвы".

Она примолкла и точно побоялась продолжать дальше этот задушевный разговор, который сама же вызвала.

Но ей не было уже ходу назад. С ее амбицией нельзя, как пустой болтунье, только раздразнить человека, а ничего ему не указать существенного.

Она должна была это сделать. Разговор возобновился и шел каждый вечер, за чаем; она сама возвращалась к нему. Епифан уже в подробностях узнал, сколько у нее накоплено экономии. И он сам стал сообщительнее насчет своих желаний и расчетов. Да и чего ему было скрывать то, что он хоть при небольшом капитальце, на первых порах, мог бы приняться за такое дело, которое сулит всего больше пользы? И он так при этом улыбнулся глазами, что Устинья прочно уверовала в то, как быстро хотел разживиться ее "сердешный друг".

VI

До весны они толковали промеж собой только о своих делах, расчетах и мечтаниях. Полегоньку Епифан стал расспрашивать Устинью про господ. В барские комнаты он почти что не был вхож. Кухонному мужику не полагалось входить туда; разве барыня позовет, чтобы послать куда-нибудь; в таких случаях она вызовет его на темную площадку перед столовой. Самовар вносили и уносили горничные. Он мог бы это делать, но барыня не терпела запаха смазных сапог. Она и полотеров с трудом терпела, и в их дни сама уезжала всегда со двора. В эти дни и Епифан иногда призывался помочь в перетряхивании ковров или в установке более грузной мебели. Барину он начал чистить сапоги, галоши, а потом и платье; но до себя его барин тоже не допускал, разве когда, по близости, пошлет, так как он грамотный и адреса не перепутает.

Но все-таки он хорошо ознакомился с квартирой, расположением комнат и даже, через Устинью и своими наблюдениями, составил себе верную картину семейства и вообще всей жизни, и отдельно о каждом человеке.

Дети были как дети... Один мальчик, лет десяти, и три дочери, тоже все малолетки, учатся в заведениях, но живут дома. Мальчика одного пускают, а девочек возят в дурную погоду, а в хорошую посылают с одной из горничных, с Олей.

При девочках — гувернантка, мамзель, швейцарка, молоденькая, из себя некрасивая и тихая. От нее людям никакой обиды нет, да она и плохо еще понимает по-русски. Родители — мать с отцом — детей любят, много тратят на их ученье, и на одёжу, и на книжки, игры всякие; детская комната, где они занимаются, больше гостиной и полна всякой всячины. Епифан рассматривал не раз, что там стоит и висит по стенам. Мальчик, Петенька, полюбил его и кое о чем ему рассказывал, даже маленькую электрическую машину ему заводил. Ходит к нему на дом студент, почти каждый день; а к девочкам — русская мамзель и музыкант, еще молодой человек с длинными, до плеч волосами. Барин — средних лет, в обхождении строговат, но его в доме совсем не слышно, занят целый день, и дома, и в должности своей, в каком-то "Обществе". Знает Епифан, через швейцара, что каждый день, в пятом часу, барин ездит на Остров, на биржу. Стало, денежные дела делает, да и кабинет у него такой, какие у денежных людей должны быть — с конторкой, этажерками и с железным шкафом, привинченным к полу. Такого шкафа Епифан, до того, еще никогда не видал. С полотерами он раза два возился в кабинете и хорошо этот шкаф осмотрел. Штука — дорого стоит, и они еще тогда, с одним из полотеров, побалагурили: "Что есть-де искусники, и в такую посудину могут проникнуть".

Насчет барыни Епифан держался мнения Устиньи: рыхлая, с болезнями, привередлива; в сущности — ни во что не входит; выезжать не любит, а к ней — милости просим, пообедать и в карточки — картежница завзятая, а то — по целым дням лежит на кушетке и книжки читает, кое-когда в классную заглянет и детей больше барина балует.

В доме много значит сестра барина, пожилая девушка, вся скорченная от "болестей", святоша, Евгения Сильвестровна; у нее своя большая комната с уборной. Устинья сильно недолюбливала ее и немало "покумила" насчет ее с Епифаном. Кажется снаружи, что эта ханжа ни во что не вмешивается, а на деле-то она на господ большое имеет влияние, особливо на брата; он с ней обо всем советуется, и даже в выборе прислуги ее мнения спрашивают всякий раз. Она и горничным наставления читает, чуть что-нибудь ей покажется подозрительным, насчет их поведения. Она же была против того, чтобы брать на кухню мужика, и настаивала на судомойке. И хотя изловить ей не удается Устинью с Епифаном, но она наверное пронюхала, потому что начала какие-то душеспасительные слова говорить кухарке, когда та с ней в коридоре встретится. Сама она в кухню не захаживает. Случается, что Устинья понесет ей, в комнату, котлетку или куриного бульону: она частенько с господами не обедает, по болезни.

Епифан и в ее комнату попал, с полотерами. И там он разглядел, в алькове, около самой кровати, в стене, вымазанной светлозеленоватой краской, замочную скважину и ободок дверки. Он сообразил, что и это — шкафчик для хранения денег и ценностей, только вделанный в стену, а не так, как в кабинете барина, в виде настоящего шкафа, под лак.

И он ее, из всего семейства, не жаловал. Раз как-то она на него особенно поглядела и спросила мягким голоском:

— А ты, милый, женат?

— Женат, — ответил Епифан и опустил ресницы.

— И хорошо живешь с женой?

— Хорошо, матушка, — ответил он своим совсем сладким тоном.

Но старая барышня опять его спросила:

— Давно не был в деревне?

— Третий год.

— Ай-ай!..

Больше ничего не сказала, только покачала головой.

Пришла весна. Господа рано собрались на дачу, по финляндской дороге. Девочек отпустили из заведения, а мальчику надо было еще доучиться. Тетка, Евгения Сильвестровна, расхворалась, не опасно, а так все-таки, что ей переезжать еще нельзя было: в ногах ломота сделалась, и раньше начала июня доктор ей не позволял перебираться на дачу. При ней и мальчик должен был остаться до конца мая.

Много было толков, как уладить насчет кухарки. Устинья дачу вообще не любила — там работы не меньше, а доход совсем не такой. Разносчики прямо все таскают на барское крыльцо: рыбу, живность, ягоды, масло... Но она утешалась тем, что и Епифан переедет с ней; он там даже нужнее, чем в городе. На полтора месяца подговорили поваренка, за двадцать рублей, а Устинья должна была оставаться при старой барышне прислуживать, и готовить ей и мальчику, да и барин будет, в первые недели, наезжать в город, по делам, а там уж совсем переберутся.

Епифана хотели было брать тотчас же, но Устинья поговорила с барином — он к ней благоволил за ее мастерство — и представила ему резон, что старая барышня нездорова, надо при ней быть неотлучно; кого же послать? Не бегать же все за дворниками? С ее резоном барин согласился. Так и было сделано.

Переезд назначили на пятое мая. При этих хлопотах Епифан сильно действовал, и барыня дала ему целковый на чай. Может быть, ей "святоша" — Евгения Сильвестровна — и шепнула что-нибудь про связь кухарки с кухонным мужиком, но она никаких придирок не делала и не поглядывала на Епифана так, как та "колченогая", по выражению Устиньи.

Остаться одной — на целый месяц, полной хозяйкой кухни, провизии и с "Епифашей", все это Устинью радовало на особенный лад: ей хотелось и на "колченогой" выместить немножко ее "сованье носа" в то, что до нее не касается. Усчитывать себя она не даст; ей барыня оставила карманные деньги, а остальное — на книжку у поставщиков. Кормить она будет ту "колченогую" как следует, но за себя, свое достоинство и сердечные дела — постоит!.. Одиночество "летнего положения" особенно ей придется по душе. С Епифаном ей еще удобнее все обсудить — в осени надо его устраивать по-новому. И ей пора бросать тошную плиту!..

VII

Когда Устинья с Епифаном остались вдвоем, точно хозяева квартиры, им уже не перед кем было хорониться. "Колченогая" лежала или сидела у окна, в своей спальне, мальчик ходил в гимназию, да и по вечерам сидел больше у одного товарища, готовился к переходному экзамену. Своего дружка Устинья не иначе и вслух звала, как "Епифаша" или "Сидорыч", в виде шутки. Принесет младший дворник дров, они его сейчас чайком попоят; он, разумеется, смекает, что у кухарки с Епифаном большие лады; и старший дворник об этом "известен", но какая же ему о том забота: дело самое обыкновенное, держат себя оба благородно, не напиваются, не буянят, не ссорятся и никаких "охальностей" промежду собою не творят. Дворник вообще дружит с Устиньей, и от нее ему иногда кое-что перепадет из провизии или дешевле ему уступали в зеленой и в овощной лавке.

Так им хорошо стало на просторе, что Устинье кажется, ровно она у себя, в собственной квартире живет с Епифаном, полными хозяевами. В кухне они мало сидели — она им обоим приелась, а больше все в горнице девушек, просторной, в два окна, где стояли и господские шкафы с лишним платьем.

В тот самый день, когда господа переехали на дачу, Устинья объявила Епифану, что он может перебираться ночевать в квартиру. На это изъявили согласие барин с барыней. О таком распоряжении она, первым делом, доложила Евгении Сильвестровне. Та поглядела на нее с кислой улыбочкой и выговорила, поморщившись, тотчас же затем:

— Ведь внизу швейцар. Зачем еще мужчину?.. От них такой дурной запах.

Устинья уперлась глазами в пол и ответила:

— Такое их было распоряжение.

Но она все-таки заметила у старой девушки особенное движение губ, тонких и синеватых. Ее передернуло.

"Верти не верти носом, — зло промолвила про себя Устинья, — а будет по-моему, и тебе, матушка, до этого дела нет!"

Епифану она передала свой разговор с "колченогой", и они, за чаем, промыли ей косточки; больше, впрочем, Устинья, а Епифан сначала только усмехался на ее ядовитые выходки и, помолчав, вдруг спросил ее:

— А что, Устюша, у этой самой барышни должны быть свои собственные деньги?

— Беспременно!

Устинья ответила так не наобум. Когда она поступила к этим господам, вместо Оли жила другая девушка, скромная, лет за тридцать. Она угодила замуж и отошла. И в те три-четыре недели, как они были еще вместе, Катерина ей многое про господ рассказала, как и всегда бывает между степенной прислугой, когда одна другую хочет обо всем вразумить. Старая барышня совсем не бедная. Ей доля немного поменьше досталась, чем брату. Она была, слышно, в молодости, недурна собой и музыкантша, и в какого-то там музыканта "врезалась" до сумасшествия, так что ее чуть ли не в лечебнице держали, никак с год. Музыкант этот был женатый, да и помер, к тому же, в скором времени. Тут она опять впала в сильное расстройство; ноги у нее отнялись вдруг и даже язык, и с тех пор она уже поправиться не могла, — состарилась и вся согнулась "в четыре погибели", — прибавила Устинья от себя. Именье она наполовину удержала, проживала у брата, на харчах, за себя платила; но не больше, как рублей семьсот в год. Поэтому-то к ней и уважение такое, ровно она бабушка, что наследниками после нее будут и барин, и прямо — дети. Она свободную-то от надела землю, в одной деревне, давно продала, да и выкупные еще получила. Вот больше двадцати лет, как она копит. Должно быть, через брата она и деньги в оборот пускала, на бирже; может, и под закладные давала. Из детей она "обожает" мальчика, Петеньку, и нужно полагать, что ему, по крайности, две трети капитала достанутся, а барышням — остальное, барину — по закону та земля, что у нее осталась непроданной, родовая, от матери.

Все это выслушивал Епифан в глубоком молчании, и только обтирал ссбс, от времепи до времени, лоб клетчатым платком.

— А ведь у нее в стену вделан шкафчик несгораемый, — вдруг сказал он глухим голосом, точно у него что в горле перехватило.

— Ишь ты! — отозвалась Устинья.

Она об этом шкафчике не знала.

— Сам видел.

— Шкафчик, ты говоришь? Стало — маленький?

— Однако, билетов можно туда до сотни тысяч уложить.

Глухой тон Епифанова голоса не пропадал.

— Коли так, — продолжала Устинья и вкусно вытянула остаток чая с блюдечка, — она у себя главный капитал, в этом самом шкафчике, держит.

— Вряд ли, — откликнулся Епифан, как бы рассуждая сам с

собой; глаза его были полузакрыты и обращены в сторону. — Господа ценные бумаги кладут в банк... в государственный, — прибавил он уверенно, и тут только взглянул на Устинью.

От этого взгляда ей во второй уже раз стало жутко.

— Ты нашей сестры не знаешь, — начала она возражать ему, — что меня, кухарку, взять, что барышню такую, да еще старую, колченогую, мы ни в жисть не положим в банк, хоть развернейший он будь.

— Сохраннее быть не может, — возражал, в свою очередь, Епифан, — квитанции там выдают, а бумаги в жестяных ящиках в подвалах со сводами хранятся. Мне, в трактире, один солдат сказывал. Он на часах там стаивал, не один раз, при самой этой кладовой.

Но Устинья не могла уступить ему. Она напирала на то, что "их сестра в какой ни на есть банк" не отдаст всех своих денег. Она одумалась немного, сообразила что-то и добавила, вся красная от чая и овладевшего ею странного волнения.

— Вот что я тебе скажу, Епифаша... Поверь ты мне. Ежели эта девуля дает деньги под залог или через барина на бирже аферами занимается, то малую часть она ему отдала на хранение.

— Сундук у барина в кабинете здоровый! — выговорил Епифан. — Не сдвинуть и двум дворникам.

— Много там тоже не лежит! Барину надобны всегда деньги. Мне швейцар пояснял, как это они там на бирже "играют", а остальное, — продолжала Устинья с уверенностью, — у нее, в этом шкафчике — и бумаги какие по деревне, и закладные, и все, все.

— Билеты-то именные бывают, — еще глуше вымолвил Епифан и отвел глаза в сторону.

— Так что ж, что именные?

Она не совсем ясно разумела про то, что он ей говорит.

— Вот у тебя просто билеты, — объяснял Епифан чуть слышно, и голос его вздрагивал, — потеряй ты их сейчас или украдь у тебя кто-нибудь, и ежели номера не записаны, и ты, в ту ж минуту, не дашь знать по начальству — и пиши пропало! Это все едино, что товар или бумажка радужная: вошел, значит, к первому меняле, по Банковской линии или на Невском — и продал.

— Быть не может! — вырвалось у нее.

Устинья даже и не подумала никогда о такой близкой опасности — лишиться навсегда своих сбережений.

— Я же тебе и говорил, — добавил Епифан, — в банк надо снести на хранение.

Она промолчала, колеблясь между страхом и сомнением, а он все тем же, чуть слышным еще голосом объяснял ей, что есть именные билеты, где стоит, кто сделал вклад в банк и на сколько годов, и на какие проценты. У старой барышни все капиталы могли быть в таких именных билетах.

Но когда Епифан сообщил ей, что на такие вклады в конторах дают больше процентов, чем за простые билеты, Устинья опять стала доказывать свое:

— Не знаешь ты нашей сестры! Больше дают, следственно и риску больше потерять. Контора лопнет. Я, вон, малость получаю со своих, зато выигрыш! Беспременно и у барышни не один десяток есть таких же. Она Петеньку своего обогатить желает.

С этим доводом Епифан согласился.

И вдруг разговор у них точно обрезало. Они замолчали и поглядели друг на друга.

"Вон ты какой дошлый у меня!" — подумала Устинья, и жуткое чувство долго еще не проходило у нее.

VIII

Старая барышня посиживала себе и полеживала в своей спальне. По другим комнатам она совсем и не ходила; слух у нее был "анафемский" — все слышала, днем ли, ночью ли.

Епифан должен был спать в передней. Он так и делал, с вечера; но после полуночи перебирался в другую половину квартиры.

Не укрылось это от "колченогой". Устинья подавала ей бульон с яйцом — любимое ее кушанье; она по-своему перевела губами и сказала ей с ударением:

— Шаги я мужские слышу поздно ночью через коридор. Пожалуйста, чтобы этого вперед не было!

Устинья промолчала, только ее в краску ударило.

Вечером, за чаем, она пожаловалась на барышню, передала Епифану ее запрет.

— По-другому делать будем, — сказал он спокойно; но в глазах у него блеснуло.

Они стали разговаривать еще тише, так что их через перегородку и то вряд ли бы кто услыхал.

— Да, — говорил Епифан, и каждое его слово точно отдавалось у нее в груди, — вот такая старушенция — всю ее скрючило, ни на какое она дело негодна, только себе и людям в тягость — и все перед ней прыгают из-за ее капитала.

— И не подохнет в скорости! — уже с положительной злостью отозвалась Устинья. — Этакие-то живучи!

— А деньжища-то куда пойдут? Мальчику... Кто еще знает, что из него прок выйдет? Хоша бы и не злой человек оказался, не распутный; а все же барчонок, балованный, станет себе купончики отрезывать да в утробу свою, в сладкое житье всаживать.

— Известное дело, — подтвердила Устинья, и так нестерпимо ей сделалось досадно на эту старую "девку", которая от бессонниц вздумала наблюдать за тем: всю ли Епифан ночь спит в передней... Всякую гадость она способна ей сделать. Только с господами, до поры, до времени, не хотела она ссориться; а то бы она ей отравила житье до переезда на дачу одной едой.

— А как вы, Устинья Наумовна, — полушутливо начал Епифан, — полагаете: большой грех был бы вот такую колченогую достояния ее решить, хоша бы и совершенно против ее желания?..

Устинья громко рассмеялась: вопрос свой Епифан задал с тихой, язвительной усмешкой, и глаза его досказывали то, что она и сама способна была устроить этой Евгении Сильвестровне.

— Решишь! — выговорила она и весело тряхнула головой. — После дождичка в четверг!

— Все дело рук человеческих, — проронил он и начал, дуть на блюдечко; кусочек сахара звонко щелкнул у него на крепких и белых зубах.

Такому обороту разговора Устинья, в этот вечер, вполне сочувствовала. Да и что за грех поболтать о том, как бы следовало девулю обчистить "что твою луковку" и разделить ее деньжища тем, кто настоящую цену им знает?

— Ведь ты подумай, Епифаша, — мечтала вслух Устинья, — на худой конец, у нее таких билетов, как у меня — двадцать штук найдется... А то и больше.

— Двадцать штук — не больно еще какая уйма денег, — остановил ее Епифан, слегка поморщил переносицу и в уме сосчитал, сколько это будет. — Хоша бы и все первого выпуска — так это пять с чем-то тысяч...

— То-то и есть! — разгоралась Устинья. — Кладем-ин двадцать штук... Подержи их в одних руках десять лет, а то и больше — беспременно выигрыши будут... Сколько облагодетельствовать можно стоющего народу!

— В умелы-их руках, — тягуче выговаривал Епифан, — каких-каких афер, каких оборотов!..

Слово "афера" и он стал употреблять. Но в пустые мечтания у него не было охоты вдаваться. В ту же ночь, когда и "девуля" заснула, он босиком пробрался по коридорчику, мимо двери ее спальни, побеседовать с Устиньей.

Ему не спалось, и он стал шепотом настраивать Устинью уже в другом духе.

И с нее сон быстро слетел, когда она заслышала в его шепоте звуки совсем уже не похожие на те, какими они, полушутя, полусерьезно, перебирали вопрос о "кубышке" старой барышни.

Он точно гвоздем вбивал ей в голову свои соображения и не просил, а всякие давал ей "резоны". Ни одного слова не обронил он зря, на ветер. Сотни раз перебрал он в умной "башке" и перекидывал так и этак подробности своего плана.

И план встал перед Устиньей во всей своей исполнимости. До переезда барышни с мальчиком на дачу оставалось уже всего дней десять-двенадцать. В этот промежуток и надо было все "произвести".

У нее ни разу, слушая его, не соскочил с губ возглас: "Епифан! Да ты и вправду?" Она прекрасно понимала, что все это "вправду".

Чего же им ждать лучшей оказии? Сразу судьба их вознесется до самого верхнего края. Какие у них деньжонки, если бы они стали и вместе проживать, здесь ли, в Москве, или в губернии? "Паршивенькая" тыщенка рублей!.. И все-таки он, Епифан, не уйдет от своего крестьянства. И жена, и все прочее. На казну они, что ли, посягают, или вот как кассиры всякие, заправители банков, общественное достояние расхищать будут? Колченогая старая девка собирается обогатить барчат; а они и от родителей будут достаточно наделены. Можно ли приравнять этих барчат к ним обоим, трудовым людям? Даже и разговаривать-то об этом стыдно! А потом не след и жаловаться, коли такую оказию пропустить из-за одного своего малодушия.

Все реже переводила дух Устинья. В голове ее поднимался один вопрос за другим: как же "произвести?" А шепот Епифана продолжался, ровный, без учащения, показывающий, как он владел собой, как он приготовлен — хоть сию минуту приступай к делу.

Барышне надо выказать покорность, поласковее с ней заговаривать, а к тому дню, какой он назначит, она должна — в чем там удобнее найдет — в жидкой ли, в твердой ли пище, подсудобить и колченогой, и барчуку, снотворного снадобья. Оно у него готово. А за остальное он берется. Шкафчик в стене, положим, железный; но дверка не может быть через меру толста: он, известно, справится один, без товарища. В таких делах всякий лишний участник — пагуба. Хотя бы пришлось проработать и всю ночь, до рассвета — все-таки он вскроет шкафчик.

— Совершенно простая штука! — слышит Устинья заключительные слова Епифана.

"А потом-то куда?" — с замиранием сердца спрашивает она мысленно.

И на это есть у него резоны.

С большим-то капиталом, в случае нужды, через границу перемахнуть морем. Ему сказывали добрые люди — в Турцию ничего не стоит перевалить. Там есть русские люди. И в Австрии тоже — к "столоверам"; за "липован" себя выдать, обсидеться, где Бог пошлет, годок, другой. Промысел начать полегоньку: бахчи, сады фруктовые, рыба, извоз, судоходство. Нетто одни господа умеют бегать с чужой мошной? И лапотники уходят, да не то что с воли, а с каторги, до пяти раз.

Устинья ничего не выговорила во всю ночь.

IX

Плита издает тяжелый, все возрастающий жар. Голова Устиньи так и трещит. Она даже опустилась на лавку, взяла голову в обе руки и держала ее, нагнувшись, несколько минут.

Бьет ей в виски, колотит в темя, тошнота подступает под ложечку.

Второй день у нее, в сундуке, запрятана стклянка со снадобьем. Епифан молча отдал, и только вечером того же дня сказал:

— Не зевай! Когда скажу — действуй!..

Как же действовать? В чай влить — рисковало. Барышня привередлива и чутка до последней возможности: чуть — не то что в чае, а и в кофе, вкус не тот — она сейчас заметит и требует все выплеснуть и заново заварить. Мальчик еще глотнул бы в чем повкуснее, в сливках или в варенье; так ведь главное-то дело не в нем, а в "колченогой!" И опять же нельзя их опоить или окормить с утра. С ними дурнота может сделаться, они тревогу подымут, мальчик к швейцару побежит — и все будет изгажено. Вечером пьют только чай. Не иначе как в обеде. И вот она с утра до ночи ломает себе голову: в какое кушанье всего способнее подпустить и в какой пропорции. Епифан перед тем, как отдавать ей стклянку, говорил:

— Всего не вливай; а так с полстклянки...

А кто доподлинно смерил? Вдруг как это — яд, и оба они больше уж не проснутся? Она не решалась предложить такой вопрос Епифану. С той ночи, когда он ей открылся — она потеряла всякую волю над собой, ничего не смеет ему сказать, даже самое простое.

Яд — не яд (он бы сказал, не стал бы брать, без нужды, такого греха на душу), а все-таки надо знать — в какой пропорции подлить, чтобы не портило вкусу. Снадобье — темное, запах как от капель, много ни к какому кушанью не подмешаешь, чтобы сейчас же барышня не насторожилась. Тогда — беда! Она этого так не оставит. Попробовать на язык Устинья боится: кто его знает?! Вдруг как это яд?

Перебирала она в памяти всякие соусы, густые, с крепким бульоном. Барышня их не любит, не станет кушать. Густых похлёбок, борщу, жирных щей она даже "на дух" не подпускает. Что же остается?..

Вот и в эту минуту Устинье так тяжко на лавке, голова кружится, тошнота все прибывает; а в мозгу один за другим проходят соуса, подливки, горячие пирожные, и перед каждым из них она мысленно остановится.

"Нашла!" — вдруг выговорила она про себя, и ей стало легче, особенная свежая испарина проползла вдоль спины, она подняла голову и встала, прошлась по кухне, потом подперлась руками в бока и долго смотрела на двор, в открытое окно.

"Нашла!" — повторила она.

Давно она не готовила пирожного, которое часто подавали у немки-барыни на Острову. Оно — шведское; та ему не то в Выборге, не то в Гельсингфорсе научилась. Делают его из варенья, крыжовника, со сливками. Варенья можно и теперь достать, но оно светло-зеленого цвета — не годится, да и барышня скажет наверно, что слишком сладко, и для желудка тяжело; а сливок она, пожалуй, тоже есть не согласится. Пришло Устинье на ум заменить крыжовник французским черносливом, сделать из него род каши, на густом сиропе, со специями, а кругом, как и следует, по шведскому рецепту, полить слегка взбитых сливок; к пюре из чернослива припустить немножко, для духу, "помаранцевых" корочек. Это добавление она выдумала от себя.

Чернослив барышня очень одобряла в разных видах. Ей

хоть каждый день подавай из него компот, даже без всякого гарнира. Он ей служит вместо лекарства. Устинья и предложит на завтра шведское пирожное, только с пюре из чернослива; а о сливках можно и совсем умолчать. Когда станет подавать — если барышня поморщится, она ей скажет:

— Для вас, матушка, только то, что в середке; а барин и сливочки подберут.

Так выходило прекрасно. Чернослив, да еще в густом пюре с корицей, с подожженным сахаром — и еще чего-нибудь следует прибавить для крепости, хотя бы ванили кусочка два-три — поможет скрыть вкус снадобья. Пожалуй, на языке и явится что-нибудь особенное; но уже после того, как несколько ложек будет проглочено; да вряд ли колченогая разберет, при запахе ванили и отвкусе корицы и других специй, что есть тут что-нибудь "лекарственное".

Голова уже не трещала. Устинья принялась смелее заправлять соус.

В кухню вбежал гимназист. Он только что вернулся из классов в парусинной блузе и даже ранца еще не снял.

— Устюша! — окликнул Петя и сзади дотронулся до ее локтя.

— Чтой-то как напугали!..

Устинья вздрогнула. Это неожиданное появление мальчика в кухне, как раз, когда она обдумывала шведское пирожное, взволновало ее.

— Что вам, милый барин?

Петя был красивенький брюнетик, с глазами немного навыкате, пухленький и очень ловкий в движениях. Устинье он нравился гораздо больше барышень, и она его любила покормить вне часов обеда; завтраком он, кроме воскресенья и праздников, не пользовался.

— Скоро готово? — спросил Петя звонким детским альтом и ласково вскинул на нее своими выпуклыми близорукими глазами.

— Минут еще двадцать погодить надо; а то и все полчаса. Да и тетенька раньше не сядут. Опять же накрыть надо.

— Я сам накрою.

— Куда уж вам... Кушать нетто хочется? — с внезапным волнением спросила она его.

— Ужасно хочется!

Петя даже облизнулся.

— Чего же бы вам?..

— Пирожки нынче есть, — уверенно сказал мальчик.

— Вы как пронюхали? Ловко!

— Пахнет пирожками.

Он подошел к духовому шкафу и хотел уже взяться за ручку.

— Горячо! — крикнула Устинья и бросилась вслед за ним. — Дайте срок... Я сама выну.

Пирожки с фаршем из "левера" подрумянились. Устинья наполовину выдвинула лист и сняла осторожно два пирожка на деревянный кружок.

— Смотрите! Не обожгитесь!..

Но Петя уже запихал полпирожка в рот, стал попрыгивать и подувать на горячий кусок, переваливая его из-за одной щеки в другую.

— Говорила — обожгетесь.

— Ничего!

Он уже проглотил и принялся за вторую половину.

— Ну, теперь не мешайте, барин; а то опоздаю.

Но он еще медлил в кухне.

— Устюша!

— Что угодно?

— Пирожное какое?

— Когда? — невольно вырвалось у нее, и она даже вся захолодела.

— Сегодня.

— Царские кудри для вас; а барышне особенно — рис с яблоком.

— А завтра?

— Завтра... уж не знаю.

Слово "чернослив" не шло у нее с языка.

— Пожалуйста, послаще... с вареньем бы, или сливок битых давно не давали!

"Господи! Сливок битых!" — повторила она про себя; даже лоб у нее стал чесаться от прилива крови, и она держала низко голову над столом.

Петя ушел и из коридора крикнул:

— Спасибо, Устюша!

Это "спасибо" отдалось у нее внутри, точно под ложечку капнуло холодной водой. Он ее же благодарит!.. Не за битые ли сливки завтрашние и за чернослив?!.

Нежные, пухленькие щеки Пети, его ласковые выпуклые глаза мелькали перед ней... Этакой птенец!.. Много ли ему надо, чтобы уснуть... и совсем не пробудиться?

X

За полночь. Все спит в квартире. Устинья одна в комнате горничных. Епифана нет. Он в передней, и до нее доходить чуть слышно его храп.

Он, видно, может спать ровно малый младенец, когда у него "такое" на душе? Что же он после того за человек? Неужели и впрямь — душегубец или грабитель бесстыжий, закоренелый? И вся-то его кротость и мягкость — только личина одна, вроде как святочная "харя", которой обличье прикрывают?..

Мечется Устинья; душит ее несносно, и голова работает без устали.

Теперь уже поздно назад пятиться. Сегодня Епифан ей "приказ" отдал. Так и сказал:

"Я тебе, Устинья, вот какой приказ отдаю".

Завтрашний день выбрал он окончательно, без всяких отговорок. Послезавтра на целых два дня приезжает с дачи барин; может, пробудет и целых три. Хорошо еще, коли завтра к вечеру не нагрянет. Епифан два дня пропадал по уговору с ней — подготовлял в городе все, что нужно. Она у него не расспрашивала, что именно подготовил он; а сам он не любит лишнее говорить. Ведь она уже в его руках, сообщница. Стало, должна повиноваться; куда скажет идти или ехать — туда и поедет; что прикажет делать, то и сделает.

С вечера она увязала узел с его и своим добром. Сундука брать нельзя, даже ежели и ночью выбираться. И с узлом-то надо умеючи обойтись, улучить минуту, когда у ворот дворников не будет. Билеты свои она зашила в кусок коленкора и повесила себе на шею, на крепкой тесемке. К завтрашнему обеду вся провизия готова и для шведского пирожного: чернослив, померанцевая корка, ваниль, корица. Сливки охтенка приносит утром. И весь день надо двигаться около плиты, балагурить с барчонком, когда он в кухню забежит, "улещать" старую барышню. Та на пирожное согласилась.

Подольет она, попробует сама — Епифан ее уверил, что это не яд, и даже капли две при ней отпил; убедится, что вкуса "особенного" отличить нельзя. Все это пускай так и произойдет. О грабеже Устинья не думает. Ей не жаль добра "колченогой". Да и можно ли ей, бывшей мужичке, подневольному трудовому человеку, разбирать такие деликатности?.. Что плохо лежит из барского добра, да еще такая уйма денег — то и следует брать. Как она себя ни стыдила всю эту неделю — не содрогается она от мысли о краже. Не то ее колышет и давит в эту ночь!.. Хорошо, и старая девуля, и мальчик, будут беспросыпно лежать, как покойники... А вдруг, в то время, как Епифан примется ломом вышибать железную дверку — барышня проснется? Что тогда?

"Известно что", — прошептала почти вслух Устинья. Она знала, что лом Епифан уже приготовил, и лом — в кухне, в углу, между шкафиком из некрашеного дерева и большим шкафом, где у нее хранится сухая провизия. Она вышла в кухню.

Там еще стояла белесоватая мгла петербургской полуночи. Все можно было разглядеть. Лом стоял в том же углу. Но ее гвоздил другой, более страшный вопрос:

"На случай того, что барышня не вовремя проснется — неужто Епифан покончит с нею все тем же ломом?.. Нет, по-другому!"

Она стала оглядываться, соображать, быстро подошла в кухонному шкафчику, покрытому толстой доской для раскатыванья теста. Отворила она дверку, пошарила там и вынула что-то черное, футляр. Это были кухонные ножи, счетом четыре, весь набор, какой продается в ножевых лавках. Устинья держала их в чистоте, и из-за них немало от нее доставалось судомойкам.

Одного ножа, самого большого, недостает. Она верно угадала. Ее проняла сначала чуть заметная дрожь. Футляр с тремя ножами так и остался у нее в левой руке. Несколько секунд она стояла посредине кухни — пот покрывал ее лоб и шею. И таким же ускоренным шагом пошла она за перегородку, где ее пустая железная кровать и кованный сундук под нею. Там она пошарила в углу, на лавке, где знала, что Епифан клал свои вещи. Не расставаясь с ножным футляром, она нащупала в каких-то тряпицах взятый им большой нож, вынула его, чуть не порезала себе большого пальца, вставила в ножны и унесла весь набор с собою.

Все ей теперь представилось отчетливо — как будет дело, если паче чаяния произойдет тревога. Другого хода нет Епифану, как всадить барышне нож в горло... Так всегда бывает — хотят грабить не за тем, чтобы резать; а резнут по надобности, чтобы не быть пойманным. На крик старухи подымется мальчик. Петенька — смелый. Он выскочит непременно, если только снадобье не свалит его вполне. И тогда что?.. А то же... И с ним надо будет покончить.

Не каторга, не ссылка, не суд и расправа испугали Устинью. Истязать не будут ее, пытать в застенке, гонять "скрозь строй", как прежде, или вешать. Ссылку, работу можно вынести, особливо если сошлют в одной партии с любимым человеком.

Вспомнились ей деревня, ее девичество, церковь, служба... Их Горки недалеко от большого села Богородского, где все кожевники и сапожники, тоже шереметьевские, как и Грабилово, откуда Епифан, и того же самого барина. Там водились раскольники, и простые старообрядцы, и духоборцы. Одно время хаживала к ним одна солдатка, начетчица, и ее подбивала учиться грамоте, по старым книгам. Но Устинья осталась равнодушной к ее речам. И тогда, и теперь все то же она знает из молитв: неполных четыре члена "верую", "достойну" всю; произносит одним духом: "Бородица-деворадуйся" в полной уверенности, что это одно слово. Ни единого раза не поучал ее — ни батя-поп, никто из семьи, ни старичок какой, из православных.

Постов она держится, в приметы, лешего, домового, "шишигу", до сих пор верит.

Слабый луч духовного страха мелькнул перед нею. Но ей не за что было схватиться. Губы ее тряслись, как в лихорадке; но не шептали никаких молитвенных слов. Ее держал припадок тревоги и смутного ужаса.

Опять начало ее душить. Она прошла кухней, на цыпочках, и длинным коридором; остановилась у дверей в спальню барышни, приложилась ухом и слушала... Тихо. Она не может различить дыхания. Но ей не жаль "колченогой". Кухонный нож опять представился ей. Ей больше уже не страшно, никакого нет в ней чувства к этой старой девке, у которой в шкафчике набиты десятки тысяч билетами. Пускай и завтра также спит, о ту же пору; а проснется — "туда ей и дорога".

Устинья отошла от двери со скошенной усмешкой своего широкого рта и стала пробираться назад. Но чуть заметная полоса света упала из полуотворенной двери. Ее точно потянуло туда. В комнатке Пети окно стояло отворенным. Свет начинавшейся зари падал ему вкось на лицо. Голова откинулась на подушку. Глаза на нее смотрели; но он спал крепко, с полуоткрытым ртом. Больше трех секунд Устинья не выдержала, шарахнулась и почти бегом вернулась к себе... Голова мальчика с перерезанным горлом... и глаза его, выпуклые, большие, глядят на нее... Она бросилась в постель и закрылась одеялом. Видение не проходило...

Всю ночь не спала Устинья. Еще до пробуждения Епифана, она уже спустилась на двор, по черной лестнице, дождалась восьми часов — и пошла в участок.

www.ingramcontent.com/pod-product-compliance
Lightning Source LLC
LaVergne TN
LVHW090934080826
845145LV00003B/747

9781644395516